COLLECTION
L'IMAGINAIRE

Halldor Laxness

Le Paradis retrouvé

*Traduit de l'anglais
par René Hilleret*

Gallimard

Titre original :

PARADISE RECLAIMED

© *Helgafell, Reykjavík, 1960.*
© *Éditions Gallimard, 1966, pour la traduction française.*

Halldor Laxness est né le 23 avril 1902 à Reykjavík, capitale de l'Islande, et a passé son enfance dans la ferme paternelle. Entré au collège de Reykjavík, où il se lie d'amitié avec les jeunes poètes Tómas Gudmundsson, Jóhann Jónsson et Gudmundur Hagalín, il abandonne ses études et publie, à dix-sept ans, quelques nouvelles et son premier roman *L'enfant et la nature*. Il visite Copenhague, la Scandinavie, puis l'Allemagne, le Luxembourg. Il se convertit au catholicisme en 1923 et repart pour la France, l'Angleterre, le Danemark et l'Italie où, en 1925, il commence d'étudier la théologie, avant de retourner au monastère de Clairvaux. De cette période, naît son premier roman important : *Le grand tisserand de Cachemire* (1927). Après deux ans passés au Canada et aux États-Unis, où il se lie avec Upton Sinclair, Laxness abandonne la solution religieuse du problème de l'humanité pour entrer dans la voie d'un socialisme militant. Il écrit *Le livre du peuple* puis, de retour en Islande où il se marie, *Salka Valka* (1932), chronique satirique d'un village de pêcheurs islandais. Il devient l'animateur d'un parti politique dont l'objet est de rapprocher l'aile gauche du parti travailliste et le parti communiste, mais n'en cesse pas moins d'écrire : *Hommes libres*, en 1934, *Lumière du monde*, en 1937, œuvre en quatre tomes dont le personnage principal est le poète populaire Olafur Karason, puis, après 1940, *La beauté du ciel*, *La femme aux cheveux d'or* et *L'incendie de Copenhague*, qui sont ses principaux romans.

Également auteur dramatique, Halldor Laxness a obtenu le prix Nobel de littérature en 1955.

Avant-propos

Voici un livre aux allures de roman qui est en fait une espèce de chronique. La succession des tableaux, des scènes suscitera, je le crois, des états d'esprit bien différents, parfois contradictoires, chez tous les lecteurs, à mesure qu'ils tourneront les pages du livre.

Mais un fait est certain et c'est ce qui importe, tous iront jusqu'au bout, car l'intérêt ne faiblit jamais, malgré la ténuité apparente des aventures et leur éloignement dans le temps et l'espace. L'Islande, l'Utah, les Mormons au siècle dernier sont peu connus et peuvent paraître ne pas devoir intéresser beaucoup un lecteur français du XXe siècle. Mais l'auteur, le malin, l'ironique, le pince-sans-rire Laxness, prix Nobel 1955, a réussi à traiter en souriant, à démasquer et à faire condamner par son lecteur, quelles que soient ses opinions politiques ou religieuses, et grâce à ce décor étrange et lointain, le vice le plus grave de l'humanité : l'intolérance. Et il est impossible, tant par le style que par l'ironie souriante, mais au fond féroce, de ne pas comparer Laxness à Voltaire, au Voltaire ennemi acharné de l'intolérance, mère du fanatisme.

Et doucement, sans jamais paraître « juger » sa conduite, il conduit son héros vers un affreux drame. Steinar, homme bon mais naïf, abandonne femme et enfants, ferme et pays pour aller à la conquête d'un paradis terrestre, au Grand Lac Salé, chez les Mormons. Sa femme, simple d'esprit, mais douce et fidèle épouse, mourra sur le chemin qui la conduit vers cette Terre promise. Sa fille (devenue à moitié catin) et son fils le reconnaissent à peine au cours des retrouvailles et Steinar a ce cri intime devant cette affligeante révélation : « Alors, c'est ainsi qu'on se retrouve au Ciel ! » c'est-à-dire indifférents les uns pour les autres, après s'être tendrement aimés sur terre.

Personne ne sautera une page de ce livre, d'ailleurs court et écrit dans un style simple, mais dense, spirituel et empreint de vraie tendresse et d'indulgence humaine, les plus sûrs antidotes contre l'intolérance et le fanatisme.

René Hilleret.

1. *Le poney merveilleux*

Dans les premières années du règne de Christian Williamson, le troisième des derniers rois étrangers qui gouvernèrent l'Islande[1], un fermier nommé Steinar vivait à Hlidar dans le district appelé Steinahlidar. C'est son père qui l'avait appelé ainsi, d'après l'éboulis de pierres qui était dégringolé en cascades de la montagne au printemps de sa naissance. Steinar était déjà marié à l'époque où cette histoire commence et il avait deux jeunes enfants, une fille et un garçon. Il avait hérité de son père la ferme de Hlidar.

A cette époque, les Islandais avaient la réputation d'être le peuple le plus pauvre d'Europe, comme leurs pères et tous leurs aïeux l'avaient été en remontant jusqu'aux premiers colons; mais ils étaient convaincus qu'autrefois, il y a bien des siècles, il y avait eu un âge d'or en Islande, où les Islandais n'étaient pas de simples fermiers ou pêcheurs comme maintenant, mais des héros et des poètes de sang royal, possédant des armes, de l'or et des navires. Comme les autres jeunes Islandais, le fils de Steinar apprit de bonne heure à être un viking, un fidèle compagnon du roi, et il taillait, pour son usage personnel, des haches et des sabres dans des morceaux de bois. Hlidar était construite comme les fermes ordinaires d'Islande étaient construites depuis

[1]. Christian IX, roi de Danemark (1863-1906), fils de Guillaume, duc de Schleswig-Holstein-Sonderburg-Glücksburg.

les temps immémoriaux : une salle de séjour avec un plancher, un vestibule et une chambre d'ami boisée avec un lit pour les visiteurs. Une rangée de pignons en bois donnaient sur la cour comme dans la plupart des fermes de ce temps-là, avec un hangar, une petite resserre, une étable à vaches, une écurie, une baraque pour les moutons et enfin un petit atelier.

Derrière les bâtiments, les meules de foin s'élevaient haut chaque automne pour se réduire à rien au printemps.

En ce temps-là, en Islande, on pouvait voir en mille endroits des fermes de ce genre, aux toits faits de mottes de gazon et envahies par les herbes, pressées les unes contre les autres, au pied des pentes des montagnes. Ce qui distinguait la ferme que nous allons visiter un instant était le soin amoureux et artistique que le propriétaire y avait apporté pour suppléer à l'absence de majesté. Ses soins pour sa propriété étaient si scrupuleux, jour et nuit, qu'il ne pouvait voir quelque dommage ou détérioration d'aucune sorte, à l'intérieur ou à l'extérieur, sans se dépêcher de le réparer. Steinar était un maître artisan, également habile à travailler le bois ou le métal. Depuis longtemps les gens avaient l'habitude de citer, comme un exemple à suivre dans la vie, les murs de clôtures en pierres sèches de Hlidar en Steinahlidar, aux jeunes fermiers ambitieux. Il n'y avait aucun ouvrage d'art dans la région qui pût être comparé à ces murs de pierres soigneusement construits. Les fermes de Steinahlidar se dressaient dans une plaine au pied des collines qui avaient constitué la côte vingt mille ans auparavant. Des poches dans le sol continuent à former des crevasses en face des rochers et une végétation variée s'y développe qui mine la texture de la roche. Les pluies du printemps et de l'automne emportent la terre amoncelée dans les fissures et font dégringoler des morceaux de roche jusqu'aux fermes en contrebas. Ces pierres endommagent les prés et les champs de la ferme et parfois les bâtiments eux-mêmes. Steinar de Hlidar avait parfois beaucoup à faire au printemps pour épierrer ses champs et ses prairies, d'autant plus qu'il était plus méticuleux que la plupart des fermiers. Bien souvent il lui fallait se baisser et se redresser avec un gros bloc de pierre dans

Le poney merveilleux

les bras, sans autre récompense que de voir cette pierre destructrice encastrée avec dévotion dans un mur.

On raconte que Steinar de Hlidar avait un poney blanc que l'on considérait comme le plus bel animal dans le Sud. Ce cheval était l'espèce de phénomène dont toute ferme a besoin. Il paraissait hors de doute que ce fût une bête surnaturelle et cela depuis que ce jeune poulain avait fait son apparition inopinément aux côtés d'une jument blanche, assez âgée, qui avait longtemps fait partie d'un troupeau vivant dans les montagnes. Au moment de la naissance du poulain, elle paissait à Creek Banks, mais on l'avait mise à l'écurie vers le milieu de l'hiver et personne ne pensait qu'elle portait un petit. S'il y eut jamais un cas d'immaculée conception en Islande, c'est bien celui-là. La naissance eut lieu au milieu d'une tempête de neige neuf jours avant l'été. Pas une fleur en vue, pas même une feuille de patience tapie au pied d'un mur et sûrement aucun signe encore du pluvier doré. Le fulmar avait à peine commencé à se précipiter très haut dans les airs, pour voir si les montagnes étaient toujours là; et soudain une nouvelle créature était venue au monde avant même la naissance du printemps. Le petit poulain courait si légèrement aux côtés de la vieille jument qu'on aurait dit qu'il touchait à peine le sol avec ses petits pieds et pourtant ces sabots minuscules n'étaient pas tournés vers l'arrière et cela semblait indiquer qu'après tout ce n'était pas un esprit des eaux[1] tout au moins des deux côtés. Mais comme la jument n'était pas préparée à le recevoir, de quoi allait donc vivre cet être surnaturel? La vieille jument fut ramenée à la ferme où on lui donna du foin; au jeune poulain on donna du beurre, la seule chose qui pût remplacer le lait que la jument n'avait pas et le jeune esprit des eaux continua à recevoir du beurre de la baratte jusqu'au jour où on put le mettre au pré.

A mesure qu'il grandissait, la beauté de sa ligne se dévelop-

---

1. Dans les légendes scandinaves, l' « esprit des eaux » avait la forme d'un cheval aux sabots tournés en dedans et se plaisait à noyer son cavalier. (N.d.T.)

pait : un cou magnifiquement incurvé avec une crinière abondante, une croupe ondoyante, des jambes longues et fines et des sabots bien formés. Ses yeux vifs jetaient un bel éclat et son sens de l'orientation ne le trompait jamais. Son trot était uni et excellent, et au galop il était sans égal. On l'appela Krapi, en souvenir de toute la neige fondue qui couvrait la terre ce printemps-là, et depuis lors on compta les années à partir de celle de sa naissance : le printemps où Krapi eut un an, deux ans, trois ans et ainsi de suite.

Là-haut, sur les falaises, des ravins s'étaient formés çà et là, qui s'élargissaient plus loin en cours d'eau herbeux. Les poneys venus des fermes des alentours se rassemblaient souvent là en un vaste troupeau — là-haut « sur les croupes », comme disaient les gens — ou encore le long des rives des cours d'eau ou dans les plaines, près de la mer. Mais à cause de toutes les gâteries et friandises qu'il avait pris l'habitude d'accepter des gens de Hlidar, Krapi descendait souvent tout seul au trot de la montagne, ou surgissait des bas-fonds et pénétrait dans la cour de la ferme, où il se frottait contre les montants des portes et entrait en hennissant dans la maison. Il n'avait jamais bien longtemps à attendre avant de recevoir un morceau de beurre, s'il en restait. Il était agréable de poser sa joue contre son nez, qui était plus doux que la joue d'une jeune fille. Mais Krapi n'aimait pas à être caressé longtemps. Dès qu'il avait ce qu'il désirait, il s'en allait en trottant le long de l'allée et se mettait soudain au galop, comme si quelque chose l'avait effrayé, et ne s'arrêtait que lorsqu'il avait rejoint le troupeau.

Les étés en ce temps-là étaient longs en Islande. Le matin et le soir les prairies étaient si vertes qu'elles en étaient rouges, et pendant le jour l'horizon était si bleu qu'il en était vert. Mais durant tout ce remarquable jeu de couleurs (auquel personne ne prêtait attention et qu'on ne remarquait même pas) Hlidar de Steinahlidar continuait à vivre comme toutes ces fermes du Sud, où rien de bien notable n'arrivait, sauf que le fulmar continuait à glisser rapidement le long des falaises, exactement comme au temps de nos arrière-grands-pères. Sur les rebords et dans les crevasses des falaises poussaient la rhodiole rose, la fougère, l'angélique, la fougère arborescente, le botrychium lunaire. Des morceaux de rocher tombaient toujours, comme si le cruel lutin des falaises versait des larmes. Une ferme peut avoir un bon poney une fois par génération, quand elle a de la chance, mais certaines fermes n'en ont pas un tous les mille ans. Le murmure venant de la mer, par-dessus les sables et les marais, était toujours le même depuis mille ans. Tard dans la saison des foins, quand ses œufs étaient couvés, bien à l'abri, la bécasse de mer arrivait avec ses bas rouges et sa chemise blanche sous sa jaquette de soie noire, pour se pavaner avec des airs d'aristocrate à travers les prairies récemment fauchées; elle sifflait et s'en allait. En dépit de tous ces siècles, Snati, le chien de la ferme, était toujours aussi plein de son importance, trottant tous les matins aux côtés du berger, derrière les brebis laitières, le ventre plein et la langue pendante. Par les calmes journées d'été, le bruit d'une faux coupant sec se faisait entendre, venant d'une ferme voisine. Il y avait de la pluie dans l'air, si les vaches se couchaient dans les prés, surtout si elles étaient couchées du même côté, mais il fallait s'attendre à une période de sécheresse si elles mugissaient onze fois de suite au coucher du soleil. C'était toujours la même histoire.

Quand Krapi eut trois ans, Steinar lui mit une longe autour du cou pour l'attraper plus facilement et le garder dans le troupeau des poneys qui travaillaient à la ferme. L'été venu, il s'était accoutumé à la bride et avait appris à marcher à côté d'un autre poney qu'on montait. Au printemps suivant, Steinar commença à le dresser à porter une selle et l'entraîna ensuite à trotter. Durant les longues soirées claires il le laissait galoper à sa guise dans la plaine. Et si le tonnerre assourdi des sabots atteignait la ferme aux premières heures de la matinée, on n'était jamais sûr que tout le monde dormait profondément dans la maison. Parfois, une petite fille sortait en jupon avec un seau plein de lait frais, accompagnée d'un viking aux jambes nues, qui allait toujours se coucher avec la hache de guerre des gnomes sous son oreiller.

« Y a-t-il un meilleur cheval dans tout le pays ? demanda l'enfant.

— Il faudrait sans doute chercher longtemps, dit le père.

— Est-ce qu'il ne descend pas sûrement des kelpies[1] ? demanda la petite fille.

— Je crois que tous les chevaux sont plus ou moins des êtres surnaturels, dit le père, surtout les meilleurs.

— Alors, est-ce qu'il peut sauter jusqu'au ciel, comme le cheval dans le conte ? demanda le viking.

— C'est sûr, dit Steinar de Hlidar. Si Dieu monte à cheval. C'est comme je te le dis.

— Est-ce qu'il naîtra un autre cheval comme lui dans le pays ? demanda la petite fille.

— Je ne crois pas, dit le père. Il faudra attendre un bout de temps. Et il faudra attendre longtemps avant que naisse une autre petite fille dans ce pays qui puisse illuminer un foyer comme ma petite fille. »

---

1. Esprit des eaux (voir note plus haut).

2. *De grands hommes convoitent le poney*

Or il advint que l'Islande, dans un grand élan de réveil patriotique, voulut célébrer le millième anniversaire de la colonisation du pays, et dans cette intention on organisa pour l'été suivant un festival à Thingvellir sur les bords de la rivière Oxar. On annonça aussi la venue du roi Christian Williamson de Danemark pour assister à ces fêtes du millénaire et accorder officiellement aux Islandais leur indépendance. En fait, ils l'avaient toujours considérée comme acquise, mais elle leur avait toujours été refusée par les Danois. Cependant, du jour où le roi Christian débarqua sur le rivage, l'Islande devint constitutionnellement un dominion autonome, sous la tutelle de la couronne danoise. Cette nouvelle fut bien accueillie dans toutes les fermes du pays, parce que les gens supposaient qu'elle annonçait quelque chose de mieux encore.

Un jour, au début de l'été, peu de temps avant la fauchaison des prés, le chien de Hlidar de Steinahlidar devint furieux, ses poils se dressèrent horriblement au bruit de sabots sur la route principale et il sauta sur le toit de la ferme, comme il le faisait toujours dans les grandes occasions. Alors on entendit des aboiements comme ceux qui se firent entendre autrefois, lors de l'entrée dans Gnipahellir.

Un grand nombre de visiteurs montés, suivis de nombreux poneys, arrivèrent à Hlidar de Steinahlidar. Car dans cette région, comme partout en Islande, la route principale passe à travers les fermes. On considérait toujours comme un événement significatif dans le pays que Snati sautât sur le toit, et les cœurs se mirent à battre plus vite, ce qui présageait que ce n'étaient pas des vagabonds qui cheminaient sur la route.

C'est le privilège du narrateur de donner quelques renseignements sur ses héros avant leur entrée en scène. Ce furent deux gentilshommes distingués qui entrèrent à cheval dans la cour de la ferme avec, à leur suite, une ribambelle de valets et de chevaux. A la tête de cette caravane se trouvait le shérif Benediktsson, mais cela ne fait pas partie de ce récit d'examiner les raisons de son voyage : les autorités ont bien des occasions de voyager. Ce shérif était installé dans sa charge depuis deux ans à peine. C'était un homme jeune qui avait été nommé dès qu'il eut reçu son diplôme. Le public le considérait comme un poète. Mais les gens du pays à l'esprit plus moderne, qui voulaient suivre la mode, l'appelaient un « idéaliste ». Cependant comme il n'y avait jamais eu d' « idéalistes » en Islande auparavant, les gens d'un certain âge ne savaient pas ce que voulait dire le mot. Ils reconnaissaient que ce shérif-là n'avait pas le même esprit que les shérifs d'autrefois et ils l'appelaient un hypocrite.

L'autre visiteur était l'homme d'affaires Bjorn de Leirur, qui était parti de rien et qui, de bonne heure dans la vie, avait employé ce qui était considéré comme un talent et une intelligence supérieurs à s'assurer qu'il n'aurait pas, pour vivre, à pourchasser des moutons et à pêcher la morue. Tout jeune, il était allé faire son apprentissage à la gare de marchandises de Eyrarbakki et, plus tard, il avait passé quelques années avec ses employeurs au Danemark. De retour en Islande, il avait été nommé commis du précédent shérif à Hof et avait reçu de lui quelques fermes abandonnées le long de la côte qui portaient des noms significatifs : Antre, Pierres de gué, Marécage. Il les réunit en une seule et vaste propriété sur laquelle il fit construire une demeure imposante. Puis il fit un mariage d'argent et employa un grand nombre d'ouvriers. Naturellement depuis longtemps il n'était plus le secrétaire du shérif, mais par ailleurs il recevait de nombreuses commissions sur des affaires que lui passaient d'autres shérifs et il parcourait maintenant tout le pays pour le compte d'Ecossais, achetant pour eux des poneys et des moutons qu'ils payaient en pièces d'or que lui-même transportait dans de solides sacs de cuir attachés au bât. Il achetait des épaves de bateaux sur la côte sud, parfois aux enchères, parfois en s'arrangeant avec les autorités. Ainsi il avait amassé un tas de richesses qui laissaient les fermiers pantois. Il était toujours là quand quelqu'un était forcé de vendre par manque d'argent liquide, pertes sur l'exploitation de sa ferme ou autres malheurs. A l'époque dont nous parlons, il s'était rendu possesseur d'un grand nombre de fermes dans toute la région. Partout où il allait il choisissait de bons poneys de selle pour son usage personnel et payait en or n'importe quel prix demandé. C'était un voyageur infatigable, ne reculant devant aucune peine ni aucun danger, un homme qui n'hésitait pas à passer à gué les plus puissants courants, là où il les rencontrait, de nuit ou de jour — peut-être parce que ses poneys étaient plus sûrs que la plupart des autres. Mais bien que Bjorn de Leirur avançât en âge maintenant, il n'avait jamais réussi à inspirer suffisamment confiance aux fermiers du pays pour qu'ils en fissent leur représentant. En somme sa popularité était d'autant plus grande et sa réputation d'autant plus belle qu'il était plus loin de chez lui. Bjorn de Leirur cultivait assidûment l'amitié du shérif Benediktsson depuis le jour de son arrivée dans le district : il lui faisait cadeau de poneys, de bétail, de terres et s'attachait à lui autant que cela lui était possible. Il arrivait souvent que Bjorn allât du même côté que le shérif quand celui-ci avait affaire officiellement dans le district et alors ce n'étaient que conversations et bruyants éclats de rires avec les fermiers et leurs gens. Il y avait rarement beaucoup de genièvre de consommé dans ces occasions, mais ordinairement le tabac à priser était humecté de cognac.

Steinar de Hlidar arrangeait ses murs, essayait de s'occuper, en attendant que l'herbe pût être fauchée, ajustant une pierre ici ou là selon ce qu'il voyait à faire. Il s'avança au-devant de ses visiteurs, comme un bon fermier se doit de le faire, et salua respectueusement le shérif. Quant à Bjorn de Leirur, il l'accueillit selon la coutume du pays, en l'embrassant.

« Quel diable d'homme vous êtes, dit Bjorn de Leirur en lui donnant des tapes affectueuses. Toujours en train d'ajuster vos pierres. Toujours en train d'apporter des améliorations à vos murs. Toujours en train de vous amuser. »

Les regards du shérif erraient sur les rebords des murs de pierre polis comme des coquilles d'œufs et lui-même ne pouvait retenir son admiration : « Quelles merveilles vous pourriez bâtir avec des pierres si vous viviez à Rome, l'ami, comme le vieux Thorvaldsen.

— Ce serait de l'ingratitude envers Dieu, si je ne prenais pas la peine de trouver la pierre qui convient à sa niche, dit Steinar. Il faut attraper le coup de main, c'est tout; mon Dieu, oui. Il est possible qu'il n'y ait qu'un trou qui puisse convenir exactement à telle pierre. Certainement je n'ai jamais envié ceux qui peuvent peut-être se distraire mieux que moi. Les plus belles parties de ce mur, cependant, ne sont pas mon œuvre, elles ont été construites par mon arrière-grand-père (que Dieu donne le repos à son âme!) qui a rebâti toute la ferme au siècle dernier, après les grandes éruptions volcaniques qui ont détruit tous les murs dans le pays. Les gens du XIXe siècle n'ont ni l'œil ni le tour de main pour faire des murs comme on les faisait autrefois; et d'ailleurs le temps a travaillé pour eux en affermissant mieux les assises, avec l'aide de Dieu — et peut-être avec l'aide occasionnelle des générations suivantes. Jusqu'à la prochaine éruption volcanique, naturellement.

— J'ai entendu dire que vous ne disiez jamais oui ni non, Steinar, dit le shérif. Je voudrais bien savoir si c'est vrai. »

Steinar fit entendre un petit rire pointu : « Mon Dieu, je ne l'ai jamais remarqué, mon vieux », répondit-il. Selon l'habitude de tout bon fermier de Steinahlidar, il s'adressait toujours aux gens d'importance comme il l'aurait fait à un frère ou plutôt, peut-être, à un pauvre qu'on aime bien, pas tant pour ce qu'il vaut que parce qu'on devine en lui une personne d'essence divine. « Ça ne fait guère de différence ici-bas qu'on dise oui ou non, hi! hi! hi! Et maintenant les amis, venez par ici et entrez : on va boire quelque chose.

— Parlez-moi de votre poulain blanc que nous étions en train d'admirer tout à l'heure, dit Bjorn de Leirur. Quelle belle bête, quel est son pedigree ?

— Il vaudrait mieux que vous demandiez ça aux enfants, répondit Steinar. Ils pensent qu'il est venu directement de la baie. Parfois je pense que les enfants, Dieu les bénisse, tirent beaucoup plus de la vie que nous, les adultes. Pour vous dire la vérité, le cheval leur appartient en quelque sorte. »

Le shérif n'avait pas mis pied à terre, mais Bjorn de Leirur marchait à côté de Steinar en conduisant son poney, tandis qu'ils entraient dans la ferme. Les enfants étaient sortis sur le seuil de pierre. Bjorn de Leirur les embrassa et leur donna à chacun une pièce d'argent, comme c'était la coutume chez les gens généreux.

« Aha! Voilà la fille qu'il me faut comme femme quand elle sera plus grande, dit-il, et voilà le gars qu'il me faut comme contremaître. Mais ce que je voulais dire, mon cher Steinar, c'était : quel drôle d'homme vous êtes de posséder un poulain comme ça! Que diable allez-vous faire d'un cheval comme ça ? Ne voulez-vous pas me le vendre ?

— Oh! c'est un peu tôt pour le vendre, tant que les enfants l'appellent encore un kelpie. Je pense que nous devrions attendre qu'il soit devenu un cheval ordinaire, ce que deviennent la plupart des autres chevaux en fin de compte, et que les enfants aient grandi.

— C'est juste, dit le shérif, ne vendez jamais les contes de fées de vos enfants. Bjorn a déjà bien assez de jouets pour s'amuser. Il a eu deux grosses épaves depuis Noël, à ma connaissance — sans compter toutes les bourgeoises mariées et toutes les filles des fermiers de la région.

— Notre nouveau shérif fait parfois les remarques les plus bizarres, dit Bjorn de Leirur. On dit qu'il est poète.

— Steinar, dit le shérif, si vous vous séparez de ce cheval, vendez-le-moi. C'est tout à fait la bête qu'il me faut l'été prochain, quand j'irai accueillir le roi.

— Je n'ai jamais connu un seul personnage officiel qui n'ait pas réussi à faire d'un bon cheval une vieille rosse en l'espace d'un an, dit Bjorn de Leirur. Mais vous me connaissez bien, mon cher Steinar, et vous savez parfaitement que quand je mets la main sur un bon cheval j'en fais un cheval encore meilleur. »

Le shérif, toujours en selle, alluma sa pipe et dit entre deux bouffées :

« Oui, vous les vendez à prix d'or aux Anglais qui les rendent aveugles et les mettent au travail dans les mines de charbon. Heureux le cheval qui devient une vieille haridelle ici, en Islande, plutôt que de tomber dans vos griffes.

— Craignez le Seigneur, mes enfants, dit Steinar de Hlidar.

— Dites votre prix, dit Bjorn de Leirur. Si c'est de bois de charpente dont vous avez besoin pour la construction, servez-vous. J'ai des quantités de cuivre et de fer et de l'argent à ne pas savoir qu'en faire. Venez jeter un coup d'œil chez moi et voyez par vous-même. »

Il tira une grosse bourse de cuir de son manteau. Steinar s'approcha et regarda à l'intérieur.

« Qu'est-ce que diraient mes enfants si je vendais notre cheval magique ? dit-il.

— Voilà du caractère, dit le shérif. Tenez le coup, ne vous laissez pas faire par lui.

— Si vous ne voulez pas d'or, je vous donnerai une bonne vache, dit Bjorn de Leirur. Deux, si vous voulez.

— Je ne peux pas continuer à perdre mon temps en bagatelles de la sorte, dit le shérif.

— Ce qu'il y a d'embêtant, mon cher ami, c'est que lorsque le monde cesse d'être féerique aux yeux des enfants, il leur reste alors bien peu de chose, dit Steinar. Peut-être pourrions-nous attendre encore un peu.

— Amenez-moi le cheval blanc à Leirur, quand vous serez disposé, dit Bjorn, et nous l'examinerons à nouveau. Nous en reparlerons. J'ai toujours eu beaucoup de plaisir à examiner de bons chevaux.

— Ne conduisez jamais votre cheval blanc à Leirur, dit le shérif, même s'il vous offre une vache en échange. Vous retourneriez chez vous ce soir-là avec rien dans les poches, sauf une ou deux aiguilles de cordonnier.

— Ah! taisez-vous donc, shérif, dit Bjorn de Leirur. Mon bon ami, Steinar de Hlidar, me connaît assez bien pour savoir que je n'essaie jamais deux fois d'acheter le même cheval à qui que ce soit. Et nous pouvons nous embrasser encore, qu'il me vende son cheval ou non. »

Et sur ces mots les visiteurs s'éloignèrent sur leurs chevaux.

3. Le romantisme apparaît en Islande

La vie en Islande n'était pas devenue romantique au point de voir les paysans s'en aller faire des excursions à cheval le dimanche, pendant l'été, comme on faisait des excursions en forêt au Danemark : cela devait avoir lieu plus tard. A cette époque, dans ce pays, il était considéré comme un péché de faire quoi que ce fût pour la seule raison que c'était agréable. Plus d'un siècle auparavant, le roi de Danemark avait aboli par décret tout divertissement en Islande. La danse était l'œuvre du diable et on n'avait pas dansé en Islande depuis des générations. Il ne paraissait pas convenable que de jeunes célibataires se marchent mutuellement sur les pieds, sauf peut-être tout au plus pour avoir des enfants illégitimes. Toute la vie devait avoir un but utile et servir la gloire de Dieu. Mais il y avait cependant des fêtes dans l'année.

Une des fêtes principales était le sevrage des agneaux et leur séparation de leur mère. Elle avait lieu vers la mi-été, quand le soleil brillait toute la nuit. Les hommes et les moutons prenaient part à un marathon diurne et nocturne agréable à Dieu et l'air retentissait de bêlements aigus, car les agneaux pleurent sur le mode majeur. Les chiens avaient la langue pendante toute la journée et beaucoup d'entre eux ne pouvaient plus aboyer. Quand les agneaux avaient été séparés des brebis pendant quelques jours, on les conduisait loin, là-haut, dans la montagne. C'était une excursion merveilleuse pour tout le monde, sauf pour les agneaux.

La transhumance durait toute la nuit et se faisait en grande partie en suivant la rivière, de crête en crête, jusqu'à l'endroit où commençaient les montagnes, des montagnes inconnues entre lesquelles coulaient des rivières inconnues, où se miraient des ciels inconnus. C'était le monde des oies sauvages et c'est avec elles que les agneaux auraient à partager les douceurs de ce pays sauvage pour le reste de l'été. Là on pouvait sentir la froide bise venant des glaciers et Snati, le chien de la ferme, commença à éternuer.

Un certain nombre de fermes de Steinahlidar se groupaient toujours pour cette transhumance. Les femmes avaient parfois la permission de venir, des servantes dévouées se faisaient une fête, un an à l'avance, de ce merveilleux événement. Car la monotonie de la vie d'un homme n'était rien comparée à celle d'une femme. Des jeunes étaient autorisés à venir eux aussi et même de grands enfants. L'un d'entre eux était le jeune garçon de Drangar aux cheveux blonds qui venait de finir la saison de pêche du printemps à Thorlakshofn et avait rendu visite à Hlidar de Steinahlidar en revenant chez lui. Il habitait à quelques fermes de là, à l'est, là où quelques collines solitaires se séparaient du flanc de la montagne et se tenaient à l'écart. La petite Steina, la fille de Steinar, avait été confirmée cette année-là et, pour célébrer le fait qu'elle était maintenant une grande fille, son père l'avait juchée sur le dos de Krapi sans dire un mot. C'était là quelque chose qui n'était jamais arrivé auparavant. Il supposait que le poney ne partirait pas au galop avec elle sur son dos, puisque l'allure de la troupe était réglée par celle des agneaux éplorés.

L'amour, comme nous l'appelons aujourd'hui, n'avait pas encore été importé en Islande. Les gens s'unissaient sans passion selon les lois non écrites de la nature et en conformité avec le piétisme allemand du roi de Danemark. Le mot amour avait survécu dans la langue, à coup sûr, mais seulement comme survivance d'un âge lointain, inconnu, lorsque les mots avaient une signification totalement différente de celle d'aujourd'hui : peut-être l'avait-on employé en parlant des chevaux. Mais néanmoins, la nature faisait ce qu'elle voulait, comme il a déjà été dit; car si un garçon et une fille n'avaient pas la possibilité de se faire les yeux doux pendant les longs sermons allemands sur le piétisme, ou dans les enclos où le bêlement des moutons est le plus bruyant du monde, ils ne pouvaient guère manquer de se toucher par hasard en liant les bottes de foin l'été. Et, bien que seul le soliloque de l'âme fût permis et que les poètes nationaux ne pussent guère rien révéler de leurs pensées intimes dans un poème, que de dire qu'ils se moquaient de la destinée, on sent bien que les gens n'en étaient pas moins bâtis normalement. Par signes secrets et conversations énigmatiques, il était possible de maintenir le cours naturel ordinaire de la vie dans toutes les régions de l'île. C'est ainsi que pendant tout le voyage avec les agneaux, la fille de Steinar ne regarda pas une seule fois le blondinet de Drangar : elle regardait toujours exactement dans la direction opposée. Mais elle chevauchait son poney blanc avec autant de sûreté que si elle n'en avait jamais monté d'autre.

Lorsqu'ils se furent avancés si loin dans les hautes terres que Snati commença à éternuer, ils tombèrent sur un grand lac ensoleillé, où l'on respirait un air glacé étrange. Soudain le jeune garçon arriva à sa hauteur et lui dit :

« Est-ce que vous n'avez pas été confirmée au printemps dernier ?

— Oui, avec un an de retard. J'aurais dû être confirmée l'année dernière, mais alors j'étais un peu trop jeune.

— Quand je suis allé chez vous en revenant de la pêche et que je vous ai vue, je pouvais à peine en croire mes yeux.

— Oh! je suis probablement devenue maintenant une grosse sotte bien laide. Ma seule consolation, c'est que je suis restée une petite fille intérieurement.

— Moi aussi, j'ai tout mon temps pour devenir raisonnable, bien que j'aie appris beaucoup de choses en allant à la pêche, croyez-moi, dit-il.

— Je crois encore un tas de choses qui ne sont peut-être pas vraies, dit-elle. Pour le reste, je n'y comprends rien.

— Ecoutez, dit-il, pourquoi ne me laisseriez-vous pas faire un tout petit tour sur votre poney blanc. Votre père ne peut pas nous voir derrière ce monticule.

— Avez-vous perdu la tête ? Croyez-vous que je vais vous laisser monter ce poney sur ce terrain marécageux avec des lacs tout autour de nous ? C'est un esprit des eaux.

— Un kelpie ? demanda-t-il.

— Vous ne le saviez pas ? dit-elle.

— Ses sabots ne sont pas tournés vers l'arrière, autant que je puisse voir.

— Je n'ai jamais dit que c'était un kelpie des deux côtés, dit la fille. Un moment, je vous prie, je crois qu'on nous appelle.

— Je vous parlerai plus tard. Bientôt. Je viendrai vous rendre visite, dit-il.

— Je vous en prie, n'en faites rien, pour l'amour de Dieu. J'aurais trop peur. Vous ne me connaissez pas du tout, en tout cas. Et je ne vous connais pas du tout non plus.

— Je n'ai pas dit que j'allais venir tout de suite, dit-il. Pas aujourd'hui, ni demain. Ni le jour suivant non plus. Peut-être quand vous aurez dix-sept ans. Je serai presque majeur à ce moment-là. J'espère que vous n'aurez pas vendu ce poulain à Bjorn de Leirur avant que je vienne.

— Je serai si intimidée que je me cacherai dans un placard ! » et sur ces mots elle fit faire demi-tour à son poney de façon à ne plus avoir à regarder le jeune garçon, et d'ailleurs les pères des jeunes gens étaient arrivés presque à leur hauteur.

« Il ne faut pas permettre à l'aile gauche de la troupe de rester en arrière, mes enfants », dit le père de la jeune fille.

L'autre fermier dit :

« Je serais bien surpris si ces deux-là n'avaient pas échangé quelques tendres propos. »

4. *Le poney et la destinée*

Partir dans la montagne avec les agneaux, au milieu de l'été, sur un poney qui descend des kelpies, un souffle d'air qui vient des glaciers — tous ceux qui ont fait ce voyage dans leur jeunesse en rêvent toujours par la suite, quelle que soit la durée de leur vie et, avec le vide muet des regrets et de la résignation, en rêvent jusqu'à la mort.

Elle ne monta Krapi que cette fois-là; pourquoi pas toujours depuis ce jour-là ?

« L'année dernière, Steinar, je vous disais que vous devriez me céder ce cheval blanc cet été pour aller accueillir le roi, dit le shérif. Il est important d'arriver à Thingvellir sur une belle monture un jour comme celui-là, autant pour faire impression sur les habitants des autres districts que sur les Danois eux-mêmes. »

Steinar de Hlidar se mit à rire de son petit rire aigu :

« J'ai souvent admiré les chevaux du shérif, dit-il. Des bêtes merveilleusement sûres, excellentes pour traverser les rivières à gué; ce n'était pas du travail fait à moitié. Je ne peux rien dire du roi, naturellement, mais j'aimerais bien voir un shérif dans ce pays qui serait mieux monté.

— C'est oui ou c'est non ? » dit le shérif.

Il était très pressé, comme tous les personnages officiels et n'avait pas le temps d'écouter des propos évasifs.

« Hum, dit Steinar de Hlidar en avalant soigneusement sa

salive. Le fait est, mon cher ami, que le poney en question n'a subi aucun entraînement et n'est même pas encore complètement dressé. Mais le fait est qu'il est devenu un cheval magique pour mes enfants, et sa valeur, s'il en a une, c'est ce qu'il est aux yeux des enfants, pendant qu'ils sont jeunes et encore petits.

— C'est très dangereux de laisser les enfants monter des chevaux non dressés, dit le shérif. Les enfants devraient être attachés sur de vieux canassons dociles.

— En vérité, jusqu'ici, je ne leur ai pas laissé prendre l'habitude de le monter, dit Steinar. Mais si vous me permettez de vous le dire, j'aime me servir de Krapi comme modèle quand je leur raconte des histoires de créatures splendides, comme le cheval Grani que montait Sigurd, le Tueur de Dragons, quand il alla combattre le dragon Fafnir ou Faxi, le cheval du défunt Hrafnkel Frey-Priest, la bête habitée par le dieu Frey, étant bien entendu que quiconque le montait, sauf Hrafnkel lui-même, jouait sa vie, et je n'oublie jamais Sleipnir qui chevauche le long de la voie lactée, avec ses huit pattes, si vigoureusement qu'il fait envoler les étoiles — ou bien je leur dis que notre poulain est peut-être un kelpie venu tout droit de la baie. »

Le shérif ralluma sa pipe :

« Ne perdez pas votre temps à me raconter ces vieilles légendes, mon vieux. Je suis capable d'inventer mes propres contes de fées, Dieu merci. Vous, les paysans, vous oubliez toujours que Sigurd, le Tueur de Dragons, est descendu en enfer il y a bien longtemps avec son dragon et tout le bataclan. Mais vous laissez Bjorn de Leirur vous voler tout ce qu'il veut, même vos âmes, si vous en aviez et qu'il veuille se les approprier.

— Je ne peux vraiment pas dire que j'aie jamais eu l'intention de permettre au vieux Bjorn d'aller bien loin sur Krapi, dit Steinar. Et pourtant, Bjorn ne mérite guère que des remerciements en ce qui me concerne.

— Le jour peut venir, mon ami, où vous vous séparerez de ce poney pour moins que rien et vous aurez alors lieu de regretter d'avoir refusé de me le vendre », dit le shérif et il remonta sur son cheval.

Steinar de Hlidar, debout sur le seuil de sa porte, se mit encore à rire de son petit rire aigu.

« Je sais très bien qu'on n'a jamais considéré comme convenable qu'un pauvre homme possède un beau cheval, dit-il. Et je me rends compte que c'est la raison pour laquelle vous, gens importants, vous vous moquez tant de moi. Que le bon Dieu vous pardonne! Il faut prendre les choses comme elles viennent. C'est-à-dire que peut-être avant longtemps le cheval cessera d'être un cheval plus remarquable que les autres et peut-être ce jour est-il déjà arrivé, bien que j'aie peine à le croire. »

Une fois de plus il apparut que plus les offres faites à Steinar devenaient pressantes, plus aimables devenaient ses ricanements suraigus. Mais le oui, qui de toute façon était le mot qui lui était le plus étranger, se retirait dans le lointain jusqu'à disparaître entièrement dans cet infini auquel appartient le mot non.

Mais Steinar de Hlidar aimait un peu plaisanter, exactement comme les gens importants. Nombreux furent ceux qui sourirent quand le bruit circula qu'il avait refusé de vendre au shérif, comme à Bjorn de Leirur, son poney pour la chevauchée de Thingvellir, mais qu'il avait l'intention maintenant d'y aller lui-même après la fenaison, afin de présenter ses respects au roi.

Depuis longtemps il avait été décidé quels membres de la noblesse terrienne du pays iraient souhaiter la bienvenue au roi et lui feraient escorte. Il va sans dire que Steinar de Hlidar n'était pas de ceux-là. Mais il semble que lui-même ne doutait nullement qu'il dût y aller de son propre chef. Il était indéniable que son cheval avait quelque chose qui contrastait singulièrement avec les autres chevaux et qui les faisait paraître inférieurs : quelque chose dans son allure, dans son port, dans son regard, ainsi que sa souplesse extrême qui, tout au moins, faisait penser qu'il n'était pas juste de dire que le cheval, en tant qu'espèce, n'avait pas évolué depuis la perte de sa corne... que son développement n'était pas totalement terminé, bien que son évolution lui eût donné la plus parfaite forme de pied jamais

Le poney et la destinée 29

connue, un seul orteil fixé dans un sabot. Ce cheval-là était, du moins à sa manière, à peu près comme le pape : non seulement au-dessus des autres chevaux, mais au-dessus de tout ce qui l'entourait, prairies, rivières, montagnes, tout.

Il n'y avait aucun doute que c'était le cheval que Steinar de Hlidar allait monter pour aller voir le roi — ou plutôt, comme il le dit à ses voisins avec sa modestie habituelle : « Notre Krapi va aller à Thingvellir souhaiter la bienvenue au roi avec le gars de Hlidar sur son dos. » Mais il ne manquait pas de plaisantins dans le pays pour retourner la phrase et dire que le cheval blanc de Hlidar allait monter sur le dos de son maître pour aller voir le roi à Thingvellir.

Bien que Krapi fût aussi doux qu'un bébé dans la cour de la ferme et se sentît à l'aise attaché dans le champ familial, il devenait une créature bien différente quand il s'agissait de l'attraper dans les pâturages. Près de la ferme il se conduisait comme un prisonnier modèle qui mérite toutes les faveurs, même celle d'être libéré à la première occasion. Mais au milieu des grands espaces, il était son propre maître. Si quelqu'un essayait de l'attraper pendant qu'il broutait et de le faire descendre vers le rivage quand il était avec les autres poneys, il échappait à ses poursuivants comme un souffle d'air; plus ils essayaient de l'approcher, plus il mettait d'espace entre eux et lui; plus vite ils arrivaient sur lui, plus il ressemblait au vent même, filant par-dessus les éboulis et la neige boueuse, l'eau et les fondrières, comme si c'était la plaine unie. Quand il en avait assez de ce jeu, il fonçait droit sur la montagne. Ce fut le cas le jour où Steinar de Hlidar s'en alla vers les pâturages avec une bride derrière son dos pour attraper à l'improviste le poulain, la veille de son départ. Le poney bondit, secoua la tête dans toutes les directions comme si quelque chose l'avait effrayé, puis se mit à galoper dangereusement en grimpant le sentier à pic de la montagne et il disparut de l'autre côté de l'arête. Cela signifiait que Steinar devait maintenant ratisser la montagne avec toute sa famille pour faire descendre tous les poneys afin que Krapi puisse être rattrapé et mis à l'écurie. Quand ils eurent poursuivi le poney sur toutes les croupes, ils l'aperçurent se tenant droit, tout seul, sur une butte, regardant vers le glacier, et hennissant bruyamment

« C'est ça, hennis bien et regarde bien le glacier, mon gars! lui cria Steinar. Car bientôt peut-être tu vas changer de décor. »

La poussière soulevée par la délégation des dignitaires et des notables était depuis longtemps tombée sur toutes les pistes de Steinahlidar et le bruit de leurs sabots s'était mêlé à celui d'autres notables et loyalistes venus de l'extrême ouest. Les personnages officiels devaient saluer le roi au moment où le bateau royal entrerait dans le port de Reykjavik. Les shérifs et les membres du parlement étaient des hôtes, qui s'étaient invités eux-mêmes au banquet qui devait se tenir dans la capitale.

Par une des dernières journées paisibles de l'été, où rien ne bougeait, sauf une hirondelle de mer somnolant dans un sentier et un huîtrier traversant élégamment la prairie, au beau milieu de ce silence qui tombe sur ceux qui restent quand les grands sont partis pour leurs festivités, le fermier de Hlidar en Steinahlidar sella son poney et s'en alla tout seul. Snati le chien de la ferme avait été enfermé. La femme de Steinar était sur le seuil de sa porte et essuyait une larme déférente en regardant son mari s'éloigner dans le sentier; les enfants se tenaient à ses côtés après avoir passé leurs bras autour du cou du poney et l'avoir embrassé pour la dernière fois sur son museau qui sentait bon. Ils ne bougèrent pas jusqu'à ce que leur père eût traversé les éboulis et eût disparu en direction de l'ouest, derrière le pan de la colline.

5. *La lave sacrée est profanée*

Au gouffre de Brennu qui est à Thingvellir l'endroit où l'on brûlait les gens sur le bûcher, un petit nombre de fermiers s'étaient réunis à la tombée du jour, un soir de la fin de l'été, la veille de l'arrivée du roi. Les éboulis au pied de la colline étaient presque cachés par la mousse, et sur le bloc de lave couvert de mousse de la hauteur d'un homme, quelqu'un était grimpé pour faire un discours à ses concitoyens sur un sujet d'importance. Quelques esprits curieux s'étaient laissé entraîner là pour savoir s'il y avait quelque chose d'intéressant, et parmi eux se trouvait Steinar de Hlidar. Il tenait sa cravache à la main.

Autant qu'il pouvait s'en rendre compte à distance, il lui sembla que l'homme citait des passages de la Bible, mais il fut étonné de remarquer que les attitudes pieuses qu'adopte habituellement l'auditoire en pareilles circonstances ne se manifestaient guère cette fois. En vérité, la plupart des assistants paraissaient plutôt indignés et certains ne cachaient pas qu'ils désapprouvaient ce qui se disait. L'orateur était constamment interrompu et quelques coups de sifflets impolis se faisaient distinctement entendre; certains riaient simplement ou poussaient des cris. Mais l'orateur n'était jamais embarrassé pour répondre et ne se troublait jamais, bien que son débit fût naturellement un peu gauche.

Il paraissait être à peu près de l'âge de Steinar, fortement charpenté, la tête dans les épaules et plutôt maigre, avec un visage décharné marqué de la petite vérole ou creusé par les souffrances; tout son aspect témoignait d'épreuves exceptionnelles. A cette époque, la plupart des Islandais avaient des joues rondes sous leurs favoris, et leurs tribulations d'adultes étaient aussi naturelles pour eux que les chagrins de l'enfance : même les hommes les plus âgés avaient la même expression que les enfants. Beaucoup de gens en Islande, en ce temps-là, avaient une espèce de peau rose transparente : la couleur allait d'un rouge bleuté froid à une rougeur bleu foncé, selon la température et la nourriture qu'ils prenaient. Or cet homme avait un visage gris-brun assez semblable à la couleur des cours d'eau qui descendent des glaciers ou à celle du café réchauffé additionné de lait écrémé. Il avait une épaisse tignasse tout ébouriffée et ses vêtements étaient trop grands pour lui, mais malgré cela, il n'avait pas l'air d'un épouvantail

Et de quoi parlait cet homme, à Thingvellir, près de la rivière Oxar, en dehors du programme officiel des grandioses fêtes nationales, alors que toutes les honnêtes poitrines du pays se gonflaient d'orgueil et de l'espoir en des temps meilleurs à venir ?

Steinar de Hlidar demanda qui pouvait bien être ce prêcheur et on lui répondit que c'était un hérétique.

« Oh! vraiment, dit Steinar. Je voudrais bien voir de près un homme comme ça. Nous voyons beaucoup d'étrangers à Steinahlidar, mais la plupart d'entre eux semblent avoir des idées orthodoxes au sujet du Tout-Puissant. Excusez-moi, messieurs, mais quelle est l'hérésie de cet homme ?

— Il vient d'Amérique pour prêcher les révélations d'un nouveau prophète qui combat Luther et le pape, un individu nommé Joseph Smith, à ce qu'il paraît, dit l'homme auquel Steinar s'était adressé. Ils ont plusieurs épouses. Mais les autorités ont brûlé tous ses tracts, qui contenaient ses révélations et voilà qu'il est venu à Thingvellir pour voir le roi et obtenir la permission d'écrire d'autres tracts hérétiques. Ils baptisent par immersion. »

Steinar s'approcha. A ce moment il n'était plus question de faire un discours dans les règles. Le prêche de l'étranger avait tant irrité tout le monde que l'auditoire lui donnait à peine le temps de finir une phrase et se mettait à crier pour le contredire ou demander des explications complémentaires. Certains étaient maintenant si véhéments qu'ils ne trouvaient plus leurs mots pour insulter l'hérétique.

« Quelle preuve a-t-il, cet individu dont vous parlez, pour dire qu'il faut baptiser par immersion ? hurla un interrupteur.

— Est-ce que le Sauveur lui-même n'a pas été baptisé par immersion ? répondit l'orateur. Croyez-vous que le Sauveur aurait permis qu'on le baptisât par immersion si le Seigneur avait reconnu le baptême des enfants. Dans la Bible, le baptême est toujours par immersion. Il n'y a pas de baptême d'enfants dans le message de Dieu. Personne n'a songé à asperger d'eau les enfants avant le IIIe siècle, au début de la Grande Apostasie, lorsque des gens ignorants et impies eurent l'idée de laver les enfants qui allaient être sacrifiés à un dieu de cuivre — oui, monsieur. Ils se disaient chrétiens, mais ils adoraient le démon Saturne. Puis le pape, naturellement, adopta cette perversion comme toutes les autres hérésies et Luther le suivit, bien qu'il se vantât d'en savoir plus long que le pape. »

Quelqu'un demanda :

« Est-ce que Joseph Smith peut faire des miracles ? »

L'orateur répondit :

« Et Luther, où sont ses miracles ? Et le pape, où sont ses miracles ? Je n'en ai jamais entendu parler. Par ailleurs, toute l'existence des Mormons est un miracle, à partir de l'instant où Joseph Smith a parlé au Seigneur pour la première fois. Quand Luther a-t-il parlé au Seigneur ? Quand le pape a-t-il parlé au Seigneur ?

— Dieu a parlé à l'apôtre Paul, dit un homme instruit.

— Oh ! ça, ce fut un bien court entretien, répliqua l'orateur. Et Dieu n'a jamais voulu lui donner qu'une seule interview. Au contraire, le Seigneur a parlé à Joseph Smith non pas une fois, non pas deux fois, non pas trois fois, mais cent trente-trois fois, sans compter les principales révélations.

— La parole de Dieu ici, en Islande, c'est la Bible », dit le grave théologien qui avait parlé précédemment. Mais le prêcheur répondit rapidement. « Est-ce que vous croyez que Dieu a été frappé de mutisme quand il a eu fini de dicter la Bible ? » demanda-t-il.

Un plaisantin cria :

« Pas de mutisme, mais de stupéfaction à la pensée que Joseph Smith allait venir la dénaturer.

— Mutisme ou stupéfaction, je n'ai pas l'intention de discuter de ça avec vous, l'ami. Mais j'ai l'impression que vous croyez que Dieu est totalement réduit au silence et qu'il n'a pas ouvert la bouche depuis près de deux mille ans ?

— Du moins, je crois que Dieu ne parle pas aux imbéciles, dit l'interrupteur.

— C'est tout à fait vrai, dit l'hérétique. Je suppose qu'Il aime beaucoup mieux s'adresser à de respectables fermiers, à des shérifs et peut-être à un ou deux pasteurs ? Mais permettez-moi d'ajouter un mot, si possible, puisque vous posez la question des miracles : quels miracles avez-vous à opposer au fait que Dieu a conduit Joseph Smith vers ses tablettes d'or, sur la colline de Cumorah, et, par révélations directes, a montré aux Mormons le chemin de la Terre promise, la demeure de Dieu, le Royaume des saints du dernier jour, dans la vallée du Lac Salé ?

— Eh là! une minute! dit l'interrupteur. Depuis quand l'Amérique avec ses bandes de gangsters et de mendiants est-elle devenue le Royaume de Dieu ? »

Là, le Mormon dut s'y reprendre à deux fois pour avaler sa salive.

« Je dois admettre, dit-il enfin, qu'on a parfois la bouche bien cousue ici, en Islande, et qu'il faut un effort pour des gens illettrés comme moi pour la découdre. Il n'y a qu'une chose que je puisse vous dire, parce que je sais que c'est la vérité absolue : tout ce que le Sauveur et les saints du pape ont essayé, mais n'ont pas pu faire, bien que tous vos rois luthériens les aient suivis comme des ombres, Joseph Smith et son disciple Brigham Young l'on fait, lorsque sur l'ordre exprès de Dieu et suivant Ses désirs, ils nous ont conduits, nous, les Mormons, à Sion, la cité de Dieu sur la terre. Une lumière resplendissante brille sur ce pays. C'est là que vous trouverez la Vallée heureuse de Dieu et Son Millénaire sur terre. Et parce que cette vallée est située loin derrière les montagnes, les marécages, les déserts et les fleuves de l'Amérique, et en second lieu parce que c'est l'Amérique qui conservait les tablettes d'or que Joseph a trouvées, le nom seul d'Amérique est un éloge suffisant.

— Oui, et de tous les filous et vagabonds d'Amérique, Joseph avec ses tablettes était le pire, cria quelqu'un dans la foule.

— Où est votre Terre promise ? répliqua l'orateur.

— Au ciel!

— Ah oui, c'est ce que je pensais. Est-ce que ce n'est pas un peu haut dans la stratosphère ?

Un autre dit :

« Ça serait amusant de jeter un coup d'œil sur ces tablettes d'or. Je ne pense pas que vous en ayez un morceau sur vous? Et même rien qu'un tableau des richesses naturelles de Sion ?

— Dans la vallée du Lac Salé, il est tout à fait normal pour n'importe quel fermier de posséder dix mille brebis et d'autres têtes de bétail en plus, dit le Mormon. Et dans votre millénaire, à vous, quelles sont vos espérances ? »

Cet exposé sur les conditions du fermage et de l'élevage des moutons, dans la Terre promise, sembla déconcerter un moment l'assistance.

« Notre Sauveur est notre Sauveur, Dieu soit loué! affirma un homme élevé dans la crainte de Dieu, comme pour se donner du courage et se raidir contre cette perspective de posséder tant de moutons.

— Oui, et Joseph n'est peut-être pas Joseph? dit le Mormon. C'est ce que j'aurais pensé, bien que je ne sois pas très instruit. Joseph est Joseph, Dieu soit loué.

— Le Nouveau Testament est notre preuve, cria l'homme au vocabulaire de pasteur. Celui qui croit en Jésus-Christ ne croit pas en Joseph.

— Voilà un mensonge! s'écria le Mormon. Celui qui croit en Jésus-Christ peut certainement croire en Joseph. Seul celui qui croit au Nouveau Testament peut croire aux tablettes d'or.

Mais celui qui croit que l'Evangile est un faux fabriqué par des vagabonds et qui demande : « Où est l'original ? » celui-là ne peut pas croire en Joseph non plus. Celui-là vous dira qu'il met le Nouveau Testament et les tablettes d'or de Joseph dans le même sac. Celui-là vous dira : « Tout comme les amis du Sauveur ont inventé le Nouveau Testament, de même les amis de Joseph ont inventé les tablettes d'or. » Celui-là essaiera de vous prouver que le Sauveur et Joseph étaient tous deux des imposteurs. Chers frères, nous autres Mormons, nous ne nous adressons pas aux gens qui parlent comme je viens de vous le dire. Ils sont au ban de l'humanité.

— Je crois me rappeler, l'ami, dit un riche fermier, que vous nous disiez tout à l'heure combien vous aviez de brebis. Dix mille, c'est bien ça, n'est-ce pas ? Eh bien dites-nous maintenant combien vous avez d'épouses.

— Combien les hommes avaient-ils d'épouses dans la Bible ? Des hommes comme Salomon, par exemple, qui était pour le moins un aussi riche fermier que vous ? dit le Mormon. Et est-ce que Luther n'a pas permis à l'Electeur de Hesse d'avoir plus d'une femme, peut-être ? Et pourquoi le papisme a-t-il été aboli en Angleterre ? Simplement pour permettre au vieil Henri d'avoir plusieurs épouses !

— Ici, on est islandais, cria une voix dans la foule.

— Oui, et les Islandais ont toujours été polygames », dit le Mormon.

De braves gens parmi l'assistance restèrent pantois. Certains crièrent : « Vous êtes un menteur. » D'autres le mirent au défi de prouver ce qu'il avançait.

« Eh bien, ils étaient polygames quand je les ai connus, dit le Mormon. Il était considéré comme légitime que tout homme pût faire d'un certain nombre de femmes des catins, au lieu de leur offrir une condition honorable, sous le serment du mariage, comme nous le faisons, nous, les Mormons. Les Mormons ne laissent pas de charmantes jeunes filles se dessécher devant leurs yeux, dans la honte et l'humiliation, si elles refusent d'épouser le premier rustre qui se présente. Beaucoup de belles filles, par ailleurs, sont heureuses de partager un honnête homme plutôt que de se contenter d'un butor toute leur vie. Nous autres dans la vallée du Lac Salé nous ne voulons pas entretenir des catins, des vieilles filles, des mères de famille ou des veuves déshonorées pour alimenter les potins des commères. Mais dans mon enfance, en Islande, le pays était peuplé de femmes semblables. On attribuait certains pères à certains enfants et la plupart des femmes se mariaient pour sauver leur réputation. Moi-même j'ai été conçu et élevé sous le régime de cette polygamie. Des gens disaient que j'étais le fils d'un pasteur. C'était la coutume pour les gens qui exerçaient l'autorité et qui avaient à voyager beaucoup de coucher avec toutes les femmes qu'ils désiraient, mariées ou non. Ma mère fut forcée de chercher refuge aux îles Westmann où elle mourut du mépris avec lequel elle fut traitée et je fus ramené en Islande et élevé dans la paroisse de ma mère. Un orphelin, et encore plus un enfant illégitime, n'a jamais été un être jouissant de beaucoup de considération dans la société islandaise. Invariablement on me donnait de nouveaux vêtements et on me coupait les cheveux le premier jour de l'été. On dépoussiérait le sac sur lequel le chien avait couché à la porte tout l'hiver en le tapant contre le mur; on y faisait un trou pour que j'y passe la tête et c'est ça qu'on me donnait à porter. La polygamie a toujours été pratiquée en Islande, mais voilà comment elle se manifestait dans la réalité pour la femme et les enfants. Ce n'était peut-être pas tout à fait aussi triste de mon temps qu'auparavant, où les femmes illégitimes des polygames étaient mises à mort en les noyant dans un étang, ici, à Thingvellir, pour avoir donné naissance à leur enfant. Chez nous, dans la vallée du Lac Salé, d'un autre côté... »

A ce point de l'exposé du Mormon, il devint évident que certains des fermiers qui l'écoutaient sentirent qu'il avait été assez loin. Quelques-uns d'entre eux déclarèrent qu'ils n'étaient pas venus à Thingvellir de si loin pour voir la lave sacrée profanée et les lieux souillés par des propos infâmes sur des gens éminents et de respectables fermiers. De partout jaillirent les cris que l'hérétique était allé trop loin. Plusieurs personnes s'approchèrent de lui et essayèrent de le culbuter par-dessus la pierre. Le Mormon les regarda attentivement par-dessus ses lunettes et s'arrêta au milieu d'une phrase et abandonnant immédiatement son attitude de prédicateur, il leur dit calmement d'un ton ordinaire :

« Est-ce que vous songez à porter la main sur moi ?

— Si vous insultez ce sanctuaire sacré avec un mot de plus sorti de votre bouche honteuse et impie, il vous en cuira, dit un gentleman botté en se dirigeant rapidement vers la pierre sur laquelle se tenait le Mormon.

— J'en ai fini, dit le Mormon. Je m'arrête toujours quand les gens s'apprêtent à me frapper. Dieu vaincra sans que les Mormons aient à se battre. Au revoir, messieurs, je m'en vais. »

On cria : « Honteux individu ! Quelle honte de jurer en vain le nom de Dieu ! »

Le Mormon descendit assez lourdement du rocher. Deux ou trois respectables fermiers se saisirent de lui, non pas pour l'aider à descendre, mais pour le prendre à partie. Ils le maintinrent solidement et l'exposèrent devant la foule, de sorte que tous ceux qui en avaient envie pouvaient venir le traiter comme ils voulaient. Un gentleman en bottes s'avança et lui donna un coup de pied. Un autre brave homme lui donna deux coups en pleine figure.

Il y avait un assistant qui se tenait tout à côté, avec une cravache dans la main, un individu d'aspect assez lourd et commun.

« Très bien, voilà une cravache, dit un gros bonhomme à la veste brodée d'or et portant un bouc. Eh là ! vous, l'homme aux mollets de coq ! Prêtez donc votre cravache à ces gaillards.

— Il se trouve que tant que je tiens cette cravache, hi hi hi ! elle possède une intelligence humaine, pourrait-on dire ; pas beaucoup peut-être, c'est vrai », dit Steinar de Hlidar, en riant de son petit rire aigu.

Est-ce parce qu'ils n'avaient pas pu emprunter la cravache de Steinar ou pour autre chose, mais en tout cas ils cessèrent de battre le Mormon. Ils le relâchèrent et lui dirent d'aller au diable. Un peu courbé, traînant les pieds et les jambes écartées, il se dirigea vers la rivière, en bas. Selon la vieille coutume islandaise, ils se moquèrent de lui tandis qu'il s'éloignait. « En Amérique! » criaient les uns. « A la mare salée! », criaient les autres, tandis que d'autres encore ne criaient que des obscénités. Mais le Mormon ne tournait pas la tête et ne pressait pas le pas. En peu de temps, toute la véhémence de la foule s'apaisa et les gens se dispersèrent. Bientôt il n'y eut plus au gouffre de Brennu que Steinar de Hildar assis sur une pierre, sa cravache à la main.

Steinar était un des hôtes non invités à Thingvellir; il ne représentait personne en particulier — à peine lui-même et certainement pas son poney —, il représentait tout au plus peut-être sa cravache. En conséquence, rien n'avait été préparé pour le recevoir, aucune chambre, à ce grand festival national, rien qu'un lit de mousse sur la lave sacrée et comme seul rafraîchissement la brise que soufflaient les anges gardiens du pays. Après avoir confié son poney aux garçons d'écurie, au début de la soirée, il s'était trouvé seul avec sa cravache pour toute compagnie, et comme il se trouvait alors au gouffre de Brennu sans savoir où aller, il se mit à chercher un endroit où la mousse était assez épaisse pour adoucir les rudes aspérités de la pierre.

Tandis qu'il était occupé par ces pensées, après le départ de ces gens qui s'étaient tous excités contre le Mormon, il s'aperçut que l'orateur était revenu au gouffre. En fait il n'était guère allé plus loin que le premier tournant de la colline pour se soustraire à la vue de la foule, pendant que les gens reprenaient leur sang-froid. Maintenant, dans ce crépuscule de fin d'été, il avait l'air de chercher, comme s'il avait perdu quelque chose, et ne se donna pas la peine de saluer Steinar, même quand celui-ci passa juste devant lui.

« Bonsoir, mon ami, dit Steinar de Hlidar.

— Avez-vous l'intention de vous servir de votre cravache pour me frapper ? demanda le Mormon.

— Je n'ai jamais eu l'habitude de cravacher les gens, dit Steinar. Je cherche un endroit où je puisse me coucher pour passer la nuit.

— Vous n'avez pas vu mon chapeau, par hasard ? demanda le Mormon.

— Je ne pense pas, dit Steinar. Autant que je me souvienne, vous n'aviez pas de chapeau pendant que vous faisiez votre discours.

— Je l'ai caché dans un trou avant de commencer, dit le Mormon. Je cache toujours mon chapeau avant de faire un discours. On ne sait jamais ce qu'ils peuvent faire de votre chapeau. »

Steinar de Hlidar s'offrit tout de suite pour l'aider à chercher son chapeau, et longtemps ils fouillèrent dans les éboulis au pied de la colline. Le jour tombait complètement. Enfin Steinar aperçut un objet énorme qui luisait parmi les herbes. C'était le chapeau; il était enveloppé d'un papier transparent.

« Je ne pense pas que ce soit là votre chapeau, dit Steinar.

— Mille fois merci, dit le Mormon. Vous êtes un veinard. Ce chapeau et un peu de linge de rechange, c'est tout ce qui me reste depuis qu'on m'a pris mes tracts. Et si je le perdais, cela prouverait que je ne mérite pas de le porter.

— Et vous le gardez enveloppé dans du papier parcheminé, dit Steinar.

— Oui, c'est ce qu'on fait en Amérique, quand ce sont des chapeaux de bonne qualité. C'est pour les empêcher de prendre l'eau quand il pleut. Le papier parcheminé est imperméable à l'eau. Le chapeau est toujours comme neuf.

— Ah! vraiment, dit Steinar. Mais ce que je retiens de votre discours, c'est cette excellente terre que vous disiez qu'il y avait dans la partie du monde où vous habitez.

— Oui, vous, les Islandais, vous pouvez me battre, me chasser à coups de pied tant qu'il vous plaira, dit le Mormon, mais ma terre est bonne.

— Vous devez être habitué à bien des choses, maintenant, dit Steinar.

— Oh! l'affaire de ce soir n'était rien, dit le Mormon. Je m'en tire rarement aussi bien. Trois fois, j'ai reçu une terrible raclée, plusieurs fois j'ai eu les yeux pochés, une de mes dents ébranlée. J'ai parcouru des contrées entières où on ne m'a pas offert une bouchée de pain ou une gorgée d'eau, à plus forte raison un toit pour m'abriter. Des ordres avaient été donnés par le shérif et le pasteur. »

Steinar de Hlidar n'avait pas l'habitude de critiquer autrui, mais maintenant il ne pouvait s'empêcher de répéter un vieux dicton qu'on cite souvent, quand les petits se montrent arrogants avec leurs supérieurs :

Oui, c'est ça — essuyez-moi le derrière, Monsieur Jordonne.

« Mais cela n'était rien comparé à la confiscation de mes pauvres petits tracts, dit le Mormon. J'ai fait trois mille kilomètres à travers l'Amérique, la plupart à pied, depuis la vallée du Lac Salé jusqu'au Dakota, jusqu'à ce que je trouve la seule et unique imprimerie possédant les lettres Þ et Ð pour que je puisse faire composer mes tracts. Si vous cherchez là-bas assez longtemps, vous trouverez quelques pauvres comme moi venus d'Islande et vivant sur la rive d'un fleuve derrière les forêts. Quand mes tracts furent imprimés là-bas dans le Dakota, je partis pour l'Islande en les emportant. Et maintenant il ne m'en reste plus un seul.

— Excusez-moi, dit Steinar, mais ces pauvres gens fourvoyés, qu'est-ce qu'ils ont fait des tracts?

— C'est simple, dit le Mormon. Ils les ont envoyés au Danemark — le cerveau de l'Islande a toujours été à Copenhague. On m'a dit que ce seraient les ministres danois qui décideraient. C'est pourquoi maintenant je suis venu à Thingvellir pour accrocher le roi au passage. J'ai appris que c'était un paysan allemand et j'en ai rencontré beaucoup dans la vallée du Lac Salé. Le cerveau du Danemark a toujours été en Allemagne. Mais par ailleurs les Allemands ne méconnaissent pas la valeur des Islandais et pour cette raison j'espère plus d'un Allemand que d'un Danois. Je vais lui demander pourquoi je ne peux pas faire de livres comme tout le monde dans son royaume.

— C'est très sensé de votre part, dit Steinar de Hlidar. On dit que c'est un bon roi. »

6. *Les fêtes du millénaire*
Les Islandais obtiennent justice

Ce livre ne se propose pas de raconter l'histoire des festivités qui eurent lieu à Thingvellir pour commémorer le millième anniversaire de la colonisation de l'Islande et pour accueillir le roi de Danemark. Des comptes rendus détaillés de ces événements furent publiés à l'époque, et plus tard d'excellents livres furent écrits sur ce sujet. Mais il y eut un ou deux incidents pas entièrement sans rapport avec ces événements, selon le jugement de certains, et que les publications les plus connues ne mentionnèrent jamais. Voici le récit de l'un de ces incidents, qu'on ne peut lire que dans des livres très insignifiants qui n'en sont pas moins véridiques pour cela.

Mais d'abord, quelques mots sur un sujet que les gens sont enclins aujourd'hui à négliger. Il fut un temps où les Islandais, malgré le fait qu'ils étaient le peuple le plus pauvre d'Europe, prétendaient tous descendre de rois. En vérité, dans leur littérature, ils ont donné la vie à beaucoup de rois, dont les autres nations ne se sont guère donné la peine de se souvenir et qui, autrement, auraient été voués à l'oubli, dans ce monde comme dans l'autre. La plupart des Islandais faisaient remonter leurs ancêtres aux rois dont on parle dans les sagas. Quelques-uns prétendaient simplement descendre des rois guerriers et des rois de la mer, d'autres de petits rois lointains des vallées de Norvège et autres lieux, en Scandinavie, ou des chefs de guerre nordiques qui servaient dans les Varanges, sous l'empereur d'Orient, à Constantinople; mais un petit nombre prétendait descendre de rois qui, on pouvait le prouver, avaient été réellement couronnés. Aucun fermier ne valait son pesant de sel s'il ne pouvait pas faire remonter ses aïeux à Harald à la Belle Chevelure ou à son homonyme Harald Dent de Guerre. Toutes les généalogies d'Islande remontaient aux Ynglings et aux Scyldings (s'il reste encore quelqu'un au monde qui sache qui ces gens-là étaient). C'était un jeu d'enfant pour la plupart des Islandais de prouver leur parenté avec Sigurd le Tueur de Dragons, le roi Gautrek de Gotland et Gangerhrolf, mais ceux qui avaient une érudition encore plus profonde pouvaient se réclamer de Charlemagne et de Frédéric Barberousse ou bien pouvaient remonter directement jusqu'à Agamemnon, le plus noble des Grecs, le conquérant de Troie. Les savants étrangers disent que les Islandais sont les plus grands généalogistes d'Europe, depuis que les lignages royaux ont été taxés de vanité, comme conséquence de la révolution française.

Beaucoup de gens étaient venus à cheval à Thingvellir uniquement pour voir de leurs propres yeux quelle sorte d'homme était cet être que les auteurs de sagas d'autrefois avaient créé dans leurs livres. Beaucoup d'entre eux se réclamaient de princes bien plus grands que le roi Christian Williamson et malgré le respect des fermiers pour le haut rang et le titre royal que les Danois avaient conférés à cet étranger, il est peu probable que le roi Christian se soit trouvé de toute sa vie en compagnie de gens le considérant de naissance inférieure à la leur, autant que tous ces paysans rachitiques et chétifs qui se pressaient autour de lui en martelant le sol de leurs souliers en peau de vache tout recroquevillés. On n'a jamais oublié en Islande que c'est seulement grâce aux généalogistes islandais que ce descendant de petits hobereaux allemands, adopté par le Danemark, pouvait faire remonter ses ancêtres au roi Gorm le Vieux de Danemark (qui n'a jamais existé, selon certains). Mais on peut mesurer les mérites du roi Christian Williamson si on considère que, malgré ses humbles origines, les Islandais l'estimèrent toujours beaucoup plus que la plupart des autres rois danois, et cela montre que, même dans une nation de généalogistes fanatiques, il y a des gens qui, au besoin, peuvent tenir certaines choses en plus haute estime qu'une semence ancestrale vieille de mille ans. Christian Williamson avait une qualité, laquelle, en dépit de sa basse extraction, lui gagna le respect des Islandais et même leur admiration : son talent de cavalier. En Islande les rois doivent en principe savoir moter à cheval — il est de fait qu'un homme sur une bonne monture est respecté par-dessus tous les autres. Les chevaux blancs ont toujours été considérés comme une des plus grandes gloires de l'Islande et les fermiers rivalisaient pour en fournir quand le roi parcourait leur pays. En outre, dans ce temps-là, la plupart des Islandais prisaient. Ils tiraient leur poudre de tabac d'un étui en bois ou en corne. Ce tabac s'appelle *Snuss* en bas allemand et les Islandais respectent tout homme qui accepte une prise d'eux. On dit que le roi Christian Williamson aimait priser, lui aussi.

On ne peut nier que les Islandais étaient contents de recevoir leur nouvelle constitution des mains du roi de Danemark, mais ils n'étaient pas fous de joie. En fait, ils oublièrent complètement de l'en remercier durant les fêtes. Il n'y eut qu'un seul homme ce jour-là qui eut la présence d'esprit de remercier le roi pour le cadeau qu'il venait de faire aux Islandais — un homme qui d'ailleurs n'était ni invité ni autorisé à le faire : c'était le baron danois qui avait rédigé la constitution pour le roi. Peut-être trop d'Islandais sentaient-ils que ce cadeau ne représentait que ce qu'ils considéraient déjà comme leur bien propre et que par ailleurs il ne les satisfaisait pas tout à fait. De son côté, le roi oublia de remercier les Islandais pour ce qu'ils pensaient être la chose la plus importante qu'ils lui offraient en retour, et qui était le poème composé en son honneur. Certains poètes composèrent jusqu'à huit poèmes pour lui. Ce n'est pas la coutume en Allemagne de composer des poèmes en l'honneur des gouverneurs de comtés, des grands Electeurs ou même du Kaiser — et Christian Williamson resta bouche bée, les yeux écarquillés, quand un cortège de poètes s'avança l'un après l'autre pour lui réciter des vers en son honneur; il n'avait jamais entendu de vers auparavant et ne savait pas ce que c'était.

On raconte que le matin qui suivit les principales cérémonies à Thingvellir, certains des valets d'écurie étaient en train d'essayer les poneys que le roi devait monter à son retour dans la capitale. De nombreux fermiers s'étaient rassemblés pour voir si les poneys étaient bons et comment ils se conduisaient. Parmi eux se trouvait Steinar de Hlidar tenant par la bride son cheval blanc, déjà mentionné : Krapi. Quand il eut regardé un certain temps les valets d'écurie faire parader les chevaux et vu ce qu'ils pouvaient faire, il emmena sa monture et se dirigea vers l'immense tente où le roi était à table avec ses courtisans et les shérifs d'Islande. Steinar salua les sentinelles et leur demanda à voir le roi. Elles n'étaient pas disposées à s'occuper de la requête de cet étranger, mais finalement l'attention d'un des officiels qui accompagnait le roi fut éveillée. Cet officiel demanda à Steinar pour quelle raison il voulait voir le roi; Steinar lui répondit qu'il avait une affaire urgente à traiter avec lui : un don à lui faire. Quelques instants après le courtisan revint et lui dit que le roi n'accepterait jamais de présents individuels de roturiers, mais qu'il permettait à Steinar d'entrer et de lui présenter ses respects pendant qu'il était à table.

Sous la tente se trouvaient assis de nombreux gentilshommes aux vestes soutachées d'or. Quelques-uns buvaient de la bière. Il y avait un riche arôme de cigares que les nobles seigneurs tenaient incandescents entre leurs dents en émettant d'épaisses volutes de fumée. Il y avait là des notables islandais aussi bien que danois et l'on pouvait s'attendre à ce que certains regardent de travers l'entrée d'un simple fermier qui n'avait aucune mission officielle.

Steinar ôta sa vieille casquette à l'entrée de la tente et lissa le peu qui lui restait de cheveux. Il ne fit aucun effort pour se redresser et bomber la poitrine, il s'avançait en roulant et tanguant lourdement, comme tous les fermiers, mais il n'y avait aucun indice dans son attitude dénotant qu'il se crût plus humble que n'importe lequel des assistants. Il avait l'air d'un homme pour qui rien n'est plus naturel que de rencontrer des rois, et d'ailleurs il n'était pas là pour une mission banale.

Il se dirigea tout droit vers le roi. Là, il s'inclina poliment, mais pas trop. Les hommes connus qui entouraient le roi en oublièrent de porter la nourriture à leur bouche. Un brusque silence tomba sur la tente. Et quand Steinar de Hlidar se trouva en face du roi, il se passa à nouveau la main dans les cheveux, puis il commença à parler en s'adressant au roi comme un bon fermier islandais dans les sagas.

« Je m'appelle Steinar Steinsson, de Hlidar en Steinahlidar, dit-il. Je souhaite la bienvenue en Islande au roi. Nous sommes de la même famille, selon la généalogie que Bjarni Gudmunson de Fuglavick a établie pour mon grand-père. Je suis originaire du Jutland, je descends du roi Harald Dent de Guerre qui a combattu à la bataille de Bravellir.

— Je demande l'indulgence de Votre Majesté, dit en danois une des notabilités, en se frayant un passage pour se placer devant Steinar et s'incliner devant le roi. Je suis le shérif de cet homme, dit-il, et c'est sans mon consentement qu'il est venu ici se présenter à vous aussi mal à propos, Sire.

— Il nous plaît d'entendre ce que cet homme a à dire, dit le roi, si vous voulez bien me servir d'interprète. »

Le shérif Benediktsson prit tout de suite la parole pour dire que cet homme souhaitait la bienvenue au roi et faisait remarquer qu'ils étaient parents éloignés. « Je prie instamment Votre Majesté de lui pardonner, car tous nos fermiers parlent ainsi, dit-il. Ils ne peuvent s'en empêcher. Les sagas sont leur sang même. »

Le roi Christian répondit :

« Cela vient à peu près de me convaincre que la plupart des rois perdraient leur temps à discuter généalogie avec les fermiers d'Islande. Est-ce que ce monsieur a quelque chose d'autre à nous dire ? »

Steinar Steinsson poursuivit son adresse :

« Ayant entendu dire, mon cher et excellent roi, que nous avons beaucoup de choses en commun, tant au point de vue de la parenté qu'au point de vue situation (car vous êtes je crois, un fermier du Sud du Gothland) je veux vous adresser les remerciements de mon district pour nous avoir octroyé ce qui nous appartenait déjà, c'est-à-dire la permission de marcher la tête haute ici en Islande. Aucun homme ne peut recevoir un plus beau présent de ceux qui possèdent le pouvoir que la permission d'être ce qu'il est et non quelque chose d'autre. Quant à moi, je désire vous remercier de votre générosité à ma modeste manière. Dans ma famille nous avons toujours eu de bons chevaux et moi-même j'ai, dit-on, un poulain qui n'est pas rétif, mon shérif vous le certifiera mieux que personne, car il est un des hommes éminents qui ont offert de me l'acheter à prix d'or et en me remerciant. Et comme vous nous avez apporté la justice dans ce pays, je vais vous remettre les rênes de ce petit cheval en remerciement. La bête est en ce moment aux bons soins de leurs Seigneuries, à la porte; mais je vous serai reconnaissant de me rendre la bride dès que vous le pourrez. »

Christian Williamson se fit d'abord traduire ce discours en danois, mais le sens n'en était pas cependant très clair pour lui, il appela donc son page pour le lui traduire en sa langue maternelle, l'allemand. Plus on lui en donnait de traductions, plus il le trouvait remarquable.

« Allons voir cet animal », dit-il à la fin.

Ils se rendirent à l'entrée de la tente où un valet tenait le poney par les rênes. Une foule de gens s'étaient rassemblés de tous côtés pour voir une monture aussi admirable. Le poney tremblait un peu au garrot. Il n'aimait pas qu'on le tienne, ni que tant de gens le regardent. Le roi vit tout de suite que c'était une belle bête. Il alla vers lui et le caressa doucement mais fermement, comme tout bon cavalier doit le faire et le poney se calma. Il se tourna vers un baron qui se tenait près de lui et lui dit en allemand :

« Peut-être suis-je, après tout, le genre de chef barbare qui convient pour être roi des Islandais. Mais je ne veux pas accepter quoi que ce soit pour rien de ces fermiers. Payez-le largement avec mon carnet de chèques par l'intermédiaire des autorités officielles. »

Puis le roi prit congé de Steinar de Hlidar en lui serrant la main et lui dit qu'il n'oublierait jamais un tel présent. Il dit aussi que Steinar n'aurait qu'à invoquer son nom, si jamais il se trouvait en difficulté, parce que Steinar l'aurait toujours, lui, le roi, pour ami. Steinar de Hlidar le remercia pour l'avoir reçu avec tant de bienveillance et disparut aux yeux de son roi et de son poney, loin des grandes fêtes du millénaire.

7. *Les dévots*

Steinar de Hlidar hissa sa selle sur son dos et prit le chemin de sa ferme. Il suivit la route qui longe la rive sud du lac et qui traverse le bois millénaire, bois unique parce que les arbres ne dépassent jamais la hauteur d'un homme ou la hauteur à laquelle un homme puisse atteindre; tout ce qui dépasse ce niveau est rasé par le froid. Tous ces arbres rabougris se courbaient au gré du vent. Puis il prit les sentiers qui longent les cours d'eau qui descendent de Thingvallawater vers les basses terres et la route principale qui conduisait à sa province natale. Il marcha tout le jour et une grande partie de la nuit. Il avait commencé à pleuvoir et le sol était mouillé, dégageant une merveilleuse odeur. On avait passé la mi-été, les mois où la nuit n'existe pas, mais on ne pouvait tout de même pas dire que les nuits étaient noires. De temps en temps un chien de ferme aboyait à son passage. Il arriva dans une prairie couverte de tas de foin, où il posa sa selle pour s'en servir comme oreiller. Il se couvrit de foin et mâchonna la moitié d'une galette de seigle qui avait un goût parfaitement délicieux bien qu'elle fût aussi dure qu'un quartier de selle. C'était ses dernières provisions. Avant de s'endormir il se récita ces vers :

> *Las et trempé me suis couché*
> *Rompu, ne pouvant plus marcher,*
> *J'ai posé ma selle sur l'herbe,*
> *Dans un pré contre une gerbe...*

Le lendemain matin il entra dans une ferme. Le fermier était déjà levé. Il demanda à l'étranger s'il était mormon. Steinar de Hildar lui dit : « Non » et ajouta presque : « malheureusement ». « Je viens de Steinahlidar, là-bas, à l'est.

— C'est bon, puisque vous dites que vous n'êtes pas mormon, c'est que vous ne l'êtes pas, dit le fermier. Je n'ai jamais entendu un Mormon ne pas avouer qu'il l'était, avant même qu'on le lui demande, même s'il savait par avance que cela lui vaudrait une raclée.

— Nous sommes tous enclins à nous enorgueillir de nos hérésies, dit Steinar — moi de la mienne, vous de la vôtre. A propos, puis-je vous demander quelque chose à boire ?

— Fillettes! cria le fermier dans la maison. Donnez à cet homme un verre de petit lait. Et un morceau de tête de morue. »

Peu après le soleil se mit à briller dans un ciel clair. L'après-midi on aperçut des mirages. La mer s'élevait en tremblant jusqu'au ciel. Les îles Westmann s'en étaient allées flotter dans le paradis.

Steinar de Hlidar avait presque oublié que c'était dimanche, jusqu'au moment où une foule de gens, qui allaient à l'église, passèrent près de lui. Quelqu'un lui dit : « Vous avez une belle selle.

— Oui, dit Steinar, et une cravache aussi, ce qui est plus important. Mais j'ai perdu la bride. »

On lui offrit un poney, mais il préféra marcher. Les fermiers lui firent remarquer que ce n'était pas l'habitude des gens de Steinahlidar.

« C'est très vrai, bonne gens, dit Steinar. Ce n'est qu'un petit individu qui passe — si petit, en fait, qu'il ne peut pas devenir plus petit du fait qu'il n'est pas à cheval. »

Steinar atteignit l'église à pied, longtemps après les autres. Quand il arriva à ce temple qu'il ne connaissait pas, tout le monde était déjà entré pour assister au service. Dehors il y avait cette sensation de vide qui se répand dans une paroisse auxiliaire tous les dimanches, entre midi et trois heures de l'après-midi.

Quelques poneys somnolaient debout dans l'enclos, mais les chiens étaient vautrés près du porche de l'église ou de la porte du cimetière et hurlaient aux îles Westmann, parce qu'elles s'étaient envolées et flottaient dans le ciel. Il n'y avait pas un être humain en vue. On pouvait entendre les chants d'allégresse s'élever à l'intérieur de l'église. Steinar fut heureux de constater qu'il était arrivé à temps pour la seconde bénédiction. Mais comme il suivait le sentier qui conduisait de la ferme à l'église, il aperçut deux anciennes bornes d'attache au milieu d'un champ. Elles étaient inutilisées parce que la ferme, ou bien l'église, avaient changé de place. Quand il s'approcha des pierres cependant, il vit un gros paquet mal ficelé attaché au milieu de la borne. Il alla tout près pour voir ce que c'était et découvrit que c'était un homme.

« Par exemple ! » s'écria Steinar.

L'homme avait été bâillonné et attaché et la corde passée dans l'anneau de fer fixé dans la pierre. Steinar s'approcha de lui et contempla l'état dans lequel il était.

« Je ne me trompe pas, mais c'est sûrement vous le Mormon, n'est-ce pas ? » dit-il.

Le prisonnier était sans chapeau et sa touffe de cheveux se dressait dans toutes les directions. A la lumière du jour sa peau était brun-rouge, comme une peau tannée, et le bâillon le faisait grimacer. Steinar de Hlidar commença par lui enlever le bâillon, qui était formé d'une pierre ronde ramassée dans la boue. L'homme cracha plusieurs fois quand il en eut été débarrassé. Il avait un peu de terre dans la bouche et ses gencives saignaient légèrement. Les deux hommes se saluèrent.

« Vous avez été un peu maltraité, dit Steinar de Hlidar et il continua à dénouer la corde.

— Oh ! j'ai connu pire, dit le Mormon et il fouilla dans sa poche pour chercher son étui à lunettes. Je suis bien heureux qu'ils n'aient pas cassé mes lunettes.

— En voilà une façon de traiter un étranger, dit Steinar de Hlidar. Et ils se disent chrétiens.

— Est-ce que j'ai de la boue ? » demanda le Mormon.

Steinar roula la corde soigneusement en homme rangé qu'il était et la posa sur la borne. Puis il brossa un peu le Mormon.

« Je ne peux pas dire grand-chose, dit Steinar. Critiquer les autres ne me rendra pas plus important.

— Quand les chrétiens se sont-ils conduits d'une autre façon? dit le Mormon. Ils ont commencé par tomber dans la Grande Apostasie dès les commencements de l'Eglise primitive.

— Excusez-moi, mais où est votre chapeau? dit Steinar.

— Il est caché en lieu sûr, dit le Mormon. Mais il est étrange qu'ils n'essaient jamais de me prendre mes bottes, vu qu'elles sont très bonnes.

— Vous devez être un homme intrépide, dit Steinar. C'est tant mieux, si vous avez à subir des mauvais traitements.

— Les gros chiens sont les plus mauvais, dit le Mormon. J'ai toujours eu un peu peur des chiens. C'est que j'ai été mordu par une chienne quand j'étais petit.

— Où allez-vous maintenant, puis-je vous le demander?

— Je m'en vais aux îles Westmann. Les habitants de ces îles étaient les pires gredins de l'Islande, mais maintenant ce sont les meilleurs de tous. Les saints du dernier jour y trouvent asile...

— Avez-vous pu rencontrer le roi? demanda Steinar.

— En quoi est-ce que cela vous regarde? Qui êtes-vous?

— Je m'appelle Steinar Steinsson, de Steinahlidar. Je suis l'homme qui cherchait un endroit pour dormir à Thingvellir l'autre jour.

— Bonté divine, salut, ami! dit le Mormon et il l'embrassa. J'avais le sentiment que je vous reconnaissais. Merci pour l'autre jour. Non, je n'ai pas rencontré le roi. Les Islandais ont fait ce qu'il fallait pour m'en empêcher. Mais il m'a envoyé ses compliments et m'a dit que Joseph Smith n'était sûrement pas interdit au royaume de Danemark.

— Est-ce que vous allez rentrer en possession de vos tracts? demanda Steinar.

— Pas par les Islandais, dit le Mormon. Mais un des Danois chamarré d'or a exposé mon cas au roi, qui est un honnête Allemand. Il est revenu pour me dire que je pourrais récupérer tout mon bien, si je voulais aller à Copenhague le chercher. C'est bien d'un Allemand, ça. Et si les Danois avaient perdu mes tracts, le roi m'a promis que je pourrais en faire imprimer autant que je voudrais à Copenhague et les emporter en Islande pour les donner ou les vendre à mon gré. D'abord c'était illégal de la part des Islandais de me les avoir pris. Ça, je le savais déjà, et, en second lieu que les Islandais étaient une race bien plus insignifiante que les Danois, bien que les Allemands naturellement soient bien supérieurs aux deux autres.

— Peut-être vous rendez-vous à Copenhague maintenant pour faire imprimer vos nouveaux tracts ? demanda Steinar.

— Les livres ne se font pas tout seuls, mon ami, dit le Mormon. L'impression n'est pas tout, mais pas du tout. C'est une perspective terrible pour un ouvrier sans instruction qui vient des îles que d'avoir à se mettre à composer des livres pour convertir une nation comme les Islandais. La seule consolation, c'est que le Seigneur est tout-puissant.

— Oui, Il l'est vraiment, dit Steinar de Hlidar. Et peut-être avons-nous encore le temps de recevoir la seconde bénédiction bien qu'elle soit maintenant bien avancée.

— J'ai déjà essayé une fois aujourd'hui d'aller au service et je ne vais pas recommencer, dit le Mormon. Il n'est pas nécessaire de se faire jeter à la porte de chapelles comme celles-ci plus d'une fois par jour. Allez-y vous-même, frère. Et présentez mes respects à Dieu. Ce que nous, les humains, avons à endurer de la part de Dieu n'est rien en comparaison de ce que Dieu a à endurer de la part des humains dans ce pays.

— Alors adieu, mon ami, et que Dieu vous assiste », dit Steinar de Hlidar.

Mais lorsque le Mormon eut fait quelques pas dans le champ, il se retourna vers Steinar : il avait oublié de le remercier. Steinar n'était pas encore entré dans l'église, mais essayait prudemment de se frayer un passage à travers les chiens, près du porche.

« Merci pour m'avoir délivré! cria le Mormon.

— Attendez une minute, dit Steinar. J'ai oublié quelque chose. »

Il ramassa sa selle et la chargea sur son dos, puis il traversa le champ pour rejoindre le Mormon.

« Je crois qu'il est trop tard pour assister au service maintenant, dit-il. Peut-être pouvons-nous nous tenir compagnie un bout de chemin.

— Bravo, encore bravo », dit le Mormon.

Ils s'éloignèrent du temple ensemble. Quand ils atteignirent le bout du champ, le Mormon se baissa et sortit son chapeau d'un trou dans le mur : il était soigneusement enveloppé dans du papier imperméable comme la première fois. Il y avait aussi un paquet près de là contenant le linge de rechange du Mormon. Il se passa la main dans les cheveux pour se recoiffer et posa son chapeau correctement sur sa tête, sous le soleil.

« J'ai oublié de vous demander votre nom, dit Steinar.

— C'est vrai, dit le Mormon. Je m'appelle l'évêque Didrik.

— Ben ça, alors! dit Steinar. Ça, c'est drôle! Comme j'allais le dire : c'est un grand pays d'où vous venez.

— C'est bien ce que je vous disais. Et alors?

— J'y pense depuis le soir où je vous ai vu à Thingvellir, dit Steinar. Je ne suis pas près de l'oublier. Quelqu'un qui fait tout ce chemin pour se faire rosser et expulser d'une église, parce qu'il refuse d'abjurer!... il doit y avoir quelque chose de pas ordinaire dans ce qu'il croit. Je ne peux pas comprendre pourquoi on empêcherait les gens de ce pays-ci d'aller dans votre pays simplement parce qu'on y baptise par immersion. Je pense que vous avez probablement raison dans ce que vous dites; que, selon la Bible, on devrait baptiser par immersion. Pourquoi les Islandais ne veulent-ils pas quitter un pays ingrat pour un pays fertile, puisque ça coûte si peu?

— Oh! je n'ai pas dit que ça coûtait peu, dit l'évêque Didrik. Vous m'avez mal compris. Vous n'avez rien pour rien, mon ami, non, certainement pas.

— Bien sûr, j'aurais dû m'en douter, dit Steinar. J'aurais dû savoir que l'immersion seule, ça ne va pas bien loin. Ce qui ne coûte rien ne vaut rien. Excusez-moi. Mais puis-je vous demander ce que ça vous a coûté, à vous ?

— Qu'est-ce que cela peut vous faire ?

— Je songeais à moi-même, dit Steinar, et je me demandais si j'étais homme à le faire.

— Ça, c'est votre affaire, dit l'évêque Didrik. Mais si nous rencontrons un ruisseau d'eau claire et propre, je pourrais vous baptiser.

— Et après ? demanda Steinar.

— Vous m'avez délivré, dit l'évêque, et vous avez droit à une rançon. Mais je ne peux que vous répéter les paroles de l'apôtre : de l'argent ou de l'or, je n'en ai pas, mais ce que j'ai, je te le donne.

— Ah! soyez béni, c'est une offre généreuse et une bonne pensée, dit Steinar. Maintenant vous allez vers le sud, vers Eyrarbakki. Je crois que nous sommes au carrefour et nous devons nous séparer pour un certain temps. J'ai eu beaucoup de plaisir à vous rencontrer. Alors, au revoir pour le moment et que Dieu vous assiste toujours. Pensez à moi avec bienveillance.

— Qu'il en soit de même de vous, mon garçon, dit le Mormon.

— Et si vous venez à Steinahlidar, personne ne lâchera les chiens sur vous à Hlidar. »

Sur ces mots, ils se séparèrent; chacun partit de son côté, l'un vers l'est, l'autre vers le sud. Mais quand ils furent à un jet de pierre l'un de l'autre, l'évêque Didrik s'arrêta soudain.

« Hep! là-bas! cria-t-il. Comment vous appelez-vous ?

— Mais est-ce que je ne vous l'ai pas déjà dit ? lui cria l'autre. Je m'appelle Steinar Steinsson.

— Vous voulez savoir ce que ça m'a coûté pour devenir mormon ? lui demanda l'évêque.

— Oubliez ça, l'ami, dit Steinar.

— Seul l'homme qui sacrifie tout peut devenir mormon, dit l'évêque. Personne ne vous apportera la Terre promise. Il vous faudra émigrer et traverser des terres sauvages par vos propres moyens. Il vous faudra renoncer à votre pays, à votre famille, à vos biens. Voilà comment on devient mormon. Et même si vous n'avez que les fleurs que les gens en Islande appellent de la mauvaise herbe, il faudra leur dire adieu. Vous emmenez votre jeune fiancée aux joues roses à travers des pays incultes. Voilà comment on devient mormon. Elle porte son bébé dans ses bras et le tient serré. Vous marchez et vous marchez, jour après jour, nuit après nuit, pendant des semaines et des mois, avec vos affaires dans une charrette à bras. Est-ce que vous voulez devenir mormon? Un jour elle tombe et meurt de faim et de soif. Vous enlevez de ses bras la petite fille qui n'a jamais appris à sourire et elle vous regarde avec des yeux interrogateurs au milieu de ce désert. Voilà un Mormon. Mais un enfant ne se réchauffe pas contre les côtes d'un homme. On peut difficilement remplacer un père, jamais une mère, mon ami. Maintenant il vous faut cheminer péniblement à travers le désert pendant des kilomètres et des kilomètres avec votre enfant dans les bras, jusqu'au moment où, une nuit, vous vous apercevez que le froid intense a glacé ses petits membres et en a retiré la vie. Voilà comment on devient mormon. Vous creusez une tombe avec vos mains et vous l'enterrez dans le sable et vous plantez une croix faite de deux brins de paille que le vent emporte tout de suite. Voilà comment on devient mormon...

8. *Un mystère en acajou*

Cependant la famille à Hlidar passait son temps à regarder du côté de l'arête de la colline, à l'ouest, où apparaissaient les voyageurs venant du sud. Ils tenaient prêts un seau de lait et un morceau de beurre pour le jeter dans la bouche du poney, quand il reviendrait de son fatigant voyage, affamé comme un loup.

La voix du pluvier doré était curieusement adoucie cet été-là, et on n'entendait guère siffler l'huîtrier. C'était aussi une de ces journées de la fin de l'été où les collines de Steinahlidar ne renvoient plus d'échos. On criait, mais on ne recevait pas de réponse. Le fulmar glissait silencieusement au pied des collines sombres.

Deux ou trois jours après la date où l'on espérait le retour du père, les enfants crurent distinguer un vagabond qui apparaissait sur le versant de la colline avec un sac sur le dos. Mais à mesure que l'étranger se rapprochait, il leur semblait reconnaître son allure : à chaque pas, il avait l'air de poser deux fois le pied sur le sol, comme s'il tâtait la solidité douteuse de la glace. Quand il atteignit le bout du champ familial, il s'arrêta et passa la main sur le mur, ajustant une pierre ici et là et glissant dans les interstices quelques pierres plus petites qui jonchaient le sol à l'entour.

La petite fille de Steinar se tenait sur le seuil et soudain elle éclata en sanglots.

« Je le savais, j'en ai rêvé, sanglotait-elle. Je savais que cela arriverait. Tout est fini maintenant. »

Et sur ces mots elle se précipita dans la maison et alla se cacher. Steinar entra dans la cour de la ferme avec sa selle sur le dos.

Il embrassa sa femme et son fils affectueusement et demanda où était la petite Steina.

« Où est Krapi ? demanda le viking.

— C'est tout une histoire, dit Steinar. Mais me voici enfin avec ma selle au moins... et ma cravache.

— Naturellement, il a vendu le cheval, dit sa femme.

— Un petit homme ne peut pas entretenir un grand cheval, dit-il. Alors je l'ai donné au roi.

— Que je suis bête, dit sa femme. Tu l'as donné pour rien, naturellement.

— J'avais le sentiment en quelque sorte que le seul propriétaire convenable pour un cheval comme celui-là était le roi, dit Steinar.

— Je suis bien heureuse que tu n'aies pas accepté d'argent du roi, mon ami, dit sa femme. Je n'ai aucune envie d'être la femme d'un maquignon.

— De toute façon de l'argent pour un cheval comme ça, ce serait absurde, n'est-ce pas, mon amie ? dit Steinar.

— La valeur de notre Krapi ne peut pas être estimée en argent, répondit-elle. Une bonne santé et la paix de l'âme sont les seuls biens réels ici-bas, tandis que tout le mal dans la vie vient de l'or. Oh ! tu n'as pas idée comme je suis heureuse et reconnaissante à Dieu de ne jamais voir d'or ici à Hlidar !

— D'autre part, le roi m'a promis son amitié, dit Steinar.

— Ça, c'est bien toi. Un roi a-t-il jamais accordé son amitié à un petit fermier dans ce pays ? Dieu bénisse le roi ! dit la femme.

— Qu'est-ce qui nous reste à aimer maintenant, dit le fils et il se mit à pleurer comme sa soeur.

— Un homme ne peut jamais découvrir ce qu'il vaut tant qu'il n'a pas renoncé à son cheval, dit Steinar.

— Cesse cette comédie, petit imbécile, dit la mère à son fils. Vous ne comprenez pas quel père vous avez. Le roi peut appeler votre père d'ici peu et en faire son conseiller ! Qu'est-ce que vous en savez ? »

Cela suffit à consoler le jeune garçon, car c'était un vrai viking, un loyaliste.

« Je ne regrette qu'une chose, dit Steinar. C'est de ne pas avoir récupéré la bride. Mais je m'arrangerai, j'espère. »

Et il porta la selle dans le hangar.

C'est vers la fin de l'automne qu'un messager du shérif entra à cheval dans la cour de la ferme, s'avança jusqu'au seuil de la porte et tira une lettre qui portait un cachet officiel. Il la tendit à Steinar de Hlidar.

A cette époque, il était peu courant qu'un shérif envoyât un messager spécial à un paysan, à moins que ce ne fût pour lui dire que ses biens étaient confisqués pour une raison valable ou lui annoncer la date à laquelle il devait être expulsé. Autant qu'on pût s'en souvenir, un paysan ordinaire en Islande n'avait jamais reçu auparavant une lettre du genre de celle-ci. Ce message informait Steinar de Hlidar que Sa Majesté le roi de Danemark lui envoyait ses salutations et son amitié comme auparavant et lui faisait la faveur de l'inviter à venir lui rendre visite au Danemark et que le secrétaire du Trésor royal avait reçu des instructions pour le défrayer de ses dépenses, traversée et séjour, dans la cité royale de Copenhague. Le roi désirait recevoir Steinar en personne dans un des palais où il se trouverait à l'arrivée de Steinar. Cette invitation royale était motivée par la reconnaissance du roi pour le poney qu'il avait reçu de cet Islandais et qui s'appelait maintenant Minet; Minet était un grand favori au palais, particulièrement des enfants de la famille royale. Il était logé au palais Bernstorff, la résidence d'été du roi, dans la banlieue de Copenhague.

Il n'était pas considéré comme convenable pour un messager du roi en mission officielle d'accepter l'hospitalité de modestes fermiers. « Nous autres, messagers royaux, n'avons pas le temps de nous asseoir. » Mais la curiosité faisait s'attarder celui-ci près de la porte d'entrée pendant que Steinar lisait la lettre.

« C'est une lettre bienveillante et très importante certainement, dit Steinar quand il eut fini de la lire. Vous méritez de recevoir une pièce d'or pour cela, mais il n'y en a pas ici et il n'est pas probable qu'il y en ait jamais. A vrai dire, ma chère femme dit que l'or est la source de tous les malheurs de l'homme dans la vie. Portez mes respects au roi. Dites-lui que je lui rendrai visite à la première occasion. Et voulez-vous rappeler à l'intendant de la maison royale que j'ai oublié d'enlever la bride à mon cheval quand je l'ai donné au roi, l'été dernier. Je voudrais bien la récupérer dès que possible. »

Nous avons dit plus haut que Steinar de Hlidar avait une réputation d'ouvrier habile et ingénieux. Ses voisins lui apportaient toujours leurs outils et leurs ustensiles cassés pour les réparer et il les rendait comme neufs. Et maintenant, à mesure que l'hiver approchait, il se tenait de plus en plus à l'écart de sa famille, dans son atelier, à bricoler avec des morceaux de bois. Mais c'était plutôt des futilités, ça ne paraissait pas être quelque chose de sérieux et il jetait de côté son travail comme n'importe quel passe-temps inutile. Mais quand il passait par hasard près du rivage il ramassait quelques beaux morceaux de bois tous semblables venant des fermes du littoral, où les fermiers récupéraient les débris de navires naufragés. Il bricola comme ça tout l'hiver. Il se répétait sans cesse une vieille chanson en travaillant son bois, une strophe tirée d'une vieille ballade sur Thord Hreda : il ne récitait jamais tout le poème d'un seul coup, mais seulement des bribes, un vers par-ci, un vers par-là. Voici ce poème :

> *Elle offrait la pâtée*
> *A la bête affamée.*
> *Elle donnait un lit*
> *Pour qu'à l'aise on dormît.*
> *Elle était surtout très rieuse*
> *Et se montrait très généreuse.*

Mais il avait beau tailler et couper, le bois n'était jamais de la taille qu'il fallait, ou trop long, ou trop court, trop épais ou trop mince. Ainsi l'hiver passa et le remue-ménage du printemps commença. Un jour Steinar entra dans la cuisine avec tout ce qu'il avait fabriqué pendant l'hiver dans les bras et jeta le tout dans le feu sous la bouilloire. Puis il se mit à nettoyer son champ de toutes les pierres qui y étaient dégringolées de la montagne pendant l'hiver, et à arranger le mur tout autour.

Durant l'été, les gens lui demandèrent s'il était vrai qu'il irait bientôt rendre visite au roi, mais il changeait toujours le sujet. Cependant, quand le foin eut été proprement mis en meules et que l'approche de l'automne eut amené un peu de détente dans le travail, il dut encore faire un voyage le long de la côte comme il l'avait fait si souvent auparavant et il demanda la permission aux fermiers de fouiller dans leurs piles de bois, mais il ne put rien trouver à son goût dans la plupart des fermes, et avant même qu'il s'en rendît compte, il était allé jusqu'à Leirur.

Le vieux Bjorn de Leirur était toujours le même type jovial. Il embrassa affectueusement Steinar et le fit entrer dans sa maison, puis il lui demanda ce qu'il pouvait faire pour lui. Steinar lui dit qu'il avait besoin de quelques bons morceaux de bois, un peu d'acajou de préférence, quand bien même il n'y en aurait qu'une brouettée.

« Et je vous en prie, cher ami, ne me reprochez pas mon impolitesse il y a un ou deux ans, quand j'ai refusé la pièce d'or que vous m'offriez.

— Vous avez toujours été un diable d'homme, dit Bjorn de Leirur, et je n'ai jamais eu une plus haute opinion de vous que lorsque vous avez refusé de me vendre ce poney. Mais vous étiez encore plus un vrai Islandais quand vous l'avez refusé aussi au shérif. Voilà les héros des sagas dont nous avons besoin aujourd'hui. Pour vous, pas question de ramper, de vous agenouiller. Vous n'abaissez vos regards sur personne, au-dessous du roi. Vous avez dit : quelques bouts de bois, de l'acajou ? Je sais que c'est le plus beau bois qui existe et c'est le seul bois qui soit digne de vous. Eh bien, il se trouve que je viens d'avoir un navire russe qui a fait naufrage l'autre jour sur le rivage et s'est brisé. Tout le bateau était construit en acajou. Allez, servez-vous. Prenez tout ce qu'il vous faut.

— Je ne peux guère en acheter pour plus de six ou sept shillings, dit Steinar. Je peux vous donner un reçu pour cette somme à valoir sur mon compte au magasin de Eyrarbakki.

— Nous autres, loyalistes et Islandais des sagas, nous ne sommes pas assez mesquins pour lésiner sur une charretée ou deux d'acajou, dit Bjorn de Leirur.

— Je suis pauvre, dit Steinar, et je ne peux pas m'offrir d'accepter des cadeaux. Il n'y a que les gens riches qui peuvent se permettre d'accepter des présents. »

A tout hasard, Bjorn de Leirur conduisit Steinar au champ où l'acajou était entassé sous abri.

Mais bien que Bjorn de Leirur refusât d'entendre parler de paiement, Steinar de Hlidar n'était pas homme à accepter plus qu'une modeste quantité d'acajou. Bjorn et deux de ses hommes aidèrent Steinar à le charger sur un poney, puis il l'accompagna jusqu'au bas du sentier et l'embrassa. « Au revoir, et que Dieu vous assiste toujours, diable d'homme que vous êtes. »

Steinar de Hlidar monta sur son poney et partit en tirant le poney qui portait le chargement d'acajou. Bjorn de Leirur ferma la barrière de son champ. Il portait ses grosses bottes et ne se mouillait pas les pieds. Mais comme il attachait la barrière, il se souvint d'un détail, car les Islandais ne se rappellent jamais le point capital de leurs affaires que quand ils ont dit au revoir. Il cria à Steinar :

« Ecoutez! mon cher ami, comme vous habitez sur la route principale, ne pourriez-vous pas me donner la permission de faire paître mes poulains sur vos prés une nuit ou deux cet été, quand je les conduirai pour les embarquer pour l'Angleterre ?

— Vous serez toujours le bienvenu à Hlidar avec vos poulains, de jour ou de nuit, soyez béni, mon vieil ami, répondit Steinar. L'herbe ne se soucie pas de qui la mange.

— Il se pourrait que j'aie quelques conducteurs avec moi, dit Bjorn de Leirur.

— Vous serez tous les bienvenus à Hlidar, pour autant de temps que vous y trouverez de la place, dit Steinar. Les bons amis sont les meilleurs hôtes. »

9 *Steinar s'en va avec son mystère*

*Elle offrait la pâtée
A la bête affamée.
Elle donnait un lit
Pour qu'à l'aise on dormît.*

Quelle était cette femme qui accomplissait de tels prodiges d'hospitalité, demandaient les gens : était-ce la bonne fée des temps anciens, ou les Nornes qui réglaient la destinée des hommes? ou était-ce la bonne ménagère de Hlidar qui ne mettait jamais en doute la supériorité de son mari en quoi que ce fût et qui pensait que c'était le signe de son honnêteté qu'il refusât d'accepter de l'or? Ou était-ce la lutine vêtue de bleu qu'on voit depuis mille ans errer seule sur les landes couvertes de bruyères, au flanc des collines, par les chaudes journées d'été? Ce ne serait pas par hasard Sa Majesté royale de Danemark elle-même? Ou n'était-ce que cette mince couche de jade que certains appellent notre Mère la Terre? Une chose, et une seulement, était certaine : cette femme n'était pas louée plus exagérément dans cette ballade qu'il n'est coutume en Islande, quand il s'agit de quelque chose de valeur.

A mesure que l'hiver avançait, Steinar de Hlidar s'enfermait de plus en plus souvent dans son atelier, la porte fermée à clef de l'intérieur — et lorsqu'il sortait, il refermait la porte à clef et mettait celle-ci dans sa poche.

« Papa, dit la petite fille, quand nous étions petits tu nous disais tout. Maintenant tu ne nous dis plus rien et tu t'enfermes quand nous montrons quelque curiosité.

— Nous avons à peu près usé les chaussures de notre enfance, ma petite chérie, dit Steinar. Notre cheval magique est maintenant devenu un poney royal et s'appelle Minet.

— Oui, mais tu pourrais nous dire quelques petites choses, papa, même si ce n'est qu'un conte de fées. Nous voudrions tant savoir ce que tu fais là-dedans.

— Peut-être qu'avec l'aide de Dieu, j'arriverai à fabriquer un petit quelque chose avant le printemps et alors je vous ouvrirai la porte de l'atelier », dit-il.

Et c'est ce qui arriva. Au printemps, au moment où la terre se débarrassait de sa prison de glace, Steinar, un jour, appela ses enfants et les fit entrer dans l'atelier et leur montra son ouvrage achevé. C'était un coffret d'une belle finition. Il n'était pas vernissé et par conséquent gardait la couleur naturelle du bois, mais sa surface était polie, comme si elle avait été poncée à la main; et cela avait été fait avec tant d'habileté artistique que le bois semblait s'y être prêté et avoir permis qu'on le modelât comme de la cire. Le coffret était plus haut et plus long que la plupart des coffrets, mais il ne semblait pas plus grand : ses proportions étaient en quelque sorte uniques : il n'existait pas de coffret tout à fait semblable, et il était aussi agréable à l'œil qu'au toucher.

Il était divisé en plusieurs compartiments de différentes dimensions. Sous les plus grands, qu'on pouvait séparer, se trouvait le fond, mais il y avait quelque chose de plus que ce que l'œil pouvait apercevoir, car en dessous il y avait trois compartiments, quatre disaient certains, des compartiments secrets que personne ne pouvait ouvrir, sauf grâce à une combinaison ingénieuse spéciale, dont nous allons parler tout à l'heure. Mais il faut d'abord décrire le mécanisme de fermeture du coffret. On dit que c'était l'agencement le plus compliqué et le plus astucieux qu'on eût jamais vu en Islande et il fallait faire un grand nombre d'opérations délicates pour l'ouvrir. Sur le couvercle il y avait toute une série de boutons numérotés, qu'il fallait manœuvrer selon une formule compliquée avant que le coffre pût s'ouvrir. Pour cela il fallait commencer par le septième bouton et finir par le sixième et alors le coffret s'ouvrait. Steinar n'eut d'autre alternative que de mettre la formule en vers pour pouvoir la retenir. C'était un long poème, composé d'une manière que seuls des fermiers islandais connaissent. Pour toute personne qui ne connaissait pas le poème par cœur, il était insensé même d'essayer d'ouvrir le coffret.

Steinar récita le poème à ses enfants et ouvrit le coffret selon la formule et les enfants restèrent bouche bée, comme s'ils avaient été frappés par la foudre, devant ce miracle.

POÈME POUR OUVRIR LE COFFRET

Tirez le septième bouton :
Vous pourrez pousser le onzième.
Un petit coup au quatre, allons!
Et vous dégagez le neuvième.

Ensuite, appuyez sur le deux
Alors paraîtra le huitième;
Puis le trois bouge, c'est curieux,
Tandis que bondit le treizième.

Après que le cinq est sorti,
On voit le quatorze descendre.
Poussez le douze, réjoui,
C'est le sixième qu'il engendre.

Et vous qui cherchez le bonheur,
Mettez dix et quinze à leur place
Vous verrez toute la splendeur
De Dieu. Mais laissons ça, de grâce!

Voilà quatorze indications
Pour trouver l'or dans sa cachette;
Mais il reste une indication :
Sur ce point ma langue est muette.

La fille de Steinar lui demanda ce qu'on allait mettre dans tout ces compartiments.

« Les grands sont pour l'argent, dit Steiner.

— Et les tiroirs qui sont divisés en quatre compartiments ? demanda le garçon.

— C'est pour l'or et les pierres précieuses, dit Steinar.

— Alors, je ne vois pas ce qu'on peut mettre dans les compartiments secrets, dit la fille.

— Alors je vais te le dire, lumière de ma vie, lui dit son père et il se mit à rire de son petit rire aigu. C'est pour ce qui est plus précieux que l'or et les pierreries.

— Qu'est-ce que ça peut être, papa, demanda la fille. Je n'ai jamais eu l'idée que cela pouvait exister.

— Ce sont les secrets que personne ne connaîtra jusqu'à la fin du monde », dit Steinar, et il ferma le coffret.

« Est-ce que tout cet or-là est à nous, alors ? demanda le petit viking ? Et toutes les pierres précieuses aussi.

— Et quels secrets avons-nous, papa ? dit la fille.

— Pourquoi Dieu a-t-il créé le monde avec des compartiments pour l'or, l'argent et les pierres précieuses, mes enfants ? demanda leur père. Et en outre avec tant de compartiments secrets ? Etait-ce parce qu'il avait tant d'argent liquide qu'il ne savait pas où le mettre ? Ou parce que lui-même avait quelque chose sur la conscience qu'il lui fallait cacher dans des trous ?

— Papa, dit la fillette en regardant fixement le coffret comme si elle était fascinée, qui ouvrira ce coffret quand nous serons morts, si personne ne se souvient plus du poème ? »

La nouvelle de ce chef-d'œuvre de menuiserie s'étendit au loin et bien des gens qui voyageaient dans les environs de Hlidar frappèrent à la porte pour demander à régaler leurs yeux de cet objet étonnant. D'autres firent des kilomètres pour le voir. Et un bon nombre en offrirent de grosses sommes d'argent.

Vers la fin de l'été, Steinar fit savoir qu'il allait se rendre au Danemark pour voir Krapi et qu'il y allait comme invité du roi Christian Williamson de Danemark. Il fit ses préparatifs dans la mesure de ses moyens. Une couturière en renom d'un district voisin lui fit un costume de drap bleu et il commanda une paire de bottes à Eyrarbakki. Il quitta la ferme en pleine nuit sans dire adieu à ses enfants, mais avant de partir il alla les regarder un instant, pendant qu'ils dormaient. Steinar avait quarante-huit ans quand il partit pour ce voyage.

Son fils Viking venait d'être confirmé et sa fille Steina avait près de seize ans.

Bien que le départ de ce fermier d'un foyer qu'il aimait fît couler les larmes des siens, ils se consolaient en songeant qu'ils avaient un père que des rois étrangers désiraient avoir auprès d'eux, exactement comme dans les sagas. Sa femme essuya ses larmes avec le coin de son tablier et dit à ses voisines :

« Il n'est pas étonnant que les rois envoient chercher mon Steinar. Quel monde merveilleusement paisible ce serait si les hommes comme lui étaient plus nombreux dans le monde! Je suis sûre qu'il y aura le paradis sur terre lorsque des hommes comme mon Steinar pourront avoir de l'influence sur les rois. »

Telles furent les circonstances qui entourèrent le départ de Steinar. Nous avons dit que la terre qu'il cultivait lui appartenait. La ferme valait douze cents livres selon l'ancien système monétaire, en estimant à cent livres le prix d'une vache. Il ne devait rien à personne, car dans ce temps-là les fermiers ne jouissaient d'aucun crédit et il n'y avait pas d'argent à prêter. Si un fermier était dans une situation difficile, il fallait qu'il vende. Steinar possédait trente brebis laitières et une douzaine de moutons, deux vaches et une génisse d'un an, cinq poneys de travail qui, presque tous les cinq, se débrouillaient pour leur nourriture. La vache a toujours été le principal moyen de subsistance des habitants en Islande et les moutons leur monnaie d'échange. Selon les prix actuels, le revenu tiré d'un mouton était équivalent au salaire de deux journées de travail d'un ouvrier, mais dans ce temps-là, il n'y avait pas d'ouvriers salariés. Des trente moutons de la ferme, dix servaient à maintenir l'effectif du troupeau, de sorte que Steinar ne possédait que vingt moutons comme monnaie d'échange. En d'autres termes, l'équivalent de quarante journées de salaire pour les dépenses de l'année. Avec ce revenu il achetait de la farine de seigle et d'orge et autres denrées nécessaires, aux magasins d'Eyrarbakki, à deux journées de voyage de sa ferme. C'était le plus grand magasin de l'empire danois d'outre-mer et les clients y venaient de centaines de kilomètres à la ronde. Quelques vieilles brebis étaient sacrifiées chaque année pour faire de la viande et on fabriquait des vêtements à la maison avec les déchets de laine. On fabriquait aussi des chaussures à la ferme même avec des peaux non tannées trempées dans de l'alun, et on recommandait vivement aux enfants de ne pas appuyer trop fort sur le sol avec leurs chaussures pour ne pas les user trop vite. On échangeait, avec les petits fermiers du littoral, du poisson et des algues comestibles contre du mouton, et parfois, quand les provisions étaient presque épuisées, Steinar lui-même allait pêcher à Thorlakshofn, pendant la saison, dans un bateau non ponté. Avec un peu de chance il lui arrivait d'attraper quelques paniers de poisson sur cette côte battue par les ressacs où, chaque hiver, il y avait plus de pêcheurs noyés par la tempête que de soldats tués à la guerre.

10. *Les maquignons*

Pendant ce temps, Steinar de Hlidar était parti vers l'ouest, embarqué sur un bateau, en route sur l'océan pour une terre étrangère. Il n'était parti que tard pendant la fenaison, quand presque tout le foin eut été rentré et mis à l'abri et il pensait être de retour en octobre avec le dernier bateau d'automne. A la ferme il ne restait qu'une femme et deux enfants pour terminer les travaux d'automne. Les nuits devenaient de plus en plus noires.

Le pétrole coûtait si cher en ce temps-là, en proportion des ressources des fermiers, qu'on ne peut pas dire que les fermes fussent bien éclairées pendant l'hiver. Même l'huile de poisson, qui fournissait la principale source de lumière en Islande depuis toujours, était devenue elle-même un luxe maintenant. Les quelques litres de pétrole en réserve pour l'année à Hlidar étaient conservés pour les jours les plus sombres du milieu de l'hiver, et les gens essayaient d'utiliser à plein le peu qui restait de la lumière du jour. On tassait les cendres sur le feu et on allait se coucher, quand il n'y avait plus assez de lumière pour travailler. On se levait aux premiers rayons de l'aube, jusqu'au jour enfin où la nuit ne finissait plus. Alors seulement on commençait à allumer les lampes. Combien les enfants trouvèrent longues les premières nuits, après le départ de leur père.

Après une journée de labeur, il n'y avait rien à faire qu'à aller se coucher. Mais il arrivait parfois que ces deux compagnons de voyage : le Sommeil et le Rêve, se faisaient longtemps attendre. Dans ce cas la meilleure façon de passer le temps était d'écouter le bruit de sabots lointains. Les enfants pouvaient reconnaître le bruit des sabots des chevaux de plus d'un district. Cela distrayait pendant le calme de la nuit d'entendre les bruyants cavaliers qui traversaient la cour et le chien qui aboyait sur le toit. Et tous les matins ils comptaient les jours qui les séparaient du retour escompté du père.

Cette nuit-là, celle que nous allons décrire maintenant, exactement à l'époque du grand rassemblement d'automne, tout le monde était endormi depuis longtemps dans la maison. On n'avait pas entendu le moindre bruit de sabots dans aucune direction de toute la soirée. Il pleuvait. A minuit, la mère et la fille furent soudain réveillées de leur profond sommeil par un vacarme assourdissant à l'extérieur, comme si le monde s'écroulait. Puis quelqu'un se présenta à la fenêtre et dit : « Dieu vous protège! » selon la coutume de ce temps-là. Les femmes s'habillèrent en hâte et ouvrirent la porte. Dehors la pluie tombait à torrents. Un homme corpulent, tout ruisselant d'eau, enveloppé d'un gros manteau et chaussé d'énormes bottes, les prit à bras-le-corps et les embrassa. Il dégageait une forte odeur de cheval mêlée à une odeur de tabac et de cognac. Sa barbe était trempée par la pluie et les touffes de poils sur son nez étaient toutes collées par l'humidité.

« C'est votre vieil ami Bjorn de Leirur, dit le visiteur, quand il eut fini de les embrasser dans l'obscurité. Nous arrivons de l'ouest, d'au-delà des rivières; quelques garçons d'écurie et moi-même avec un ou deux chevaux. Les malheureuses bêtes sont un peu fatiguées. Mes valets n'ont pas dormi depuis deux jours. Nous sommes trempés jusqu'aux os. Quel bonheur de pouvoir embrasser quelque chose d'aussi chaud et d'aussi sec! Mais, à propos, est-ce que mon bon ami Steinar est toujours pendu aux basques du roi ? »

La fermière lui dit que Steinar était à Copenhague et qu'elle n'attendait pas son retour avant la fin d'octobre. « Mais si la maison peut vous être de quelque utilité, soyez-y les bienvenus.

Comme vous le savez, mon cher Bjorn, je n'ai pas grand-chose de bon à offrir aux gens de qualité, mais, cependant ce qui est bon pour mon Steinar doit être bon pour le roi, c'est ce que je dis toujours.

— Comme si des gens trempés pouvaient être des gens de qualité, ma brave femme! dit le visiteur. Le principal, c'est d'avoir une bonne assiettée de soupe chaude, même si ce n'est qu'une assiettée de lait chaud. Pour le reste, j'ai déjà discuté de cela, il y a longtemps, avec mon ami Steinar — en fait, il me l'a offert sans que je le lui demande, comme mes deux valets se le rappellent, quand ils l'ont aidé à charger l'acajou sur son cheval : « Vous me ferez plaisir, mon cher ami, m'a-t-il dit (que Dieu le bénisse!) si vous voulez bien vous arrêter pour vous reposer dans mes pâturages, la prochaine fois que vous passerez, en conduisant vos chevaux. L'herbe se soucie peu de qui la mange. » Quant à mes valets, ils pensent aller dormir dans la bergerie, si on peut leur donner un peu de foin pour coucher dessus.

— Mon cher Bjorn, dit la femme, je regrette que nous n'ayons comme soupe qu'un peu d'orge. Nous n'avons pas encore abattu de bêtes à Hlidar. On attend Steinar. Mais il y a du poisson séché, quoique ça ne soit guère un régal pour des gens de qualité. Vous êtes tous les bienvenus et invités à partager les trois couchettes de la salle familiale, sauf vous-même qui aurez le lit de la chambre d'ami, naturellement.

— Ça, c'est bien de vous, ma chère, dit le vieux Bjorn. Quant à la soupe, je crois bien que nous avons encore un gigot ou deux de mouton en réserve dans nos sacoches, si vous pouvez nous fournir de l'orge. »

La fermière dit à sa fille d'apporter un fagot de brindilles et du fumier de mouton pour faire reprendre le feu.

Ce fut le signal : une dizaine de visiteurs ruisselants d'eau emplirent la salle principale et toute la famille en eut plein les bras pour leur retirer leurs vêtements de dessus. Une petite lampe était allumée, mais on pouvait à peine voir le bout de son nez tellement il y avait de vapeur qui sortait des vêtements trempés.

Ceux qui n'avaient pas de vêtements de rechange en empruntèrent. On buvait un peu d'alcool pour se donner des forces en attendant la soupe. Et les chants commencèrent. La soupe n'arriva que vers la fin de la nuit. Certains des hommes s'étaient déjà endormis. Ils se partagèrent les couchettes, mais certains d'entre eux durent sortir pour s'assurer que les poneys ne s'étaient pas sauvés.

Au petit jour la fermière crut qu'il était plus sûr d'envoyer sa fille à la chambre d'ami pour aider le chef à retirer ses vêtements que de laisser plus longtemps dans la grande salle cette jeune fille naïve pour s'occuper d'une bande de maquignons pleins d'ardeur et qui par ailleurs avaient bien bu.

« Merci de votre offre, ma bonne dame, dit Bjorn de Leirur et il l'embrassa en lui souhaitant bonne nuit. J'ai bien de la chance d'avoir une jeune créature aussi souple pour venir s'occuper d'un vieux bonhomme tout engourdi et tout raide qui arrive des rivières glacées. »

C'était une vieille coutume scandinave, dans toute ferme convenable, de demander à une femme d'aider un invité à se déshabiller quand il allait se coucher.

« Allons, allons, mon petit agneau », dit Bjorn de Leirur.

Il était si gros, si énorme qu'il remplissait presque la petite chambre. Il tapota la joue et la tête de la jeune fille comme on caresse un chien, puis d'un geste désinvolte il lui palpa la poitrine, le buste et les fesses en les pinçant vivement, comme l'on fait aux moutons pour s'assurer que leur chair est ferme. La fille en eut le souffle coupé.

« Tu as poussé depuis que je t'ai vue un jour dans la cour avec ton père, pauvre petite, dit-il. Je te ferai une proposition bientôt. Ma vieille femme n'est plus que rhumatismes et elle grogne tout le temps maintenant. Je vais avoir besoin de quelqu'un avant longtemps pour tenir la maison. »

La jeune fille sembla rentrer un peu plus dans sa coquille en entendant ces paroles. Elle baissait un peu la tête et ne savait que répondre.

« Nous ne disons jamais oui, Bjorn, dit-elle, en le regardant bien en face un instant, malgré ses craintes. Mon frère Viking dit parfois non, naturellement, mais papa n'aime pas ça, parce qu'il dit que ' non ' veut dire la même chose que ' oui '. »

L'énorme masse s'était assise sur le rebord du lit, il se renversa en arrière contre le mur et étendit ses jambes sur le plancher. La petite s'agenouilla devant lui et se mit en devoir de lui tirer ses bottes qu'on appelle populairement des « pataugeuses » et qui sont attachées à la taille par des jarretelles. Sous ces bottes il portait un pantalon serré aux jambes. Il n'était ni aussi trempé ni aussi gelé qu'il le disait — ni aussi vieux d'ailleurs.

« Tu as maintenant l'âge, ma petite, où un jour ou l'autre un jeune garçon a dû se glisser jusqu'à toi pour te confier en secret quelque chose à quoi on ne peut rien répondre, tant on est suffoqué.

— Je ne le nie pas, dit la jeune fille, c'était il y a deux ans. Je montais Krapi lors du départ des moutons pour la montagne. Au lever du soleil, quand nous étions là-haut, un garçon m'a dit comme ça : ' Veux-tu me laisser monter ton cheval blanc ? ' C'était la première fois qu'un étranger me demandait pareille chose. Qu'est-ce que je pouvais lui répondre ? Je n'en suis pas encore revenue.

— Puisque tu ne pouvais répondre ni oui ni non, je ne vois pas ce que ça t'aurait coûté de mettre pied à terre sans dire un mot, mon petit agneau, dit Bjorn. S'il avait eu un peu de présence d'esprit, il aurait sauté sur le cheval, le garnement.

— Mon père et le sien sont arrivés juste à ce moment-là, dit la fille. Autrement, je ne sais pas ce que j'aurais fait.

— J'espère qu'il a eu le courage de te toucher un mot en douce pour la prochaine fois que vous vous rencontrerez, dit Bjorn.

— Je ne suis pas allée avec les agneaux à la montagne au printemps suivant, dit la fille. Cette année-ci non plus. Quand papa a donné Krapi, j'ai compris que je n'irais plus jamais dans la montagne accompagner les moutons.

— Et vous ne vous êtes pas rencontrés depuis ? dit Bjorn.

— On s'est juste jeté un coup d'œil à l'église, dit la fille. Il semble ne pas avoir oublié l'affaire de Krapi. Peut-être qu'il ne l'oubliera jamais.

— Ces jeunes d'aujourd'hui n'ont rien dans le ventre, ma chérie, laisse-le tomber. Vous autres, fillettes, vous feriez mieux de nous aider à retirer nos vêtements et alors vous sauriez comment nous tenir.

— Je ne crois pas que vous soyez si vieux que ça, Bjorn, dit la fille. Papa non plus, d'ailleurs. Quand j'étais petite je me blottissais sous sa barbe pour m'endormir. Mais depuis c'est comme si tout s'était évanoui dans le lointain.

— Oui, l'enfance s'estompe dans le lointain, mon petit poulet, dit Bjorn, et tout va de pire en pire jusqu'à ce qu'on soit cloué au lit par la vieillesse. Alors les choses commencent à devenir meilleures, Dieu merci. Allons, sèche-moi les pieds, ma petite souris. Pourquoi diable faut-il que j'aille traverser trois gués glacés tous les jours! »

La jeune fille dit :

« Papa autrefois me chantait une petite chanson, c'était ça :

Viens appuyer ta joue ici contre la mienne;
La mienne est froide hélas! et piquante, ô combien!
La tienne est une peau de pêche au duvet fin
O ma charmante fée, ô ma petite reine!

— Il faut que je prenne la place de ton papa, mon petit agneau, pendant que mon vieil ami Steinar est auprès du roi, dit Bjorn. Et maintenant enlève-moi ce pantalon anglais — il ne me reste plus que la culotte que j'avais à ma naissance. Tu es un vrai trésor — pas du tout comme la vieille diablesse de femme qui se battait avec moi l'autre soir là-bas dans l'Est, en Medalland. Merci mille fois.

— Vous ne me devez pas de remerciements pour si peu », dit la fillette en se relevant et en frottant ses genoux nus engourdis aux endroits où ils appuyaient sur le sol. Son visage était tout rouge maintenant. En s'en allant elle lui dit de ne pas hésiter à l'appeler s'il avait besoin d'elle — et elle ajouta par bonté de cœur et avec la confiance de l'innocence instinctive chez les toutes jeunes filles : « C'est ma vie et ma joie de m'occuper des visiteurs qui réveillent les gens en pleine nuit.

— Et maintenant que vous nous avez aidés à nous mettre au lit dans vos propres couchettes, qu'est-ce que vous allez faire, vous, pauvres gens ?

— Ma mère va veiller pour faire sécher tous leurs vêtements dans la cuisine, dit la fille. Viking et moi, nous allons coucher dans la remise. Ça nous changera agréablement. Ça ne durera pas longtemps, il fait presque jour.

— Quelle idée! mon enfant, dit Bjorn de Leirur. Est-ce que tu crois un instant que je vais laisser une fillette avec de longs cheveux blonds, des joues roses et un corps comme du beurre frais s'en aller coucher sur la terre battue d'une remise, tout ça à cause de moi? Non, on peut être prompt à acheter et à vendre un cheval, mais pas si prompt à expédier nos filles. Viens, je vais mettre cet oreiller au pied du lit, là, et tu te glisseras dans le lit avec moi comme la Belle qui autrefois a délivré la Bête de son enchantement.

11. *De l'argent sur le rebord de la fenêtre*

Quand le jour parut, c'est peu de dire que la famille de Hlidar fut stupéfaite, car le pâturage et les prairies grouillaient de poneys. On n'en avait jamais vu autant dans la région. C'était un magnifique troupeau de bêtes. Certains disent qu'il y avait trois cents poneys en train de paître à Hlidar ce matin-là, d'autres disent quatre cents. Il avait beaucoup plu les jours précédents, le sol était détrempé. Le piétinement des poneys barattait la terre, et la transformait en boue là où ils se pressaient. Déjà, après la première nuit, le champ de la ferme était piétiné irréparablement. Tous ces poneys avaient fait des kilomètres depuis leur départ des écuries et ils étaient agités, rétifs; les poulains étaient tour à tour fringants et peureux et lançaient des ruades contre tous les murs qu'ils rencontraient. Déjà, après la première nuit de grands trous apparaissaient dans les murs de pierres sèches bâtis par les meilleurs ouvriers de Hlidar depuis des générations.

Quand la jeune fille s'éveilla au matin, elle se trouva seule dans la chambre. Il faisait grand jour. Elle portait encore le vieux jupon déchiré qu'elle avait mis en hâte le soir précédent. Son hôte était parti avec ses grandes bottes. Quand elle regarda par la fenêtre, elle vit le champ de la ferme et les prés couverts de poneys. Et tandis qu'elle contemplait tout cela avec étonnement, elle aperçut une pièce rutilante sur le rebord de la fenêtre. Elle prit l'étrange objet et le porta à la cuisine pour le montrer à sa mère et lui dit qu'elle l'avait trouvé sur le rebord de la fenêtre de la chambre d'ami, alors qu'elle sortait.

« Eh bien ça, alors! dit la femme, prenant la pièce et l'examinant. Je suppose que ce jour-là devait arriver, comme les autres jours, mais je croyais que le Sauveur m'épargnerait aussi longtemps que possible d'avoir à toucher ce métal que votre père Seinar désire moins que tout. C'est de l'or, vois-tu, la matière qui fait tout le mal dans le monde, mon enfant. Personne chez nous à Hlidar n'a jamais touché ce métal auparavant. Comment se fait-il que tu m'apportes cet objet néfaste de la chambre qu'occupait notre hôte ?

— J'ai couché là, la nuit dernière, dit la fille. Et quand je me suis réveillée, il n'y avait plus rien dans la chambre que cet objet. »

La fermière, muette de stupéfaction, regarda sa fille. Quand elle retrouva sa langue, elle parla de cette voix étouffée de la résignation habituelle en Islande, lorsque les gens croyaient que ce qui arrive devait arriver.

« Que le Seigneur ait pitié de toutes les malheureuses créatures et plus particulièrement des imbéciles. Est-ce que je ne t'ai pas dit d'aller coucher dans le hangar, mon enfant ?

— Oui, mère, dit la fille. Moi-même en fait je ne comprends pas. Je l'avais aidé à retirer ses vêtements et je m'étais relevée. Je lui avais dit bonne nuit et je sortais. Je le jure, j'allais quitter la pièce. Alors il a dit : « Où vas-tu, ma petite ? » Et quand je lui ai dit que j'allais coucher dans le hangar, alors il a commencé à insister et a dit qu'il n'était pas question que j'aille coucher sur un coin de terre battue dans le hangar à cause de lui. Bref, avant que je sache où j'en étais, je me suis trouvée dans le lit à côté de lui et je me suis tout de suite endormie.

— Pauvre petite imbécile, dit la mère. Et après ?

— Rien, dit la fille. Quand je me suis réveillée, il faisait jour et cet objet était sur le bord de la fenêtre.

— Et tu veux que je croie que tu as dormi toute la nuit avec Bjorn de Leirur sans qu'il se passe rien ? dit la mère.

— Maman chérie, dit la fille, je ne crois pas que le vieux Bjorn soit aussi mauvais qu'on le dit. Il ne m'a certainement pas fait de mal, tout idiote que je suis.

— Je suppose que tu sais que tu es adulte maintenant et que tu ne peux plus coucher avec un homme, dit la mère.

— Qui, moi ? dit la fillette au bord des larmes en entendant les paroles de sa mère. Comment peux-tu me dire des choses pareilles, maman, toi qui sais mieux que tout le monde, sauf peut-être le Sauveur, que je suis toujours une petite fille et que toute la journée je ne pense qu'à papa et comment il se fait qu'il soit parti. Et d'ailleurs je ne me suis pas déshabillée du tout.

— Qu'est-ce que tu portes sous ta jupe ? dit la mère. Voilà, c'est bien ce que je pensais. Si tu n'as jamais eu aucune idée de ton état auparavant, misérable idiote, il est temps que tu songes à y penser après la nuit dernière.

— Qu'est-ce qui m'est arrivé ? maman. Veux-tu me le dire ?

— Comme si tu ne connaissais pas Bjorn ! enfant que tu es.

— J'ai simplement senti qu'il y avait quelqu'un là, dit la fille. Il est si gros et charnu, comme tout le monde le sait. Et moi aussi, je suis grosse et bien en chair maintenant. Et le lit est à peine assez large pour une seule personne.

— Il a dû te serrer d'un peu près, mon enfant, dit la mère. C'était comme ça dans ma jeunesse, du moins.

— J'étais morte de sommeil et je me suis endormie tout de suite, dit la fille. Et Bjorn s'est mis à ronfler. S'il m'a serrée après m'être endormie, comment puis-je le savoir ? Je ne pense pas que ç'ait été très fort. En tout cas je ne me suis pas réveillée. Ce n'était même pas un cauchemar, à mon avis. Et je ne me suis réveillée que tout à l'heure, quand il faisait grand jour.

— Alors pourquoi as-tu en main cette pièce d'or, dit la mère. Remets ça à l'endroit où tu l'as trouvé. Tu n'as pas oublié que Bjorn de Leirur et le shérif et le roi lui-même ont offert à ton père de l'or en échange de Krapi, et qu'est-ce qu'il a répondu ? »

Ce qui étonnait la famille de Hlidar, mais il n'aurait pas été convenable de le dire, c'était que les visiteurs ne montraient nulle intention de faire leurs bagages et de partir. Au contraire. Dans la matinée, des provisions arrivèrent sur des poneys de bât pour les ravitailler. Ils plantèrent une tente dans la cour de la ferme. Il est considéré comme mesquin en Islande de demander à des visiteurs ce qui les retient de s'en aller, mais il était évident qu'ils attendaient d'autres poneys. Il était clair maintenant que les maquignons n'avaient nul besoin de soupe au lait, bien qu'ils eussent déclaré le soir précédent qu'ils se contenteraient de n'importe quoi, même de quelque chose de très ordinaire. Quelques-uns des hôtes restèrent couchés toute la matinée dans la salle principale, avec l'accompagnement de ronflements sonores. D'autres étaient accroupis devant le seuil de la porte et se bourraient de tabac à priser qu'ils tiraient d'étuis en corne, tout en surveillant le troupeau. Un ou deux étaient ivres. Quelques-uns tournaient à toute allure sur leurs poneys pour cerner et rabattre les poulains indisciplinés. Les fermiers du voisinage s'étaient rassemblés en force pour protéger leurs prés contre cette invasion de poneys qui n'étaient pour eux qu'une des plaies qui s'abattaient sur le monde, selon la Bible. Les marchands de chevaux donnèrent aux femmes de la viande et de la farine et leur firent faire de la soupe et cuire du pain. Ils avaient des boîtes entières de beurre. Ils se montrèrent certainement généreux envers la fermière. Quand ils lui donnaient un peu de café qu'ils avaient fait griller dans ses ustensiles à elle, ce n'était jamais moins d'une livre. Les enfants pouvaient se bourrer de sucre et de petit-lait danois. Des troupeaux entiers de poneys partaient dans une direction et étaient remplacés par d'autres venant d'ailleurs. D'autres conducteurs arrivaient qui couchaient sous la tente, se servant à pleines brassées du foin des meules. Le jeune Viking avait été loué comme convoyeur supplémentaire et on l'envoyait faire de longues randonnées.

Quelques jours après, Bjorn de Leirur revint. Il était près de minuit et tout le monde était couché.

« Où est Steina ? » cria-t-il du seuil de la porte.

La fermière sortit du hangar toute prête à l'aider. Il l'embrassa et la repoussa à l'intérieur en lui disant qu'il ne voulait que des jeunes filles. A ce moment, la fille de Steinar s'était réveillée. Elle fit chauffer un peu de soupe pour lui au milieu de la nuit, puis elle dut faire du café et ensuite un grog et enfin elle l'aida à retirer ses vêtements, car il avait pataugé comme d'habitude dans les ruisseaux glacés.

« Vous avez oublié votre pièce d'or ici l'autre jour, dit la fille.

— C'était pour toi, ma petite, dit Bjorn de Leirur. Pour m'avoir aidé à retirer mes vêtements.

— Papa et maman disent que l'or est la source de tous les maux, dit la fille.

— Aide-moi encore un peu, ma petite », dit Bjorn de Leirur et il se mit à rire.

Le lendemain matin, il partit encore pour acheter d'autres poneys en laissant une brillante pièce d'argent sur le rebord de la fenêtre.

L'automne fut merveilleux.

Des poneys étrangers régnaient sur les champs de Hlidar et les maquignons étaient les maîtres de la ferme et de ses gens. Le lit dans la chambre d'ami était toujours fait pour Bjorn de Leirur, qui parfois venait, parfois ne venait pas. Quand il venait, c'était au milieu de la nuit et toujours trempé par l'eau des ruisseaux glacés.

« Où est Steina ? »

La fille de Steinar ne devait jamais le quitter de nuit ou de jour quand il était là. Et la mère de Steina devenait chaque jour plus résignée.

Un jour d'automne, juste avant le second rassemblement, tandis que la ferme était encore assiégée, il y eut du nouveau : un visiteur de l'intérieur du district arriva à cheval dans la cour de la ferme et demanda à voir la maîtresse de maison. C'était le fermier de Drangar, à trois fermes environ de là, à l'est, et père du garçon à qui Steina avait refusé la permission de monter le poney blanc, lors de la transhumance des agneaux.

Le visiteur fut introduit dans la chambre d'ami.

« Bien des choses sont arrivées ici, ma chère dame, dit Geir de Drangar.

— Six cents chevaux jour et nuit, dit la femme. Et nous ne sommes que deux malheureuses femmes avec mon garçon, qui a été loué comme convoyeur. Que Dieu ait pitié de nous!

— Je ne voudrais vous dire exactement que vous êtes des animaux muets, dit le fermier, mais je me serais attendu à plus d'intelligence de la part d'une maîtresse de maison ici, dans cette région.

— Est-ce que je ne vous ai pas dit que nous n'avions pas de bon sens et que nous ne savions pas parler, dit la femme. Nous n'avons même pas une cloche pour appeler les chevaux. Steinar n'a jamais voulu de ces accessoires futiles. Ici, à Hlidar, tout ce que nous avons jamais possédé, c'est la tête de Steinar sur ses épaules.

— Se mêler des affaires des autres n'a sûrement jamais été considéré comme une vertu, dit le fermier, et chacun a le droit de disposer de son bien comme il l'entend. Tout le monde voit que Hlidar devient un marécage où l'herbe ne poussera pas de longtemps. Cependant, la vraie raison qui me fait venir aujourd'hui est que j'ai eu vent que mon fils Johann songerait peut-être à venir bientôt s'entretenir avec votre jeune fille Steina. Hum! Il me semble qu'il se pourrait que quelqu'un qui vous veut du bien dise un mot au shérif pour voir s'il peut user des pouvoirs que lui donne la loi pour mettre un terme à cette folle destruction.

— Pour vous dire vrai, voisin, dit la femme, l'homme qui possède tous ces chevaux m'a démontré que tout avait été fait avec l'accord de mon cher mari. Alors il faut que je me contente de croire que Celui qui a fait pousser les plantes fera repousser l'herbe un jour ou l'autre à Hlidar. Mais cela ne fait pas de mal d'avoir de bons voisins malgré tout, et vous et votre fils serez toujours les bienvenus ici : le plus tôt sera le mieux, de jour ou de nuit. »

Comme Geir de Drangar se levait pour prendre congé, il

jeta un coup d'œil dans la direction de la fenêtre et vit une somme d'argent posée sur le rebord. Il y avait une grosse guinée d'or anglaise et un tas de dollars d'argent danois.

— Vous semblez avoir fait une bonne prise, ici, dit Geir de Drangar.

— Le vieux Bjorn de Leirur laisse toujours quelque chose avant de partir le matin, dit la femme. Mais nous n'avons jamais appris à manipuler l'argent ici, à Hlidar, nous n'osons même pas y toucher. Je suppose qu'il tient à donner cela à la petite Steina pour la récompenser de l'aider à retirer ses affaires. L'intention est là, même si nous laissons l'argent là sans y toucher.

— Ecoutez, Bjorn, dit la fille le soir suivant, tandis qu'elle s'agenouillait sur le plancher et retirait ses vêtements mouillés et boueux à ce voyageur qui était toujours plus prêt que n'importe qui à traverser les gués glacés à cheval. Votre pièce d'or est toujours sur le rebord de la fenêtre.

— Qu'est-ce que tu espères ? dit Bjorn de Leirur. L'or, c'est pour les vierges. Un homme ne le donne qu'une fois à la même femme.

— Mais maintenant, il y a aussi tout un tas de pièces d'argent, dit la fille. Maman et moi nous avons peur de cet argent. Qu'est-ce que nous allons dire à papa quand il reviendra ?

— L'argent, c'est pour les bonnes amies », dit Bjorn de Leirur et il se mit à rire.

Quelques jours plus tard, un matin, la fille s'éveilla dans la chambre d'ami; elle se leva, regarda par la fenêtre et vit qu'il y avait de la neige partout. C'était la première neige de l'hiver, à la fin d'octobre. Dans la nuit de l'automne, elle était tombée propre et blanche sur tout le pays. Steina s'étonna de ne plus voir un seul poney. Il n'y avait pas une trace de piste sur la neige; tous les poneys avaient été emmenés pendant la nuit avant la chute de neige. On ne voyait plus le sol piétiné sous la couche de neige. On n'entendait plus un bruit, nulle part. Aucun étranger ne ronflait plus dans la grande salle. La ferme et ses environs étaient plongés dans un monde de silence blanc et glacé.

Jamais aussi peu de gens n'avaient eu à constater l'absence de tant de chevaux.

« Dieu soit loué! » dit la fille.

C'est alors qu'elle remarqua qu'une poignée de gros sous avait été ajoutée à la précieuse guinée d'or et à la pile de pièces d'argent sur le rebord de la fenêtre.

12. *L'amoureux*

A mesure que le temps passait, il arrivait souvent aux gens de Hlidar de croire qu'ils apercevaient un homme sur le versant de la colline, arrivant par la route principale, particulièrement au crépuscule. Il semblait toujours avoir cette démarche circonspecte, appliquée, posant deux fois le pied sur le sol à chaque pas, comme s'il en tâtait la solidité. Mais ce n'était jamais lui. Généralement ce n'était qu'un lutin. Les enfants allaient se coucher fatigués après les rassemblements de l'automne, mais ils étaient toujours tourmentés par le même rêve, nuit après nuit : ils rêvaient que leur père errait sur une route sans fin dans la nuit automnale, sur une terre étrangère et ne pouvait retrouver son chemin pour rentrer chez lui. Certes les premières neiges avaient disparu, mais les oiseaux n'étaient pas revenus, pas même le fulmar ou la mouette pillarde : on ne voyait que le dos bleu lustré du corbeau dans le soleil blanc de l'automne. Les baies étaient tendres et la bruyère rouge. Le pays était tout à fait silencieux. Le ciel aussi était silencieux. Il y avait de la gelée blanche la nuit maintenant. La terre piétinée autour de la ferme et les prés retournés étaient durcis par la gelée. On était maintenant en novembre et le dernier bateau d'automne était déjà revenu en Islande. La nuit, les pierres dégringolaient des flancs de la montagne.

Le jeune garçon que Steina n'avait pas laissé monter sur son poney blanc était là à la porte, tendant la main à la maîtresse de maison.

« Je passais, dit-il.
— Vous voulez sans doute parler à Steina, dit-elle.
— Je n'ai rien de particulier à lui dire, dit-il.
— Je vais l'appeler, dit la mère.
— Ne l'appelez pas si elle est occupée, dit le visiteur.
— Elle est dans l'office en train de battre le beurre, dit la femme. Peut-être voudra-t-elle s'essuyer la figure avant de parler à un jeune homme.
— Ça ne fait rien, dit le jeune garçon. Je puis revenir aux environs de Noël.
— Vers la Noël! dit la femme. On n'est pas près de la Noël encore, heureusement. C'est bien agréable de voir des jeunes gens aussi réservés, mais il ne faut pas exagérer.
— Je voulais seulement voir un petit quelque chose qu'elle possède, dit le garçon. Mais si elle est occupée, ça n'a pas d'importance, présentez-lui seulement mes respects. A une autre fois, peut-être.
— Allez donc la voir dans l'office, mon garçon », dit la femme.

Elle était là, debout, les épaules nues, vêtue d'un jupon, le mur tout luisant derrière elle, en train de battre le beurre de ce mouvement particulier, un peu lent et rythmé que ce travail demande, comme si l'ouvrier et la machine étaient inséparablement fondus dans une danse étrange. Elle ne se troubla pas lorsque le garçon parut dans l'encadrement de la porte en faisant une profonde révérence. Le beurre avait éclaboussé ses bras nus, son cou et son visage. Elle rougit et sourit en baissant les yeux sur sa baratte, mais il ne faut jamais s'arrêter au milieu d'un barattage.

« Voulez-vous, je vous prie, retourner ce baquet pour vous asseoir dessus », dit-elle.

Quand il se fut assis, elle leva les yeux et lui dit :
« Vous êtes rare comme les beaux jours. Quoi de neuf ?
— Comme d'habitude, dit-il. Et vous, comment ça va ?
— Tout va bien », dit-elle sans s'arrêter un instant de baratter, mais elle le lorgnait du coin de l'œil, curieuse et timide à la

fois et souriant un peu, jusqu'au moment où elle ne put plus se retenir. « Qu'est-ce qui vous est arrivé, dit-elle, est-ce que vous avez rapetissé ? Je croyais que vous étiez plus grand et plus large d'épaules.

— C'est peut-être parce que vous avez tant forci vous-même, dit-il, et il ne pouvait pas détacher ses yeux de cette grosse et forte fille qui se tenait devant lui.

— Nous nous regardons fixement et nous nous reconnaissons à peine; il y a si longtemps que nous nous sommes rencontrés, dit-elle. Mais peut-être que vous vous êtes refroidi. Pourquoi n'êtes-vous jamais venu ?

— Est-ce que vous m'attendiez ? demanda-t-il.

— Vous aviez dit que vous viendriez, dit-elle. J'y comptais.

— Mais nous nous sommes vus à l'église de temps en temps, dit-il.

— Je n'appelle pas ça se voir, dit-elle. J'ai honte d'être ainsi tout éclaboussée de beurre le jour où finalement vous vous décidez à venir me voir. Mais vous allez attraper des taches de beurre tout à l'heure.

— S'il n'y avait pas de taches plus sales que des taches de beurre! dit le garçon. Et le babeurre, c'est toujours du babeurre, bien que ce soit en réalité une forme de lait écrémé.

— Est-ce que vous désiriez quelque chose de particulier ? dit la fille.

— On m'a dit que vous aviez une pièce d'or, dit-il.

— Qui vous a dit ça ?

— On a dit que quelqu'un l'avait posée sur le rebord de votre fenêtre — une de ces grosses pièces qui ont cours dans le monde entier.

— Ce n'est pas un secret en ce qui me concerne, je crois, dit la fille. Je vous la montrerai dès que j'aurai fini de baratter. »

Enfin le barattage fut terminé. Elle sortit le beurre non malaxé de la baratte et le posa dans un cuveau tout ruisselant de babeurre, puis elle se rendit à la cuisine pour demander un *scone* à sa mère, car on mange toujours ces galettes de seigle chaudes avec du beurre fraîchement battu. Il y a trois choses que les poètes considèrent comme une bénédiction en Islande : les galettes de seigle chaudes, les filles grassouillettes et le babeurre froid. D'un pouce généreux elle étendit ce beurre délicieux directement de la baratte sur la galette qu'elle lui destinait et lui tendit un pot de babeurre à boire. En passant elle était allée prendre un mouchoir noué sous son oreiller, elle en sortit la pièce d'or et la lui montra.

« Ça c'est quelque chose, dit le garçon. On peut bien acheter une vache avec ça. Comment avez-vous eu ça ? »

Elle fit claquer sa langue comme si ça n'avait aucun intérêt :

« Quoi, ça ? dit-elle. C'est quelqu'un qui l'a laissée là. Vous pouvez la prendre si ça vous fait plaisir. On attend papa qui revient de Copenhague aujourd'hui ou demain, et je ne sais pas ce qu'il dirait s'il trouvait de l'or ici.

— Qui est-ce qui vous l'a donnée ? demanda le garçon.

— Bjorn de Leirur, répondit-elle.

— Pour quelle raison ?

— Parce que je l'ai aidé à retirer ses vêtements.

— C'est tout ?

— Il était trempé, dit-elle. Il avait acheté des chevaux dans tous les coins du pays et passé à gué les ruisseaux glacés, il était trempé jusqu'aux os quand il est arrivé ici la nuit.

— C'est un saligaud, dit Johann de Drangar.

— C'est la première fois de ma vie que j'entends dire une chose pareille de quelqu'un, dit la fille et, à ce moment, son expression souriante avait disparu. D'ailleurs ce n'est pas vrai. Bjorn de Leirur est un homme très gentil.

— Je crois bien que c'est la première fois que j'entends dire ça de Bjorn de Leirur, dit le jeune homme. Tout le monde sait qu'il marie trois ou quatre filles tous les ans, sans compter celles qu'il n'a pas besoin de marier parce qu'elles le sont déjà, et de plus il y a ceux et celles qu'il refuse de reconnaître légalement.

— Je ne sais pas de quoi vous voulez parler, dit la fille. Est-ce que c'est une énigme ?

— J'espère que vous n'aurez jamais besoin de la comprendre, dit-il.
— Vous êtes fin, n'est-ce pas ? dit-elle. Je dois dire que vous êtes vraiment fin.
— Vous oubliez que j'ai presque trois ans de plus que vous et que j'en serai à ma quatrième saison de pêche à Thorlakshofn cet hiver.
— Ce que vous avez dit tout à l'heure, je suppose que c'est ce que vous appelez une conversation de marins, dit la fille. Mais je peux vous dire ceci : c'est qu'il serait difficile de trouver une personne plus gentille et plus franche que Bjorn de Leirur. J'étais toujours timide devant les gens avant que Bjorn vienne ici. Je ne peux pas vous dire combien j'étais timide devant vous. J'en ai été malade pendant deux ans de ne pas vous avoir laissé monter le cheval blanc, quand on a conduit les agneaux à la montagne.
— Puisque vous n'êtes plus timide, je pense que vous pourriez me dire pourquoi il vous gardait la nuit à côté de lui ?
— Qui a dit ça ?
— C'est ce que racontent les maquignons, répondit-il.
— Pourquoi il me gardait près de lui ? Bjorn de Leirur ? On aura tout entendu ! Evidemment il n'y avait aucune raison. Vous riez ? Je n'aurais jamais cru que vous étiez comme ça.
— Pourquoi ne me répondez-vous pas ? dit-il.
— Je ne vous dois pas une réponse à toutes vos questions, dit-elle. Il est juste qu'une petite fille insignifiante aime qu'une grande personne prenne la peine de lui parler comme à un être humain.
— Et ensuite ?
— Qu'est-ce que vous croyez, par exemple ?
— Il est évident qu'un individu comme ça commence tout de suite à faire de drôles de choses, dit le garçon.
— De drôles de choses ? répéta-t-elle. Si vous voulez parler d'embrassades et de caresses, alors je ne vois personne aussi peu disposé à faire ça que Bjorn de Leirur.
— Mais vous-même vous avez dit que vous lui avez retiré tous ses vêtements, dit le garçon.

— Ce n'est pas du tout ce que j'ai dit, répliqua-t-elle. C'est tout différent — et ce n'est pas un secret en ce qui me concerne — je l'ai même raconté à ma mère — que souvent, quand je lui avais retiré ses vêtements, il me disait : " Etends-toi sur le lit à côté de moi, ma petite, ça vaut mieux que d'aller te recroqueviller sur la terre battue dans le hangar. "

— Bien que je ne sois pas très expert dans ces sortes d'affaires, dit le garçon, je peux difficilement croire qu'un type comme Bjorn de Leirur laisse tranquille une fille une fois qu'elle est dans le lit avec lui.

— Je n'en sais rien, dit la fille. Il me laissait toujours tranquille, en tout cas. J'avais sommeil et j'étais fatiguée quand j'étais près de lui et je ne m'étais pas plus tôt étendue à côté de lui que j'étais morte pour le monde.

— Alors il ne vous touchait pas du tout?

— Je me rappelle seulement qu'une fois il s'est serré contre moi un peu pendant son sommeil, sans le faire exprès, et je me suis réveillée en sursaut comme si j'avais rêvé; mais je me suis rendormie la minute d'après. Et après ça je ne me suis plus aperçue de sa présence. Bien sûr, c'est un homme gros et fort. Et je peux vous dire que je n'ai jamais dormi aussi profondément que je l'ai fait avec lui. Je ne bougeais même pas quand il passait par-dessus moi le matin pour partir. »

Le visiteur regardait la fille d'un air incrédule.

« Un homme peut-il jamais comprendre une femme? dit-il. Il n'y a pas d'êtres plus changeants. Il faut les croire ou ne pas les croire. Je préfère vous croire, Steinbjorg. Et maintenant il faut que je parte. Merci pour la galette et le babeurre...

— Et la pièce, Johann, ajouta-t-elle. La pièce d'or. Il serait temps que je vous offre une compensation pour ne pas vous avoir laissé monter notre Krapi, qui maintenant de toute façon appartient au roi et s'appelle Minet.

— Ça n'avait pas d'importance, dit-il. Au revoir. Au fond je vais mettre votre pièce dans ma poche, comme acompte. Et merci. »

Elle le regarda, débordant de reconnaissance qu'il fût venu et regrettant qu'il dût partir si tôt. Elle ne put s'empêcher de laisser échapper :

« Je pense que vous avez grandi et forci, même en si peu de temps.

— C'est la galette et le babeurre, dit-il... et le beurre de la baratte. »

Elle le regarda qui s'inclinait en partant, à la porte, et peut-être ressentit-elle une ombre de déception. Mais juste comme il allait disparaître dans le couloir obscur, il se rappela quelque chose et revint pour la voir. Il la regarda un peu embarrassé et il semblait vouloir lui dire quelque chose :

« Qu'est-ce qu'il y a maintenant, dit-elle, et elle se mit à rire, toute rougissante.

— Il m'est venu à l'esprit de vous demander s'il n'y en avait qu'une ? »

Elle dut réfléchir un peu avant de savoir ce qu'il voulait dire et alors son sourire s'éteignit.

« Attendez une minute », dit-elle.

Elle dénoua son mouchoir et sortit un tas de dollars d'argent tout étincelants.

« Voilà, dit-elle. Je serais heureuse que vous les preniez. Je suis sûre que papa n'aimerait pas les voir en ma possession. »

Il prit l'argent et vit qu'il était de bonne qualité, de bon aloi.

« Mais, dit-il, ce que je voulais dire est ceci : n'y avait-il pas d'autres pièces d'or ? »

Elle le regarda un peu surprise. Et alors les paroles de sagesse ou plutôt de sottise de Bjorn de Leirur lui revinrent à l'esprit : « Une femme ne reçoit qu'une seule pièce d'or. Après elle ne reçoit que des pièces d'argent. »

« C'est bien ça, dit-il. C'est ce que je pensais. Vous avez donné quelque chose que seul l'or peut acheter. »

13. *Rois et empereurs*

Steinar de Hlidar ne revint pas en Islande avec le bateau d'automne. Finalement sa femme ne vit pas d'autre solution que d'aller trouver le pasteur.

Elle alla le voir et lui dit : « Je suis venue, parce que vous êtes plus près de la Providence que quiconque, que le shérif même. Croyez-vous que mon mari soit encore vivant ? »

Le pasteur répondit que bien que le bateau d'automne fût arrivé sans lui, personne n'avait entendu dire qu'il était mort, quand le bateau avait quitté Copenhague.

« Serait-il possible qu'il soit mort cependant ? demandait-elle.

— Hum! pas exactement, dit-il, pas tout à fait. »

La femme lui dit :

« Alors je vous demande, car mon ignorance est immense et jamais elle ne l'a été autant que maintenant, et votre sagesse en comparaison est profonde : se peut-il qu'il ne soit pas non plus tout à fait vivant ?

— Ça se pourrait, dit le pasteur.

— Alors vous pensez que ce serait quelque chose comme ça ? dit la femme et elle leva les yeux au ciel, tandis que les larmes se figeaient dans la profondeur de son être.

— Peut-être pas plus qu'il n'est absolument nécessaire, dit le pasteur.

— Ce n'est pas drôle d'être une créature simple d'esprit, dit la femme. C'est pourquoi je vous demande d'excuser ma sottise si je vous demande : si mon mari Steinar n'est pas tout à fait, ou, dans une certaine mesure, mort, que faut-il inscrire sur le registre d'état civil. D'autre part, s'il existe une possibilité pour qu'il soit mort, même seulement une toute petite, comment peut-on calculer ça en larmes ?

— Je sais que tout ça est une question de larmes, ma chère dame, dit le pasteur. Combien de larmes et de quelle taille ? Dans le cas présent, ne pourrait-on pas remettre la réponse à ce problème au printemps ? »

Alors il se pencha vers la femme et lui dit à voix basse :

« J'ai entendu dire qu'il se pourrait que votre mari Steinar soit un de ceux qui ont rencontré un Mormon. J'ai compris que c'était arrivé là-bas, à l'ouest, l'été où le roi est venu. On raconte qu'il a délivré un Mormon qui était attaché à une borne. »

Environ un mois avant Noël, alors que la couche de gelée blanche étendue sur les larmes était devenue de la glace solide, une lettre du père arriva à Hlidar. Elle avait été écrite à Copenhague vers la fin d'octobre et envoyée par le dernier bateau d'automne, mais il ne s'était trouvé personne pour l'acheminer, une fois arrivée en Islande : elle était toute froissée et toute salie d'avoir passé de main en main.

« Il y a beaucoup de rivières à traverser à l'est de Steinahlidar, dit la fermière. Les bonnes nouvelles voyagent lentement, mais arrivent toujours à la fin, Dieu merci. Les mauvaises nouvelles arrivent toujours un jour trop tôt. »

Steinar disait dans sa lettre que des retards imprévus l'empêchaient de partir par le bateau d'automne comme il en avait eu l'intention. Il était aussi trop tard pour donner beaucoup de nouvelles par écrit, sauf au sujet du coffret, pour s'amuser. Il décrivait brièvement son entrevue avec Krapi. Il ajoutait qu'il remerciait le Seigneur d'avoir conservé l'auteur de la lettre en bonne santé et sous Sa protection, depuis le moment où il avait quitté sa maison jusqu'au moment où il écrivait la présente lettre.

Suivait une description de leur arrivée en Ecosse, à un endroit appelé Leith. Des fonctionnaires de la reine d'Angleterre couverts de soutaches d'or avaient visité leurs bagages, afin de les empêcher d'introduire en fraude des marchandises prohibées. Quand ils aperçurent le baluchon de Steinar ils lui demandèrent ce que c'était : « Ça, c'est mon édredon, d'abord. » Ils tâtèrent et demandèrent ce qu'il y avait à l'intérieur. Ils voulaient voir. C'était le fameux coffret. « Qu'est-ce que c'est que cette machine infernale », demandèrent-ils et ils essayèrent de l'ouvrir, ce qui fut plus vite dit que fait. Alors Steinar sortit le *Poème pour ouvrir un coffret* et leur montra comment il fallait s'y prendre, et le coffret s'ouvrit. Ils lui demandèrent combien il en voulait, mais il ne répondit pas et ferma le couvercle. D'autres douaniers, de rang plus élevé, arrivèrent et les enchères pour le coffret montèrent en proportion. Finalement l'officier du grade le plus élevé et chef de tout le service des douanes pour l'Ecosse arriva et offrit pour le coffret le prix en or de deux vaches. Il essaya longtemps de l'ouvrir en faisant jouer les boutons, car il avait vu qu'il n'y avait pas de clé. Mais plus il essayait les boutons, plus le coffret demeurait solidement fermé. Alors Steinar dit aux interprètes d'expliquer qu'on ne pouvait l'ouvrir qu'en récitant un poème. « Je donne le prix d'une vache pour le poème », dit le capitaine. Mais quand il eut vu le poème, il parut sceptique. Steinar se mit à rire et tapa sur l'épaule de ce gentilhomme et dit, avec l'aide de l'interprète, que la reine d'Angleterre était un vrai trésor, mais que tout l'empire britannique ne pourrait pas acheter ce coffret : c'était le seul cas où l'or était impuissant. Puis il renveloppa son coffret dans son édredon et les Britanniques sacrèrent et jurèrent contre lui de toutes leurs forces. Il n'y avait rien d'autre à raconter au sujet du voyage de Steinar jusqu'à son arrivée à Copenhague. Un envoyé du roi se trouvait sur le quai avec une lettre qui disait que Steinar logerait au Foyer des marins, 5 Vestergade, à Christiania, où il trouverait un étudiant islandais qui lui montrerait la ville. Dans la lettre se trouvait une certaine somme d'argent pour ses repas dans les restaurants, car à Copenhague, on ne peut pas manger sans payer.

« Je n'ai pas le temps de dire grand-chose de Copenhague, au sujet de laquelle on pourrait néanmoins écrire tout un livre, disait Steinar dans sa lettre. En particulier, il y a un pont qui s'ouvre tout seul, je ne comprends pas comment, et de gros navires passent à travers l'ouverture : c'est un phénomène remarquable. Et puis il y a l'atelier de Thorwaldsen avec ses déesses aux membres lisses et ses jeunes filles à la taille fine et aussi quelques chevaux extrêmement beaux montés par des chevaliers belliqueux. Il faut aussi mentionner l'usine à gaz, un des plus beaux chefs-d'œuvre du pays; elle produit de la lumière et de la chaleur pour les habitants. Elle contient un énorme haut fourneau, d'où sortent des tuyaux qui vont sous le sol à travers la ville et montent à l'intérieur des murs jusque dans les maisons. Si quelqu'un désire de la lumière ou de la chaleur, il tourne un robinet qui se trouve dans un tuyau de cuivre dans sa propre chambre et y met une allumette enflammée et ça se met à brûler. Beaucoup de gens trouvent ça incroyable, ce qui est certain, mais c'est très vrai et très remarquable. Je n'ai pas encore parlé de Tivoli que les Danois ont créé pour donner une idée du Paradis et des joies du Paradis, bien que pour ma part je n'aie pas beaucoup aimé ça, disait Steinar. Dans ma jeunesse on ne m'aurait pas permis de me livrer à des ébats en public, comme ceux auxquels on se livre ici, et je n'aimerais pas que mes enfants participent à de tels jeux. Certains grimpaient en foule comme des chats sur des perches perpendiculaires et ensuite faisaient toutes sortes d'acrobaties et de gestes inutiles sur les barres et aussi avec des cordes — heureusement il n'y a pas eu d'accidents. Il y avait aussi un théâtre où des gens assez pitoyables, attifés pour l'occasion avec les vêtements les plus étranges, sont entrés sur la scène pour exécuter des sauts périlleux, se donner des coups de bâton et autres imbécillités grotesques. Certains étaient très peu vêtus, surtout les femmes. J'ai demandé qui ces gens pouvaient être et on m'a dit que le mari s'appelait Arlequin et sa femme Colombine. Il y avait aussi un type qui s'appelait Pantalon qui faisait la cour à la femme. Tous m'ont paru être des gens assez peu recommandables. Tout cela, c'était pour rire, bien sûr, mais c'est vraiment pour des gens qui ne sont guère difficiles.

« Le pavillon de chasse du roi, dit Steinar, se trouve au cœur d'une belle forêt. On y voit beaucoup de daims qui courent parmi les arbres, ils tendent le cou et grignotent les branches avec leurs bouches propres et délicates, qui ressemblent aux bouches des moutons, et leurs mâchoires travaillent remarquablement vite; de petits muscles dans leurs mâchoires se froncent joliment quand ils mâchent. Ils bondissent si légèrement et gracieusement qu'on voit à peine leurs pattes toucher le sol. Combien il est étrange que de nobles seigneurs aillent détruire des êtres si charmants pour s'amuser. Mais autrefois, écrivait Steinar, les massacres d'animaux étaient un devoir sacré et ceux qui les accomplissaient étaient considérés comme ayant fait un pacte particulier avec Dieu; c'est donc une des hautes charges du roi que d'aller massacrer des animaux. Je n'ai pas pu me résoudre à entrer dans le palais avant d'avoir essayé de compter ces animaux. »

Steinar décrivait alors dans la lettre comment lui et ses compagnons avaient franchi les portes du palais. « Là nous avons trouvé des dragons armés de pied en cap assis sur leurs chevaux, l'air féroce. Mais, me dit un de mes compagnons, si on n'essaie pas de leur dire bonjour ou quelque chose comme ça, ils vous laissent tranquille. » Sur les pelouses autour du palais il y avait des gentilshommes élégants et de belles dames qui jouaient avec une batte et une balle. Quelques lieutenants, qui se pavanaient sur le seuil du palais dans des uniformes chamarrés d'or, demandèrent qui étaient ces visiteurs. Steinar répondit que c'était un homme qui venait d'Islande et qui était invité par le roi à venir voir un cheval.

« Est-ce que c'est une machine infernale que vous avez là ? demandèrent-ils.

— On ne peut pas dire que ce soit ça, dit Steinar. C'est seulement un petit coffret et il y a un poème qui va avec... »

Alors on l'avait laissé entrer.

Le roi se trouvait dans un salon. Il s'avança pour recevoir

ses hôtes et leur souhaita aimablement la bienvenue, bien qu'au fond il parût un peu préoccupé et légèrement las. D'abord il demanda à Steinar comment il allait, ainsi que sa famille. Puis il remercia Steinar pour le poney Minet, qui, dit-il, était un très bon poney, et très aimé des petits enfants du roi, quand ils venaient en vacances au palais. On l'employait à tirer une petite charrette dans les parterres fleuris du palais. Il pouvait facilement traîner trois enfants et même quatre. Steinar demanda s'il n'y avait pas de cavaliers à la cour qui aimeraient monter un cheval plein de fougue au grand galop à travers les plaines de l'île de Zélande. Un des dignitaires répondit que certains parmi les jeunes hommes pourraient à l'occasion monter Minet, mais qu'il était plus sûr de le conduire par la bride, parce qu'il avait une tendance à ruer et à s'emballer. Mais au Danemark, dit le roi, parlant de ce pays comme si c'était un pays étranger qu'il connaissait mal, au Danemark, c'est considéré comme une cruauté envers les animaux, pour un adulte, de chevaucher un poney. Tout récemment quelqu'un avait été condamné par le tribunal pour avoir été vu montant un poney d'Islande dans les rues de Copenhague. « Mais nous, dit le roi, qui avons nous-même monté ces petits animaux en Islande, nous rions de ces choses-là. »

Lorsque le roi et son visiteur eurent échangé quelques mots à propos du poney, Steinar prit la parole et dit qu'il avait un présent qu'il désirait offrir au roi, une boîte qu'il avait fabriquée lui-même pour contenir de l'or, des pierres précieuses et des secrets. Puis il posa le coffret devant le roi et ouvrit sa fermeture compliquée en un clin d'œil. Le roi le remercia pour ce présent et loua abondamment Steinar pour son habileté. « Mais le pauvre gars fut bien embarrassé, écrivait Steinar, quand il essaya d'ouvrir ce coffret lui-même ».

« Il faut que je montre ça à Valdemar », dit le roi.

Il appela son fils, le prince Valdemar, et lui dit de souhaiter la bienvenue à ce fermier qui venait d'Islande, ce que fit très aimablement le prince. Il se mit alors à parler du poney Minet, disant qu'il était très gras, mais assez rétif, comme tous les Islandais, quand on ne les tient pas correctement. Puis le prince Valdemar essaya à son tour d'ouvrir le coffret, mais ne put pas attraper le coup. Après un moment il déclara que c'était le travail du diable d'ouvrir cette boîte et qu'il valait mieux laissei le tsar de Russie s'occuper d'une machine comme ça. Il sortit sur la galerie et fit venir les invités du roi, les gens qui étaient en train de jouer sur les pelouses, et leur dit qu'un homme était arrivé d'Islande avec une boîte mystérieuse, diabolique, qui demandait encore plus d'intelligence que pour jouer au cricket. Dehors, le mot Islande éveilla une grande gaieté. Bientôt un tas de gens se précipitèrent dans le salon et ce n'étaient sûrement pas des sacs à puces, des pauvres de la paroisse ou des enfants de l'orphelinat, pensait Steinar : il disait dans sa lettre qu'il aurait cru qu'on se payait un peu trop sa tête, si quelqu'un d'autre que Christian Williamson, qui était un honnête homme, et franc, lui avait cité les noms des nouveaux arrivants.

Il se trouvait que juste à cette époque de l'année les enfants du roi Christian et leurs familles étaient en visite pour les vacances. « Ces enfants, écrivait Steinar, sont devenus rois et reines de droit dans le monde entier ou bien une couronne leur est réservée. Je mentionnerai d'abord celui qui gouverne les Grecs, car il est venu vers moi et m'a tendu la main; c'est un homme excessivement poli et bienveillant, disait Steinar, chauve avec une longue barbe. Ensuite venait le prince de Galles qui a épousé la fille de Christian, Alexandra, et qui est l'homme qui doit régner sur l'empire britannique et aussi devenir empereur des Indes. Il gouverne souvent le pays quand sa mère, Madame Victoria, s'en va s'amuser à l'étranger. Il n'a pas pris la peine de me saluer, ce qu'il ne fallait pas espérer d'ailleurs. C'est le premier parmi cette foule qui se soit dirigé vers le coffret. Il s'est mis à l'examiner mais d'un air un peu irrité. Cet Edouard est un jeune homme à l'aspect vénérable avec des cheveux lustrés extrêmement bien soignés et des joues pleines : mais je comprends très bien que quelqu'un qui doit gouverner l'empire britannique n'ait pas l'air bien gai. Puis vint un homme chauve à l'aspect éveillé, avec des yeux bienveillants, et une barbe qui ressemblait à celle de Bjorn de Leirur : il était habillé comme quelqu'un qui n'a jamais eu à s'occuper de choses militaires, mais la plupart des gens étaient enclins à penser qu'il avait plus de dorures que n'importe qui et qu'il portait un sabre et des bottes nuit et jour, car c'était Alexandre III, le tsar de Russie en personne. C'est le seul d'entre tous qui me dit quelques mots, écrivait Steinar, et mon compagnon m'a traduit ensuite ce qu'il avait dit. Le tsar a dit qu'il avait rencontré toutes sortes de barbares dans l'empire russe, et au-delà, y compris un Tibétain, mais jamais un Islandais jusqu'à ce jour. A son avis, les barbares ne se ressemblaient pas, sauf peut-être les Islandais et les Tibétains; ceci, pensait-il, était dû au fait que c'étaient les deux races les plus isolées sur la terre, les Tibétains entourés de trop de terre et les Islandais de trop d'eau. Les Islandais cependant étaient de loin plus rares que les Tibétains, en fait ils étaient si rares que lui, le tsar, allait tracer une croix sur son journal pour marquer ce jour. Et quand le tsar vit le futur roi de Grande-Bretagne penché sur le coffret, il me dit qu'il avait envie de se construire un palais autour de son trône, à Moscou, aussi difficile d'accès, pour que le roi de Grande-Bretagne ne puisse pas l'ouvrir de force. Je dois dire que j'ai trouvé que le tsar de Russie était une personne très affable. Alors tout un groupe de dames célèbres a fait irruption, des reines, des impératrices qui voulaient toutes voir l'étranger barbare venu d'Islande. A Steinahlidar, chez nous, on aurait pensé que quelques-unes d'entre elles étaient un peu trop fortement charpentées; mais il y en avait une, j'en avais l'impression, qui était de grosseur plus imposante que toutes les autres... la dame de Grèce, la grande-duchesse Olga Konstantinovna, si je me rappelle bien le nom. Elle m'a donné un médaillon en souvenir. La tsarine de Russie, la fille de Christian, Dagmar, était là, elle aussi. Derrière venait une armée de comtes, de seigneurs, de marquis, avec leurs dames, tous ceux qui suivent toujours les empereurs et les rois et que ceux-ci n'estiment pas plus que des domestiques de ferme, et qu'ils entretiennent, m'a-t-on dit, pour les aider à se déshabiller et même, si vous me pardonnez l'expression, à leur tenir le pot de chambre. Mais tous paraissaient des gens agréables et de bon caractère, Dieu merci. Tous parlaient l'allemand qui est la langue principale en Europe; quant au danois, ils l'appellent bas allemand et le méprisent. »

Subitement toute cette foule s'est portée au milieu du salon pour tenter sa chance avec le coffre, mais sans succès. Certains se mirent en colère : le roi de Grande-Bretagne fut le premier à donner un coup de pied à cette saleté venue d'Islande et dit que ce n'était pas autre chose qu'une machine infernale. D'autres dirent qu'il ne fallait pas s'attendre à autre chose de la part de ces Islandais que d'ennuyer les honnêtes gens.

Et quand Steinar sortit le *Poème pour ouvrir le coffret*, les gens le regardèrent et dirent qu'il aggravait la situation; un noble britannique distingué froissa le papier dans sa main et le jeta par terre, où un serviteur le balaya hors de la vue. « A ce moment quelques dames vinrent dire à mon interprète que nous étions invités à aller dans le petit salon pour prendre du café et manger des gâteaux. Alors nous avons pris congé des rois et des empereurs du monde, tandis qu'ils s'efforçaient toujours d'ouvrir le coffret », disait Steinar dans sa lettre.

Lorsque Steinar se fut rafraîchi, Christian Williamson en personne entra et lui dit avec condescendance que l'intendant général de la Maison du roi avait donné l'ordre qu'on amène Minet à la porte du palais. Steinar et le roi sortirent ensemble sur le perron. Le poney était là. Un écuyer en livrée rouge tenait la bride serrée sous le museau. Le poney avait le poil luisant, il était gras et avait un ventre comme un chien de salon, des flancs comme des sacoches de selle; sa robe était soigneusement étrillée et frictionnée. Steinar ne put s'empêcher de penser que c'était un changement en mal de voir la crinière coupée ras et la queue écourtée jusqu'à la racine. La bride était montée sur argent et la têtière faite de cuir brodé doublé de feutre aux couleurs gaies. Jamais un poney d'Islande n'avait reçu autant d'attention. « Je me suis avancé vers Krapi, écrivait Steinar, notre cheval blanc, né de la mer et qui peut sauter jusqu'au ciel, et j'ai caressé son museau. Je sentais comme si c'était le cheval de mon cœur. J'ai reconnu la lueur dans ses yeux. Le roi lui-même a déclaré qu'il pouvait dire, au regard lancé par ce poney, qu'il reconnaissait son ancien maître, mais moi j'ai senti qu'il me regardait avec une expression étrangère, comme un parent mort qui vous apparaît en songe. A ce moment-là, j'ai souhaité qu'il ne me reconnaisse pas du tout.

« J'ai demandé à l'intendant de la Maison du roi s'il n'y avait pas de bons champs de course dans les environs, mais il m'a répondu : ' Il n'y a rien en dehors de ces vergers et de ces parterres de fleurs.' Il me répéta alors ce que le roi m'avait déjà dit, que Minet servait à traîner une charrette d'enfants à travers les plates-bandes fleuries; il ajouta que ce chaton de poney n'était qu'un jouet pour les enfants, mais pas tellement sûr parce qu'il ruait ou se cabrait, si on ne le conduisait pas par la bride. »

Steinar écrivait encore : « Alors le roi a pris congé de moi et m'a dit que je pouvais lui demander n'importe quoi qu'il fût en son pouvoir de m'accorder. Je lui ai répondu par un adage islandais : qu'il est bon d'avoir du crédit auprès du roi. Il se trouve, ai-je dit, que je n'ai besoin de rien de ce qu'un roi peut accorder, mais j'ai oublié une bride sur le cou de l'animal, quand je vous l'ai offert, l'autre jour et j'aimerais bien qu'on me la rende. Le roi appela un valet d'écurie et lui dit de donner à ce fermier islandais autant de bonnes brides qu'il en voudrait. » Et pour conclure Steinar écrivait : « Et alors j'ai laissé là le cheval de mon cœur et le coffret de mon cœur à la garde du roi, mais j'ai récupéré ma bride et aussi quelques portraits de rois et de reines parés de leurs plus beaux atours. »

A cet endroit de la lettre, Steinar disait qu'il était maintenant tard à Copenhague et qu'il devait abréger, parce que le bateau allait bientôt partir.

« *Post scriptum* : il ne faut pas que j'oublie de vous informer, mes chers enfants, ma chère femme, que le jour où j'ai pris congé des empereurs et des rois et de leurs dames, et de Madame la grande-duchesse Konstantinovna, il m'est arrivé d'aller m'acheter, pour deux sous, un verre d'eau d'une source qui sort d'un rocher dans la forêt, l'eau la plus limpide du Danemark : elle s'appelle la source Kirstine Piil. Et là, par la volonté de la

Providence et par ordre divin, j'ai rencontré un homme que j'avais déjà rencontré deux fois accidentellement en Islande. En fait je commençais à croire que c'était un rêve. Cet homme s'appelle Didrik et il est évêque. Il se tenait près de la source et buvait pour deux sous d'eau. Cet homme est mon destin. Je ne peux pas rentrer en Islande en ce moment. Je vous recommande à Dieu dans mes prières pleines de larmes pour qu'Il vous garde, et maintenant assez de ce gribouillage. »

14. *Les affaires*

La neige couvrait la campagne d'un épais manteau — la nuit était profonde et depuis cent cinquante ans il n'y avait jamais eu aucun divertissement; comme nous l'avons dit précédemment — on voyait à peine clair à l'intérieur des maisons et on y voyait encore moins d'amour ou d'argent. Mais la plupart des gens comprenaient Dieu, un grand nombre pouvaient comprendre quelque chose aux moutons, mais aucun ne comprenait le cœur humain. Les gens se marmottaient d'anciens vers ou de vieux proverbes et les jeunes buvaient la vie aux sources des sagas. Il faut rappeler cependant qu'un jeune garçon avait grandi et était devenu juste un peu plus petit qu'Egill Skall Grimsson depuis l'année précédente, mais l'intelligence des choses de la ferme ne l'avait pas dépouillé de son tempérament de Viking au point de lui faire conduire les brebis au bélier. A la fin de l'époque du rut, quelques bons voisins s'occupèrent de fournir ce qu'il fallait aux brebis qui étaient encore en chaleur à Hlidar en Steinahlidar. Mais malheureusement les vaches furent complètement oubliées. Il n'y avait plus personne assez intelligent à la ferme, disait la femme.

A la fin de janvier, alors que le pays était encore presque totalement plongé dans les ténèbres et enfoui sous la neige, il arriva qu'une prodigieuse explosion d'aboiements éveilla des échos dans les cœurs des habitants de Hlidar. Il y avait longtemps que Snati n'avait pas grimpé sur le toit, disaient-ils — et il ne devait certainement pas aboyer à la lune —; son aboiement avait en quelque sorte une note d'espoir. Bientôt un homme enveloppé d'un grand manteau parut à la porte. Toute la maison trembla lorsqu'il secoua la neige de ses vêtements en tapant du pied. Il engloutit la mère et la famille dans l'étreinte de son manteau aux nombreux collets superposés et en les embrassant les suffoqua de relents de tabac imprégné de cognac.

« Inutile de donner à manger à mes poneys, ils sont assez gras comme ça, dit-il, et mes garçons d'écurie sont habitués à m'attendre dehors pendant que je couche les jeunes filles à l'intérieur. Alors! on raconte que notre bon ami est devenu mormon? enchaîna-t-il.

— Que Dieu ait pitié de nous, dit la femme.

— Les Mormons! dit Bjorn de Leirur. Ce sont des hommes que je porte dans mon cœur, oui, de vrais hommes. Vingt et une femmes pour le moins, ma chère, et chacune a sa porte d'entrée particulière, son vestibule et sa chambre à elle; comme ça il n'y a pas d'éclats dans la maison. Ça change de toutes ces manigances qu'on voit ici en Islande. Est-ce que je n'ai pas toujours dit que mon vieil ami Steinar de Hlidar était un type phénoménal? Et pour vous, ça marche épatamment, mes bonnes dames? Vous êtes grassouillettes. Merci pour l'automne dernier — je suis simplement venu pour vous tâter. Il est nécessaire d'être gras, surtout intérieusement. Je sais que mon vieil ami Steinar ne me pardonnerait pas facilement si je vous laissais perdre du poids pendant qu'il est là-bas chez les Mormons.

— Puis-je vous demander, dit la femme, pourquoi tout le monde s'acharne sur ces malheureux Mormons. Qu'est-ce que c'est que cette histoire? J'avais l'impression que je connaissais mon Steinar aussi bien que toutes ces commères des environs, celles qui racontent toutes ces histoires sur les Mormons. Je ne savais pas ce qu'elles pensaient jusqu'ici de mon Steinar, mais je peux dire, toute stupide que je suis, que mon mari doit avoir bien changé depuis six mois, si le voilà maintenant avec vingt et une femmes.

— Ma chère dame, dit Bjorn de Leirur, le shérif et le roi

savent quelle sorte d'homme est Steinar. Il ne peut dire ni oui ni non, il est juste un peu au-dessus de ceux qui ne savent dire que oui et non, ma chère — en fin de compte tout ce qu'on peut tirer de lui c'est un petit ricanement aigu. Il est même au-dessus de l'or. Il n'y a jamais eu un homme comme lui en Islande. Ça ne serait pas joli, si je laissais la femme et la fille d'un homme comme ça dépérir. Quelqu'un m'a dit que vous manquiez de lait.

— Ce n'est pas le pire, dit la femme. Ma vieille Margot a perdu son veau cet automne et n'a pas une goutte de lait et puis nous avons oublié cet été de mettre au taureau la vache portière — voilà comment on est intelligent maintenant à la ferme. Ma fille ne s'était jamais occupée du bétail avant cet hiver et elle ne sait rien de la reproduction des animaux, et moi j'ai la tête faible maintenant. Aussi il va sans dire que nous n'avons pas eu beaucoup de produits laitiers à gaspiller. Mais bien que le jeune Viking ait les traits un peu tirés et n'ait pas grand courage au travail, personne ne peut dire que votre petite servante Steinbjorg ait l'air d'avoir dépéri. »

Bjorn de Leirur s'avança vers la fille et la tâta partout au point qu'elle en devint écarlate et en eut des éblouissements : c'est à peine si elle pouvait tenir sur ses jambes.

« Ah! c'est ça, dit Bjorn de Leirur. Bien je veux être pendu si...

— De plus, dit la fille, je suis toujours en train de courir au tonneau d'huile de poisson que papa devait utiliser pour le cas où les choses iraient mal, je crois que j'ai presque atteint le fond à l'heure actuelle.

— Je me rappellerai qu'il faut que je vous amène une vache, quand il commencera à faire un peu plus jour, dit Bjorn de Leirur en s'arrêtant de caresser la fille. J'ai une vache qui a vêlé à Noël — ce n'est pas une championne pour le lait, mais elle en donne régulièrement. Mais il vous faut plus qu'une vache portière pour mettre de l'ordre dans vos affaires ici. Ce n'est pas suffisant de faire couvrir les vaches, si personne ne surveille les filles. Je voudrais bien avoir un fils pour s'occuper de cette

fille-ci. Je n'ai pas cette chance. Mais il va falloir faire quelque chose, mon enfant. »
Toute sa force semblait s'être retirée de la fille.
« J'ai pensé à un jeune garçon qui n'habite pas loin d'ici, dit Bjorn de Leirur — et si je me souviens bien, vous-même et lui avez déjà commencé à échanger de tendres propos. »
La fille était maintenant assise, effondrée sur le bord de sa couchette.
« Je vous établirai dans une gentille petite ferme et je trouverai le moyen de vous donner un peu de bétail », dit Bjorn de Leirur.
La fille cacha son visage dans le creux de son bras.
Bjorn de Leirur s'assit à côté d'elle, la prit dans ses bras et l'assit sur ses genoux, et alors cette grande fille redevint une petite fille.
« Alors, qu'en dis-tu, mon petit agneau ?
— Je ne sais pas, lui murmura la fillette à l'oreille, je voudrais être profondément endormie. »
Longtemps il la berça dans ses bras en disant : « Là! là! mon agneau, là, mon agneau, là, ma petite chérie. » Parfois il disait même : « Là, là, ma petite coquine. »
La mère était assise tout près, aussi immobile qu'une statue.
« De mon temps, Bjorn, dit-elle enfin, les jeunes gens venaient eux-mêmes demander la fille en mariage. Après tout, le risque est pour eux.
— Ils sont bien trop timides, les pauvres, quand ils n'ont pas un sou de côté, dit Bjorn de Leirur. Je n'ai jamais fait un mètre pour courir après une fille, jusqu'à ce que j'aie près de quarante ans. Maintenant j'en marie trois ou quatre chaque année. Et maintenant, il faut que je m'en aille. Le vent se lève à nouveau. »
Le visiteur enfonça sa barbe dans le visage des femmes et leur lança une nouvelle bouffée de tabac et de cognac, puis il se glissa dans la porte avec son embarrassant manteau et s'en fut.
A l'époque des gelées, des hommes arrivèrent venant des fermes du littoral; ils amenaient une vache aux pis rebondis pour les habitants de la ferme de Hlidar. Ils repartirent en emme-

nant une des vaches vides — aux yeux des voisins cela paraissait un échange honnête.

Mais Bjorn ne s'en tint pas là. Quelques semaines passèrent. Un beau jour le jeune homme de Drangar se présenta à la porte. Ce n'était plus tout à fait un timide jouvenceau. Il était plus assuré que lorsqu'il était venu en visite en automne. Cette fois il n'hésita pas à demander à voir la jeune fille de la maison sans autres préliminaires. Ils restèrent en tête à tête. D'abord ils se regardèrent de côté pendant un moment, puis il dit pour commencer : « Vous ne m'aviez pas dit la vérité. »

C'est peu de dire que la jeune fille fut choquée d'une telle entrée en matière. De temps immémorial, on n'avait jamais entendu un mensonge proféré à Hlidar en Steinahlidar.

« Je ne sais pas ce que vous voulez dire, dit-elle et elle le regarda, étonnée.

— Vous m'aviez dit l'automne dernier qu'il ne s'était rien passé, dit-il.

— Et qu'est-ce qui s'est passé ? dit-elle. Je ne vois pas. Est-ce qu'il est arrivé quelque chose ?

— Pas à moi, répondit-il.

— Dieu soit loué, mais ni à moi non plus. Je voudrais savoir de quoi il s'agit.

— Vous avez couché avec un homme, dit-il.

— Je ne sais pas quoi faire de vous, dit-elle en soupirant. Comment ? vous en êtes encore à cette histoire ?

— Vous l'avez embrassé, dit le jeune homme.

— Bjorn de Leirur ! dit la fille. C'est seulement lorsqu'il vient ici et qu'il enfonce sa barbe dans notre figure. »

C'est peu de dire qu'il était perplexe devant la franchise des réponses de la fille, mais encore plus par le spectacle qu'elle offrait là, assise sur le plancher, avec ses chairs débordant de toutes parts tandis qu'elle regardait son questionneur droit dans les yeux. La question qu'il allait poser s'arrêta dans sa gorge devant cette candeur de cœur et d'âme qui lui faisait front.

« Il y a des gens qui disent que vous engraissez, dit-il enfin. Je le crois moi aussi. »

Elle lui dit :

« Certainement je ne suis pas très belle, c'est vrai. Mais je n'y puis rien, si je grandis. Je vois que vous n'avez pas oublié ce que je vous ai dit étourdiment l'été dernier, que vous étiez un peu mince. Je ne sais pas pourquoi j'ai dit ça. Il ne faut pas m'en vouloir.

— Il n'y a pas beaucoup de gens qui sont aussi gros que Bjorn de Leirur, dit le jeune homme. Et puis il vous a aussi donné une vache.

— Qui a dit ça ? demanda-t-elle.

— C'est ce qu'on dit, répondit-il.

— Est-ce qu'on me considère comme la maîtresse de maison ici ? dit-elle.

— Somme toute vous faites maintenant partie de la collection de Bjorn ?

— Je fais partie de quoi ? dit la fille. Vraiment vous avez parfois de ces idées... Et moi qui pensais que vous étiez si gentils, vous autres, les gens de Drangar. Qu'est-ce que vous êtes venu chercher ici ?

— On ne peut guère dire — car autant que je sache, il a déjà tout obtenu de vous, dit le garçon.

— Tout obtenu de moi, dit la fille, comment tout obtenu de moi ? et quoi d'abord ? Je ne sais vraiment pas quoi vous répondre.

— Est-ce qu'il n'a pas voulu vous marier. Est-ce qu'il ne voulait pas vous trouver un mari ?

— Je crois que vous êtes un peu dérangé du cerveau, dit-elle.

— Oui, je suis probablement un peu simple d'esprit, du moins comparé à vous, dit-il.

— Bjorn de Leirur plaisante toujours, mais c'est pour amuser les gens, dit-elle. Mais quoique j'aime bien écouter ses balivernes, je n'ai jamais entendu dire qu'on était forcé de le prendre au sérieux.

— C'est bien ça, ces coureurs de femmes, dit le garçon. Ils plaisantent, ils plaisantent et personne ne les prend au sérieux, et moins que tout autre les femmes — jusqu'au moment où elles se retrouvent subitement au lit avec eux.

— Peut-être pour pouvoir dormir quelque part, quand tous les autres lits sont occupés, dit la jeune fille.

— Ils en ajoutent une à leur tableau de chasse partout où ils passent une nuit, ces types-là. Je crois savoir qu'il en a eu une autre dans l'Est depuis l'automne dernier et une troisième dans l'Ouest là-bas à Olfus. Et d'autres encore sans doute.

— Vous avez fourré votre nez dans bien des endroits, à ce que je vois, dit la fille.

— Ce sont les trois seules filles parmi lesquelles il m'a offert de choisir, dit le garçon. Mais je crois que c'est vous qu'il préférerait pourvoir.

— Est-ce que vous croyez que je ne sais pas quel farceur est Bjorn ? dit la fille. Je serai bien idiote de commencer à prendre ses bêtises au sérieux.

— Il m'a offert de vous donner un bon morceau de terre, et pour le bétail ce serait à discuter.

— Et voilà à quoi vous faites attention, dit-elle. C'est pas étonnant que vous croyiez être devenu un homme.

— Ça doit bien faire votre affaire, dit-il.

— A moi, dit la fille. Cela n'a rien à faire avec moi. Je vous prie de ne pas tenir devant moi vos conversations de matelots.

— Qu'est-ce que vous pensez faire alors ? demanda-t-il.

— Rien, dit la fille. Nous attendons le retour de papa.

— Il y a quelque temps je croyais que vous m'aimiez bien, dit-il.

— Je vous en prie, ne me taquinez plus aujourd'hui, dit-elle. nous avons un peu de café. Voulez-vous que nous vous en fassions une tasse ? »

Il la regarda longuement, ne sachant plus quoi faire.

Finalement il se leva, ramassa sa casquette dont il examina l'intérieur et la retourna.

« Voulez-vous m'épouser, voulez-vous y réfléchir ? » demanda-t-il.

La jeune fille baissa brusquement les yeux et dit :

« Hum ! je ne sais pas, et vous ?

— Si je savais un peu mieux ce que je prends, dit-il. Comme je disais à Bjorn de Leirur...

— En quoi cela regarde-t-il Bjorn de Leirur ? dit la fille.

— De la terre et du bétail, ce n'est pas suffisant quand il s'agit d'un homme comme ça, dit-il.

— Pourquoi devons-nous espérer quelque chose de Bjorn de Leirur, un étranger ? dit la fille. Papa va bientôt être de retour et je lui dirai : 'Est-ce que tu veux nous donner, à Johann de Drangar et à moi, un morceau de la ferme à Hlidar ? — Mais naturellement', qu'il dira.

— Votre père est un homme pauvre, dit le jeune homme. Mon père aussi est pauvre. Tout ce que j'ai gagné à Thorlakshofn s'en est allé pour notre ferme; et d'ailleurs je viens seulement d'atteindre ma majorité cette année. Il me paraît naturel, puisque vous tenez Bjorn de Leirur, que vous vous en serviez et exigiez de l'or pour cette affaire. Il parcourt tout le pays avec ce métal dans ses sacoches.

— Pour cette affaire ? Quelle affaire ? demanda la jeune fille.

— Pour vous parler net, pour cette histoire de votre coucherie avec lui, comme vous me l'avez avoué vous-même, dit le jeune garçon.

— Comme je suis contente de ne pas vous avoir laissé monter Krapi, dit la fille.

— Il vous a jeté une guinée anglaise, mais il vous en doit au moins cent. Je veux que vous alliez vous-même le trouver et le lui dire.

— Si je vais trouver quelqu'un, ce sera mon père, car il a à la fois de l'or, des pierres précieuses et des charmes magiques dans des tiroirs secrets que personne ne pourra jamais voir, dit la fille.

15. *Un nouveau-né au printemps*

Au printemps ils ne reçurent aucune lettre, aucun message, aucune nouvelle. Ils apprirent que le courrier *Diana* était venu et reparti. Les gens de Hlidar attendirent. Ils espérèrent jusqu'à l'été que leur parviendrait enfin une feuille de papier toute froissée et salie par nombre de mains crasseuses, comme à l'automne précédent — mais rien ne vint. Les brebis ne produisirent pas un seul agneau, alors que les brebis des autres en produisaient et ils n'eurent pas grand-chose à manger. La vache que Bjorn de Leirur avait envoyée pouvait tout juste leur fournir assez de lait et les choses se seraient gâtées si un tonneau de farine de seigle et une caisse de sucre ne leur avaient été envoyés par un inconnu pour garnir leur garde-manger.

Le gazon avait été complètement arraché des terres lors de la venue des poneys, l'automne précédent, mais c'étaient les pâturages qui se trouvaient dans l'état le plus lamentable. Personne ne pensait qu'on pouvait y porter la faux cet été-là. Il était effrayant de voir toute la pierraille qui était dégringolée dans le champ pendant l'hiver. Cette jolie petite ferme qui avait toujours brillé si coquettement au bord de la route, avec ses immortels murs de pierres sèches, s'était complètement dégradée depuis l'été précédent. Les gens de la ferme se sentaient harassés, mais c'était assez habituel dans ce pays au printemps. Steina en particulier se plaignait d'avoir le ventre ballonné et de ressentir des douleurs lancinantes au-dessus et au-dessous de la ceinture.

« Sûrement ça ne peut pas être un caillot de sang », dit la mère.

Et quand la douleur était passée, elle disait :

« Je crois que ce sont les douleurs de la croissance. »

Un jour la fille se mit au lit en hurlant de douleur.

« Si je te mettais une compresse froide ? », dit la mère.

La compresse froide n'ayant pas eu d'effet sur le mal dont souffrait la fille, sa mère dit : « Est-ce qu'on essaie une compresse chaude ? »

Cette nuit-là, la fille ne put pas supporter plus longtemps la douleur et la mère envoya son garçon, sur un poney emprunté, de l'autre côté de la rivière, à l'ouest, chercher le médecin. C'était un voyage de plusieurs heures.

Le matin suivant, alors que le soleil était levé depuis longtemps, le frère revint avec le médecin. La fille avait déjà été délivrée d'un garçon; sa mère avait coupé le cordon. Le médecin était furieux et demanda ce qu'il avait fait pour mériter pareille humiliation et qu'on se moquât de lui dans ce pays.

« Comment pouvions-nous imaginer pareille chose ? dit la mère.

— Et qu'est-ce que dit la fille ? demanda le médecin.

— Comment puis-je le savoir ? dit-elle. C'était la mort que j'attendais et non pas ça.

— Tu sais probablement ce que tu as fait, petite fille, dit le médecin.

— Je n'ai été nulle part ailleurs qu'ici, dit la fille.

— Dieu soit loué, Il a encore montré sa toute-puissance au moment où tout le monde perdait la foi et où les agneaux ne naissaient pas, dit la mère.

— Vous n'avez pas besoin de faire d'excuses à ce sujet pour moi, dit le médecin. Vous pouvez avoir tous les enfants que vous voudrez. Mais je ne suis pas une bon dieu de sage-femme.

— Vraiment, c'est un miracle qui vient d'arriver ici! dit la femme.

— Est-ce que je puis offrir une tasse de café à monsieur ? »

Après le médecin, vint le pasteur, mais seulement quand Steina put se lever et vaquer à ses occupations. Il portait son gros livre. On lui offrit du café à lui aussi.

Il répondit : « On n'a jamais offert une bouchée à manger au pauvre pasteur depuis qu'on a découvert le café. C'est ma trente-septième tasse aujourd'hui. Il va falloir que j'abandonne tout, à cause de mon estomac, comme tous les autres pasteurs. Mais peut-être que je puis griffonner ce qui est arrivé ici avant de mourir.

« Il n'est rien arrivé que ce que voit le pasteur, dit la femme. Le fermier a disparu et personne ne sait s'il est mort ou vivant. »

Le pasteur mit ses lunettes; ayant extrait un encrier de la poche de son paletot, il ouvrit son livre.

« La brièveté est ce qui importe ici, dit-il. Steinar Steinsson n'a pas changé, sauf qu'il est parti à l'étranger, l'été dernier, pour voir le roi. Le bruit court qu'il a rencontré le polygame Didrik, cet adepte du baptême par immersion qui venait des îles Westmann. Hum, chère madame. Il reviendra, s'il n'est pas mort. Ensuite ?

— Il y a les enfants et moi-même, dit la femme.

— Oui, j'ai sur mon registre tous ceux que j'ai baptisés et confirmés, dit le pasteur. Et après ? Y a-t-il autre chose ?

— Rien d'autre que ce qui est arrivé, dit la femme. Un enfant est né ici.

— Hum, dit le pasteur. Est-ce que tout s'est passé convenablement ici, ou alors quoi ?

— Nous n'avons pas encore pu trouver une explication à cette affaire », dit la femme.

On alla chercher la fille et le pasteur eut un tête-à-tête avec elle dans la chambre d'ami.

« Combien y a-t-il de temps depuis que nous avons parlé de choses chrétiennes, ma petite ? » Il parlait de sa confirmation. Et quand elle eut répondu, le pasteur lui dit que bien des filles étaient devenues femmes plus tôt qu'elle. « Et on dit que le bébé se porte bien ?

— Certainement, dit la fille. Et merci de me le demander.

— Et le père ? demanda le pasteur.

— Je ne sais pas, dit la fille. Il est venu comme ça!
— Hum! dit le pasteur. Comment?
— Ma mère dit toujours qu'il faut qu'il y ait un père, dit la fille. Je ne comprends pas ça. Pour quoi faire?
— Ça fait mieux sur le registre paroissial, dit le pasteur. Où vous êtes-vous laissé entraîner, ma petite?
— Je n'ai été entraînée nulle part, dit la fille. Je n'ai pas idée où j'aurais pu être entraînée.
— On n'a pas besoin de se déshabiller beaucoup pour ça, dit le pasteur.
— Je ne me suis jamais déshabillée, dit la fille.
— A propos, est-ce qu'il n'y avait pas des chevaux ici l'automne dernier, demanda le pasteur.
— Certainement, il y en avait.
— Ce sont souvent de joyeux drilles, ces conducteurs, dit le pasteur. Hein!
— Ils ne m'amusaient pas, dit la fille.
— Il est déjà arrivé dans ce pays qu'une fille aide un visiteur à retirer ses vêtements tard la nuit et alors qu'est-ce qui arrive? Elle tire d'un côté, il tire de l'autre, mais oui! et il tire si fort qu'avant qu'elle ait pu s'en rendre compte, elle est dans le lit avec lui.
— J'ai jamais entendu dire une chose pareille, dit la fille. Et alors qu'est-ce qui arrive?
— Un bébé au printemps suivant, dit le pasteur. J'ai noté ça quelque part sur mon registre.
— Je n'ai couché avec personne, dit la fille. Mon frère et moi on nous avait dit d'aller coucher par terre dans le hangar.
— Ce sacré gosse a dû venir au monde d'une façon ou d'une autre, dit le pasteur.
— C'est possible, dit la fille. Mais pas par l'intermédiaire d'un être humain.
— Que je sois pendu! dit le pasteur. Est-ce que quelqu'un n'a pas aidé ces malheureux à retirer leurs vêtements quand ils sont arrivés trempés jusqu'aux os?

— Je suis allée parfois le soir aider le vieux Bjorn dans la chambre d'ami ici, dit la fille.
— Bjorn de Leirur ? dit le pasteur. Ç'aurait pu être moins que ça, à mon avis. »
Il enleva le bouchon de son encrier et s'apprêta à y tremper sa plume.
« Je crois que je vais y inscrire ce vieux type et on en aura fini avec cette affaire.
— Le pasteur décide de ce qu'il écrit, mais ce n'est pas moi qui l'écris, dit la fille.
— Vous devez savoir comment on fait les enfants, mon petit poulet, dit le pasteur.
— Oh ! la confirmation ne m'a pas appris ça, dit la fille. La première chose que j'ai sue, c'est que quelque chose commençait à grossir en moi. Nous pensions tous que je devenais grosse comme ça, parce que je buvais de l'huile de poisson du tonneau. Et puis tout d'un coup un bébé est arrivé. »
Le pasteur avait posé sa plume.
« On m'a raconté une histoire de pièce d'or, et alors ? fit-il.
— Bonté divine ! dit la fille. Je n'aurais jamais cru que cette histoire se serait répandue si loin. C'est très vrai. J'ai reçu une pièce d'or l'automne dernier. Alors je l'ai donnée au jeune garçon que je croyais si beau quand j'étais petite. Je lui ai donné les pièces d'argent aussi. Je lui ai tout donné sauf les pièces de bronze.
— Ah ! il y avait des pièces de bronze aussi ? dit le pasteur. Ça n'avait pas autant de valeur.
— Je n'ai jamais rien demandé à Bjorn de Leirur, dit-elle.
— Ceux qui donnent du bronze ne sont pas des gens de bien, dit le pasteur. Pas aux jeunes filles. Certains disent que Bjorn de Leirur est un rustre.
— Ce n'est pas ce que j'ai dit, répliqua la fille. Je n'ai pas l'intention de me mettre à dire du mal des gens.
— Alors c'était un gentil garçon ? demanda le pasteur.
— Il a un parfum absolument merveilleux, dit la fille. Et des mains propres et aussi des mains très douces pour un homme.

— Très bien, dit le pasteur. Eh! est-ce que vous avez ri, mignonne ?

— Un idiot rit souvent de ses propres pensées, dit la fille. Il n'avait seulement qu'à me toucher du bout des doigts la nuit et je m'endormais tout de suite — c'est ce qui me faisait rire. J'étais aussi en sûreté avec lui qu'avec mon papa.

— Vous vous endormiez — c'est bien ça, dit le pasteur. Et puis ?

— Des fois je me jetais à ses pieds quand il était si tard, qu'il n'était pas question d'aller coucher dans le hangar, dit la fille. Je sais qu'on ne devrait pas parler de ces choses-là. Mais je voulais simplement dire que le vieux Bjorn n'est pas du tout désagréable, ni un rustre, loin de là.

— Avez-vous remarqué les endroits où il vous touchait ? demanda le pasteur.

— Non, sûrement pas, dit la fille. Je vous ai dit que je m'étais endormie.

— Etait-ce au-dessus ou au-dessous du diaphragme ?

— Du diaphragme ? dit la fille ahurie. Je n'ai pas la moindre idée où se trouve ce diaphragme. Je ne m'occupe jamais du ventre des gens.

— Oui, il faut surveiller ces individus, même si ce ne sont pas des Mormons, dit le pasteur. Prenez garde à ne pas devenir une Mormone, mon enfant.

— Si papa est mormon, alors je veux être une Mormone », dit la fille.

16. *Les autorités, le clergé et l'âme*

Quelques jours après la visite relatée plus haut, arriva une lettre du shérif. Par suite des bruits concernant la paternité de l'enfant, mis au monde par Steinbjorg Steinarsdottir de Hlidar et des réponses peu claires de la fille aux questions du pasteur de la paroisse, une enquête sur toute cette affaire avait été ordonnée. La jeune fille devait donc se présenter en personne à Hof au jour dit. Il a toujours été considéré comme misérable de voyager à pied en Islande, mais les gens de Hlidar n'avaient pas le choix maintenant, car les poneys étaient en piteux état, quand ce ne serait que cela, et ne s'étaient pas remis entièrement de l'hiver. Les oiseaux tournoyaient autour de la tête de la jeune fille tandis qu'elle marchait. Elle ôtait ses chaussettes et remontait sa jupe pour traverser à gué les ruisseaux glacés des montagnes. C'était un voyage agréable au milieu du printemps. Elle humait l'odeur de la mer et de la terre en même temps. Mais quand elle atteignit la Jokul, elle dut prendre le bac.

Parce qu'elle marchait depuis les premières heures de la matinée et qu'il était près de midi, ses seins étaient maintenant si gonflés de lait qu'elle n'avait d'autre solution que de demander un entretien particulier à la fermière de Ferrycroft. La femme lui demanda d'où elle venait et qui étaient ses parents — puis elle la fit entrer dans la cuisine.

« Avez-vous quelques nouvelles, là-bas, à Steinahlidar ? demanda la femme.

— Rien de particulier, que je sache, dit la fille. Tout le monde se porte bien. Un tas de pierres sont tombées de la montagne pendant l'hiver.

— Quelle misère! dit la femme. Et pour le bétail, ça va?

— Mon Dieu, oui, dit la fille. Y'a pas de problème quant à ça. Cependant y'a pas eu beaucoup d'agneaux à Hlidar au printemps. Et les chevaux ne se sont pas tous très bien portés cet hiver — sans ça je serais venue à cheval. Autrefois nous avions un bon cheval. Mais excusez-moi, y a-t-il quelque chose de neuf ici dans le pays?

— Rien qui vaille la peine d'en parler. Sauf qu'un homme a traversé le gué aujourd'hui avec dix-sept chevaux.

— Ça doit sûrement être Bjorn de Leirur, dit la fille en riant.

— Et vous allez le traverser aussi, dit la femme.

— On m'a écrit, dit la fille. Je crois qu'ils vont tous faire la bringue.

— Les hommes sont tous les mêmes, dit la femme. Maintenant je vais vous remettre ce linge sur la poitrine. C'est tout ce qu'il y a à faire pour le moment. » Et elle montra à la fille que le bol était plein.

« Merci beaucoup pour votre aide », dit la fille. Elle lui était reconnaissante de ne pas lui avoir demandé comment une si jeune fille avait tant de lait.

La femme lui dit ensuite : « Vous n'avez pas faim? ni soif? laissez-moi vous offrir un rafraîchissement.

— Je vous remercie mille fois, mais je n'ai pas le temps de rester. Je me sens tellement plus légère. Au revoir et encore merci. Et pensez à moi avec indulgence.

— Vous aussi, ma chère, dit la femme, et elle embrassa la fille sur le seuil de la porte. C'est tout droit. Mon mari est là-bas sur la rive avec le bac.

— Votre champ devient vraiment très joli, dit la fille. J'espère que je n'écraserai pas vos boutons d'or.

— Merci, dit la femme. Que le bon Dieu vous protège. »

La jeune fille traversa le champ tout droit, en évitant de marcher sur les boutons d'or.

Alors la femme la héla. Elle se tenait sur le pas de sa porte et sa voix était maintenant dure et sèche, comme si c'était une personne différente de celle de tout à l'heure. Elle savait même le nom de la fille, bien qu'elle ne le lui eût pas demandé et elle l'employait.

« Hep là-bas! la jeune Steinbjorg », cria-t-elle durement.

La fille s'arrêta dans sa course et regarda autour d'elle.

« Vous m'appelez ? »

Alors la femme lui dit :

« Faites payer ce vieux sacripant. Ça lui apprendra. Vous autres, les filles, n'acceptez pas les bons à rien qu'il vous achète comme maris. »

De l'autre côté de la rive se tenait un jeune homme avec deux poneys. Il attendait. La fille se dirigea vers lui quand il sortit du bac. Il avait mis pied à terre et se tenait appuyé contre le cou de son poney, qui était un peu impatient. Il la regarda s'approcher de lui. C'était Johann de Drangar. Il la salua alors qu'elle était encore à une certaine distance de lui.

« Tiens, tiens, dit-elle. Comme vous saluez les gens poliment maintenant. Même à des kilomètres de distance. Comment avez-vous appris à dire bonjour aussi gentiment ?

— Ça vient petit à petit, dit-il.

— Vous attendez quelque chose ? demanda-t-elle.

— Vous, dit-il.

— Comment saviez-vous que je venais ? dit-elle.

— Je sais que vous allez être interrogée, dit-il. J'ai déjà été interrogé moi aussi.

— Vous auriez dû me prêter un de vos chevaux, puisque nous allions du même côté.

— Je m'en vais maintenant, dit-il. Et de toute façon je n'ai qu'une selle.

— J'ai bien l'habitude de monter à poil, dit-elle.

— Vous n'aviez pas voulu que je monte votre cheval blanc l'autre année », dit-il.

Elle le regarda sans mot dire, en rougissant, puis elle baissa les yeux. Alors elle continua son chemin.

« Je vous parlais, dit-il en la rappelant.
— Je pensais que nous avions dit tout ce que nous avions à nous dire cet hiver, dit-elle.
— J'allais vous dire que Bjorn de Leirur a tout arrangé avec moi, dit-il. Dès que le shérif vous interrogera, dites-lui tout de suite que c'est moi.
— Qu'est-ce que vous voulez dire?
— C'est moi qui suis le père de votre enfant. Alors il n'y aura plus de questions. On se mariera.
— Je crois que vous avez perdu l'esprit, dit la fille. Je n'ai jamais entendu une histoire pareille de ma vie.
— Vous direz simplement que je vous ai trouvée un jour dans la cuisine en train de baratter, dit-il. Je vous ai renversée sur le baquet. Vous devez bien savoir qu'il faut un homme pour faire un enfant.
— Je ne comprends rien aux hommes, dit la fille. Je veux dire : si vous êtes un homme.
— Vous devriez être assez instruite pour savoir comment les animaux se reproduisent.
— Est-ce que vous croyez que je suis un animal? dit la fille. Croyez-vous que je sois une vache ou un animal comme ça ?
— Le pasteur insiste pour qu'on trouve un père pour l'enfant; et quand le shérif vous interrogera, vous n'aurez qu'à dire que j'ai relevé vos jupes un peu au-dessus du genou, dit le garçon.
— Si le shérif me le demande, dit la fille, je lui dirai ce que je crois être la vérité. Je ne peux rien faire d'autre. Je ne veux rien faire d'autre et ne sais pas d'ailleurs comment faire autre chose.
— Est-ce que vous ne comprenez pas qu'on nous offre de l'argent, lui cria-t-il, et de la terre?
— Non, je n'ai sûrement pas compris, dit la fille.
— Vous n'avez pas compris que votre avenir et le mien pour le reste de nos jours dépendent de ça?
— Je ne désire pas un bon à rien qui se vend », dit la fille.
Il sauta brusquement sur son poney et lui cria :

« Vous aimez mieux coucher avec Bjorn de Leirur pour un shilling! »

A ces mots elle s'arrêta, se retourna et lui demanda :

« Et qui a eu ce shilling ? »

Il enfonça ses talons dans les flancs de son poney et s'éloigna.

Le shérif était couché sur un canapé, en manches de chemise, en train de lire un roman à sensation et de fumer sa pipe. La jeune fille fut conduite à son bureau par l'escalier de service, mais en chemin on lui donna, dans la cuisine, une assiettée de bouillie d'avoine. Le shérif tira une bouffée de sa pipe. C'était comme une meule en feu. Il se mit à rire tout haut de ce qu'il lisait. Finalement il aperçut la fille.

« Qu'est-ce que vous voulez ? dit-il en se levant.

— J'ai reçu une convocation, dit-elle. C'est pour un enfant.

— Ah! c'est vous, pauvre petite fille. Et le shérif se mit à l'examiner et à la tâter. C'est étonnant ce que vous êtes jeune. Quel vieux salaud que cet individu! Des êtres comme ça devraient être dépouillés de leurs biens et inscrits sur la liste des indigents de la commune. Mais les choses étant ainsi, ma petite, c'est le moindre des deux maux que de vous laisser atteler avec ce jeune garçon que j'ai interrogé ici ce matin, bien qu'il ne vaille pas grand-chose. Ce n'est pas drôle pour une femme de se trouver dans l'embarras avec un des enfants illégitimes de Bjorn. Mais dites-moi, quel diable vous pousse toutes à entrer dans le lit de ce vieux salaud ? Je n'ai jamais réussi moi-même à me procurer une fille quelconque et je me considère comme un homme aussi bien que le vieux Bjorn. Il faut que je me contente de coucher avec la femme du shérif. Merci bien. »

La fille était très embarrassée et d'autre part elle avait peur du shérif.

« Vous entendez ce que je dis ? dit le shérif. Je disais que si le clergé insiste pour que l'affaire vienne devant la cour, et le pasteur Jon en est bien capable, car c'est un diable d'individu, alors rappelez-vous que j'essaie de vous venir en aide. Quoi que je vous demande, n'ouvrez la bouche que pour dire ceci :

c'est ce jeune vaurien — comment s'appelle-t-il déjà ? — c'est lui qui est venu dans le hangar, ou peut-être dans l'étable...

— Ce n'était pas non plus dans l'arrière-cuisine, dit la fille. »

Le shérif fut interloqué par cette réplique et, surpris, lui fit écho :

« Pas non plus dans l'arrière-cuisine ? Alors où était-ce ? En tout cas il vous a couchée sur le coffre.

— Est-ce que je suis un animal ? dit la fille en levant sur le shérif des yeux innocents. Ou un mort qu'on étend sur une boîte ? »

A ce moment le shérif en eut assez. Sa patience était à bout. Il tapa du pied sur le plancher.

« Qu'est-ce que c'est que toute cette insolence ? dit-il. A quoi servent les autorités pour tous ces gens-là ? Est-ce que vous me prenez pour un montreur de foire, qui exhibe des nouveau-nés tombés du ciel, ici devant Dieu et le roi ? Des individus comme ça devraient être fouettés. Je ne veux plus écouter vos idioties. Vous allez faire ce que je vais vous dire, ma fille. »

Plus tard dans la journée, la fille fut amenée devant le tribunal. Le shérif était assis maintenant, vêtu de son costume officiel bleu avec des boutons d'or et une toque galonnée d'or. L'homme avec son registre était là aussi. Le pasteur Jon était assis tout seul à la fenêtre et regardait au-dehors ses chevaux qui broutaient dans le pré. Personne ne regarda la fille quand elle se glissa par la porte, les yeux clignotant.

Le shérif dit à l'homme de lui apporter le registre officiel : il préférait l'avoir devant lui. Quelques feuilles s'échappèrent quand il l'ouvrit. Il émit un sifflement atone. D'un air absent et sans lever les yeux, il se mit à marmotter quelque chose concernant une déposition écrite du pasteur soussigné de la paroisse, en date du... etc. Les réponses au sujet de la paternité de l'enfant de Steina n'étaient pas claires de la part de ladite Steina au pasteur sus-mentionné. « Oh ! je ne vais pas lire toute cette litanie. Autant que j'en puisse juger, l'affaire est réglée. Voici une déclaration signée de Johann Geirason de Drangar, par laquelle il confirme qu'il est le père de l'enfant et offre de le jurer...

— Ah! Ah! s'exclama le pasteur d'un ton interrogateur.
— Qu'y a-t-il ? dit le shérif sèchement.
— Je ne suis qu'un pasteur ignorant, naturellement, dit le pasteur. Et c'est probablement pourquoi je n'ai jamais entendu dire qu'un homme pouvait jurer qu'il était le père d'un enfant.
— Alors quoi ? demanda le shérif.
— Il peut seulement, dans certains cas, désavouer sa paternité sous serment, dit le pasteur.
— Jurez ce que vous voulez, mon brave homme, dit le shérif. Je vais faire immédiatement seller vos chevaux. Je me fiche pas mal de ce que vous pensez et de quel côté vous êtes. »

Il jeta les yeux à nouveau et avec un grand sérieux sur le registre officiel.

« Je vous soumets ces pièces, officiellement, comme base, pour enregistrement légal, dans l'affaire de reconnaissance de paternité discutée actuellement. Et maintenant je ne vois aucune raison pour qu'on nous assomme dorénavant dans ma juridiction avec tout ce fatras. »

Alors le silence se fit dans le prétoire. C'était un de ces rares silences qui rappellent le mieux les silences des sagas de Njal. Les mouches des vitres étaient tombées sur le rebord de la fenêtre. Finalement une sorte de « eh bien ? » interrogateur échappa au pasteur et ce « eh bien ? » s'adressait à la fille.

« J'sais pas, dit la fille.
— Qu'est-ce que vous ne savez pas ? » demanda le shérif.
A tout hasard la fille répondit, dans un souffle :
« Je ne sais pas comment les enfants viennent au monde. »
Les autres se regardèrent, ahuris. Finalement le pasteur s'enfonça une chique de tabac dans la bouche.

« Ce sujet-là n'est pas à l'ordre du jour, dit le shérif. Nous ne sommes pas là pour étudier les questions d'histoire naturelle. Cet enfant est né, c'est l'évidence, et la paternité a été dûment établie. C'est tout ce qu'on sait de cette affaire.
— Hum! dit le pasteur. Dites-moi. Est-ce que je me trompe en pensant que je vous ai entendu mentionner un autre nom l'autre jour, ma petite ?

— La cause est entendue en ce qui me concerne, dit le shérif. Je vais faire seller vos chevaux. »

Le pasteur continua avec entêtement.

« Puis-je poser une petite question avant que nous partions ? dit-il. Dites-moi, ma chère enfant, le garçon qui a signé cette déclaration ici — quand a-t-il couché avec vous ?

— Jamais, dit la fille.

— Très bien, dit le pasteur, c'est bien ça. Alors je voudrais demander au shérif de laisser mes chevaux paître encore une minute ou deux. Puis-je attirer l'attention du shérif sur le fait que la fille ne reconnaît pas ce garçon comme le père de son enfant ?

— Ce n'est pas étonnant, dit le shérif. Elle ne comprend pas ce que vous dites. Votre langage est trop archaïque. Moi non plus je ne vous comprends pas, miséricorde. Ça ne sert à rien de mettre le trouble ici en posant des questions dans la langue des sagas. »

Alors le pasteur demanda :

« Quand avez-vous couché avec le gars de Drangar, ma chère enfant ?

— Jamais, dit la fille.

— Mais vous avez un peu couché avec Bjorn de Leirur, je crois ?

— J'ai raconté toute l'histoire au révérend Jon l'autre jour, dit la fille.

— Excusez-moi, dit le pasteur, mais est-ce que le shérif pense qu'il est important que les enfants aient comme père leur auteur réel ?

— Ça m'est bien égal, dit le shérif. Personne ne s'est plaint.

— Est-ce que le shérif nie la nécessité de soigner les âmes en Islande ? demanda le pasteur.

— Je ne vois pas en quoi la façon dont les humains s'accouplent peut concerner la religion, dit le shérif. Qu'est-ce que ça peut faire à Jésus la façon dont les mammifères se reproduisent. Mais le clergé a ses idées là-dessus, naturellement. Pour moi, les théologiens sont libres de placer l'âme humaine dans les organes de la reproduction.

— Et je suppose que cela ne regarde pas le shérif qu'un enfant soit changé en nourrice, rien de plus, rien de moins, à sa naissance, de sorte qu'en tant qu'individu il ne soit jamais capable de prouver qui il est — pour ne rien dire du fait que cela s'est passé sous les yeux mêmes du pasteur, qui cependant est nommé pour agir selon sa conscience et les lois du pays ? »

La figure du shérif avait maintenant une expression figée.

« Qu'est-ce que vous exigez de moi ? dit-il.

— Je demande que ma malheureuse petite paroissienne obtienne justice et qu'on reconnaisse les faits pour elle et son enfant, dit le pasteur. Je demande la permission de faire une déclaration devant le tribunal.

— Allez chercher les témoins à la tourbière, dit-il au greffier. Ils n'ont pas besoin de se débarbouiller. »

Deux des métayers du shérif, autorisés à venir témoigner, entrèrent dans le prétoire. C'étaient des gaillards bien bâtis, calmes, aux yeux intelligents, mais on ne pouvait avoir aucun doute sur le travail auquel ils venaient de se livrer. Ils posèrent leurs louchets à la porte. La cour était maintenant réunie, à la requête du pasteur de la paroisse de Steinahlidar. Il exposa sa plainte, il dit qu'on aurait pu traiter cette affaire en dehors de la cour, mais, puisque ses arguments et ses déclarations faites hors du tribunal avaient été contestées et ridiculisés par de hautes personnalités, il ne voyait aucune solution autre qu'une audience régulière pour faire éclater la vérité.

Le shérif frappa sur la table avec son marteau et ordonna au pasteur de ne pas s'égarer hors du sujet.

Quand le pasteur eut finalement exposé l'affaire, on interrogea la fille. Elle dit qu'elle n'avait jamais essayé de cacher le fait qu'elle avait couché à côté de Bjorn de Leirur. Mais quand on la questionna plus en détail, elle dit ne pas comprendre ce qu'on voulait lui faire dire. Les euphémismes du tribunal au sujet des rapports entre hommes et femmes étaient aussi inintelligibles pour elle que les expressions les plus communes sur le même sujet. Elle n'était familiarisée qu'avec le vocabulaire et les activités des saints et des anges. On ne lui avait jamais dit comment les enfants étaient conçus, sauf dans le cas de la Vierge Marie. Elle n'avait jamais été présente quand on menait les brebis au bélier. Et quand on lui demanda comment les choses en étaient arrivées là, elle répondit simplement par ces mots sacrés : « Dieu est tout-puissant.

— Je prie le pasteur d'expliquer à cette ignorante créature ce que le tribunal lui demande », dit le shérif.

Le pasteur Jon prit une autre chique de tabac et commença à exposer cette science importante à la fille, en plein tribunal avec des mots et des phrases ampoulés, jusqu'au moment où la fille se cacha la figure dans les mains et dit : « Je veux m'en aller.

— Avez-vous d'autres questions à poser au témoin, mon Révérend ? » demanda le shérif.

Le pasteur répondit que maintenant que la fille avait reçu cette instruction élémentaire en histoire naturelle, il était temps maintenant pour elle de répondre à cette question : jusqu'à quel point s'était-elle déshabillée cette fois-là, l'automne dernier.

« Je ne me suis pas déshabillée du tout, dit la fille.

—· Je vous ai demandé l'autre jour s'il n'était pas possible que vous ayez à moitié retiré votre pantalon, dit le pasteur. Eh bien ?

— Je n'avais pas de pantalon, dit la fille.

— Oh! ça change tout, dit le pasteur. Si seulement j'avais su cela. Hum! dans ce cas je suis sûr que vous avez senti quelque chose qui n'était pas habituel. Voulez-vous nous parler de cela.

— Je me suis endormie, dit la fille.

— Et l'homme ? demanda le pasteur.

— Il dormait, dit la fille.

— Il ne vous a pas serrée de près ? dit le pasteur.

— Je ne le nie pas : il m'a un peu serrée, dit la fille.

— Mais pas trop ? demanda le pasteur. Pas au point de vous faire mal ?

— Peut-être un peu, après que je m'étais endormie, dit la fille. Mais je savais que c'était sans le faire exprès. Et je me suis rendormie tout de suite.

— Hum! dit le pasteur.
— Avez-vous encore quelque chose à demander ? dit le shérif en regardant le pasteur.
— Non merci, dit le pasteur. Je voudrais seulement résumer ce qu'il ressort de cet interrogatoire, l'affaire telle que je la vois. Elle était dans une chambre avec un homme la nuit. Elle avait sommeil. Elle accepte son invitation de se coucher à côté de lui. Immédiatement elle s'assoupit et en un clin d'œil elle sombre dans ce profond sommeil qui s'empare d'un être jeune, fatigué. A la fois pour cette raison et aussi à cause de son excessive inexpérience et ignorance, elle n'est pas très claire au sujet de ce qui s'est passé après. Il appartient maintenant à la cour de considérer ce qui s'est réellement passé et d'en juger les résultats. »

La fille regardait fixement droit devant elle, stupéfaite. Elle s'était affaissée sur elle-même comme si on lui avait enlevé tous les os. Sa figure commença à se crisper et elle dit alors en haletant : « Je veux retourner chez moi. » Les larmes qui commençaient à rouler de ses yeux étaient épaisses, opaques, comme si elles étaient trop salées. Elles coulaient en ruisseaux rapides et elle n'essayait pas de les essuyer; le shérif et le pasteur non plus.

Elle continua à regarder droit devant elle, comme tous les désespérés quand ils n'ont plus l'espoir d'obtenir de l'aide autour d'eux.

Le shérif ordonna qu'on lût à la fille la déclaration signée par Johann Geirason de Drangar. Dans cette déclaration, le signataire affirmait qu'il était le père de l'enfant mis au monde par Steinbjorg Steinarsdottir, de Hlidar. Ils s'étaient juré fidélité dans leur enfance et avaient gardé leur serment réciproque jusqu'au jour où ils s'étaient rencontrés dans l'arrière-cuisine à Hlidar alors qu'elle était sommairement vêtue, et, dans cet endroit, ce jour-là, l'enfant avait été conçu, l'enfant qui venait de naître et qui, Johann Geirason le jurait, était son enfant et non celui d'un autre. Alors le shérif demanda à la fille de confirmer cette déclaration. La fille ne répondit pas.

« Qu'est-ce qui est arrivé d'autre dans l'arrière-cuisine ?

— Je battais le beurre, dit la fille.
— Et puis ? demanda le shérif.
— J'ai sorti le beurre de la baratte et je l'ai mis dans le baquet, dit la fille.
— Ça ne vous fait pas avoir un enfant, ça, dit le shérif. Et alors, après ?
— Un peu de babeurre s'égouttait, dit la fille, la face dans les mains.
— Alors il vous a couchée sur le coffre et a commencé à vous parler affectueusement, c'est bien ça ?
— Nous n'avons pas de coffre pour le beurre, dit la fille.
— Il vous a un peu relevé les jupes au-dessus du genou », dit le shérif.

La fille se mit à pleurer.

« Ne comprenez-vous pas que j'essaie de vous venir en aide ? dit le shérif. Je vais essayer pour la dernière fois : aviez-vous un sous-vêtement ? Sinon je déclare que le garçon est le père. Autrement tout est inutile. »

La fille tomba lourdement sur la petite table devant laquelle elle était assise et marmotta dans son coude ces mots hachés par les sanglots qui la secouaient :

« Je veux aller voir mon papa. »

17. *Une source au Danemark*

La source antique qui sort claire de ce lieu
C'est à Kirstine Piil qu'elle doit d'être née
Plus tard et pour le bien de tous, c'est fort heureux,
Elle fut par de Raventlau canalisée.

Ce poème a été gravé depuis de nombreuses générations sur une pierre à côté de la source Kirstine Piil, au Danemark, à l'endroit où jaillit cette eau excellente. S'il existe un autre lieu, depuis que Moïse a frappé le rocher avec son bâton, où l'on puisse trouver une source minérale aussi excellente, cela n'est mentionné, à notre connaissance, dans aucun livre. Cette eau a une qualité douce et rafraîchissante qui, de la langue, se répand dans toutes les parties du corps. Des poètes, connus dans le monde entier, qui l'ont célébrée, disent que, non seulement c'est la plus saine, mais aussi la plus noble boisson dans tout le Danemark. Quiconque goûte à cette eau, et regarde le soleil en même temps, entrevoit à cet instant la vie céleste, mais plus particulièrement il a un délicieux avant-goût du nirvâna décrit dans les livres de l'Orient. Cela dépasse nos connaissances de mortel d'analyser les éléments de cette eau ou d'indiquer d'où viennent ses propriétés curatives : on ne peut que louer la Nature et bénir le Créateur pour le goût de cette boisson rafraîchissante qui jaillit du rocher. Ai-je mentionné que les malades et les blessés sont merveilleusement soulagés par cette eau ? Même le prisonnier dans sa tour y trouve une sorte de libération, car cette boisson pure donne à l'homme une plus grande force pour supporter son sort qu'aucun médicament ne peut en procurer. C'est pour cette raison qu'on offre la veille au soir un verre de cette eau, qui sort doucement du rocher, à celui qui va être exécuté à l'aube. Tout être qui en boit meurt heureux et en paix au Danemark. Cette eau coûte deux pence le verre.

Maintenant revenons à Steinar de Hlidar au moment où il prenait congé du roi après avoir revu son poney qui avait joui d'un plus grand bien-être sur cette terre qu'aucun animal né d'une jument en Islande. Steinar avait fait se pencher les plus grands rois et empereurs du monde sur un petit coffret et toute leur puissance et toute leur science réunies n'avaient pas suffi pour l'ouvrir — il ne fallait attendre aucune aide de Dieu, que ces gens-là incorporent toujours dans leurs titres. D'ailleurs ils avaient perdu le poème.

Sorti du palais, Steinar dit à l'étudiant :

« J'ai soif. J'ai entendu dire que pas bien loin d'ici il y a la plus belle source du Danemark : elle s'appelle la source Kirstine Piil. J'ai résolu d'y aller pour en boire un verre. »

L'étudiant répondit que c'était quelque chose de nouveau que d'entendre un fermier de Steinahlidar donner des leçons en matière de boisson à des étudiants de Copenhague. Il avouait que lui-même n'avait jamais entendu parler de ce breuvage, dont parlait Steinar, et pourtant les étudiants islandais fréquentaient ces parages depuis près de trois siècles. Selon lui, ils n'avaient jamais songé à un autre passe-temps au Danemark que celui de boire, et les étudiants trouvaient un peu fort que des paysans venus d'Islande se mettent à leur apprendre quelque chose en matière de boisson, au Danemark. Ici, dans la forêt, disait l'étudiant, il y avait un tas de bonnes tavernes, où l'on s'amusait bien et où l'on servait d'excellentes boissons. Il pensait qu'il était bon de célébrer cette nouvelle époque dans l'histoire du Danemark, où un cul-terreux pouvait se moquer des rois et des empereurs, comme dans les légendes de l'ancien temps et faire engraisser son canasson, qui était maintenant au-dessus des conseillers du roi de Danemark. Il disait que les étudiants islandais devraient boire longtemps au Danemark avant qu'un autre jour semblable arrive.

Steinar lui dit qu'il serait heureux de fêter ce jour en goûtant la meilleure et la plus fameuse boisson du Danemark. Ils demandèrent donc leur chemin en direction du bois où la source Kirstine Pill jaillissait du rocher, comme nous l'avons dit plus haut. Mais quand l'étudiant vit cette eau, il perdit tout intérêt dans la célébration du jour. Il dit adieu en toute hâte à Steinar et disparut

Steinar se dirigea vers un groupe de gens qui étaient assis, l'air pensif, dans une clairière, au milieu du bois. Il ne semblait pas y avoir beaucoup de propriétaires de domaines parmi eux. Ils étaient éreintés d'avoir erré à travers bois et avaient décidé d'acheter un peu de cette eau vantée par la vieille inscription. Une légère brise soufflait du sud. Quelques-uns étaient assis sur des chaises de fer devant de petites tables, au soleil, buvant de cette eau excellente avec une grande satisfaction. Beaucoup d'autres faisaient la queue à un comptoir en attendant leur tour d'être servis. Steinar passa un long moment à déchiffrer le poème inscrit sur la pierre, en danois, et l'inscription qui se trouvait au-dessous : « Deux pence le verre, six pence la cruche. » Quand il l'eut déchiffré, il se joignit à la queue pour attendre son tour et acheter un peu d'eau.

Quand il en eut acheté un verre, il l'éleva avec précaution à ses lèvres à l'endroit même où il se trouvait. Il avait alors très soif et chaque gorgée lui rafraîchissait le corps et l'âme. Et tandis qu'il faisait claquer sa langue et qu'il songeait en lui-même : « Quelle femme grande et bonne devait être celle qui a découvert jadis cette eau et avec quelle gratitude les Danois doivent se rappeler son nom », il aperçut un homme assis seul à une petite table ronde sous un grand arbre, qui lui tournait le dos. Sa nuque avait quelque chose de puissant; elle n'était plus jeune ni vigoureuse — en fait les sillons entre les muscles et les rides y dessinaient un réseau enchevêtré; mais elle était remarquablement droite et bien posée sur les épaules. Il avait retiré son chapeau :

en fait ses touffes de cheveux hirsutes rendaient sa tête plutôt impropre à porter un chapeau. Toute sa tête était profondément basanée par le soleil. Cet homme buvait un verre d'eau de la source Kirstine Piil. Il sortit alors de sa poche un petit paquet enveloppé d'un journal qui se révéla être du pain de seigle rassis. Il se mit à le mâcher en buvant cette eau excellente pour le faire descendre. Sur une chaise à côté de lui était posé un beau chapeau à l'aspect neuf, enveloppé dans un papier imperméable. Steinar s'avança vers lui et le salua :

« Ce monde est bien petit, vraiment. C'est agréable de vous revoir, mon vieil ami.

— Moi aussi, votre compatriote, je suis content de vous revoir », dit l'évêque Didrik. Il accentuait fortement les voyelles comme la plupart de ceux qui imitent la prononciation anglaise. « Prenez donc un siège, mon ami. Oui, en vérité ce monde est petit, surtout à ce bout-ci. Puis-je vous offrir un verre d'eau ?

— Merci pour votre offre, mais je n'en ai vraiment plus besoin, dit Steinar. Je viens de finir mon verre. »

Mais l'évêque Didrik insista pour aller chercher une cruche d'eau de Kirstine Piil de Danemark pour lui-même et son compatriote. Quand ils eurent commencé à la déguster, l'évêque Didrick dit : « Qui êtes-vous déjà, mon ami ?

— Je m'appelle Steinar Steinsson de Hlidar en Steinahlidar. Mais oui! Nous nous sommes rencontrés près d'Oxar River, à Thingvellir, quand le roi est venu, et puis nous nous sommes rencontrés à la porte de l'église, dans le Sud.

— Eh bien, je vous salue à nouveau, mon ami, dit l'évêque Didrik en se levant et en l'embrassant. Merci pour ce que vous avez fait la dernière fois. Comment cela va-t-il ?

— Oh! assez bien, en somme, dit Steinar de Hlidar. Lorsque nous nous sommes séparés il y a deux ans, il a fait remarquablement beau jusqu'à Noël, mais après Noël il a fait très froid, il a beaucoup neigé, et il y a eu des tempêtes durant tout le printemps avec des giboulées en plein été. L'été a été pluvieux. »

Le Mormon l'interrompit :

« C'est parce que les Islandais n'ont pas de pardessus, dit-il.

Je n'ai jamais eu de pardessus jusqu'à ce que je vienne dans l'Utah. Mais dans l'Utah, naturellement, on n'a pas besoin de pardessus. Je me moque pas mal du temps qu'il faisait il y a deux ans en Islande. Comment allez-vous vous-même, mon ami ?

— Oh ! le vieil homme de Hlidar est en ce moment à Copenhague et boit l'eau de Kirstine Piil, dit Steinar.

— Oui, vous l'avez dit, tout homme est un récipient, dit le Mormon, et cela a beaucoup d'importance qu'on mette de l'eau de bonne qualité dans ce récipient. Mme Piil était une femme remarquable. Je viens ici par le train à vapeur deux fois par semaine pour prendre un verre d'eau. Elle est comme l'eau de l'Utah.

— Ceci me rappelle, quand vous parlez d'eau : est-ce que vous baptisez toujours par immersion ? demanda Steinar.

— A quoi pensez-vous, mon ami ? dit l'évêque Didrik. Pensez-vous que le Sauveur s'est laissé asperger quand il était enfant à Bethléem. Qu'est-ce qui arrive quand un enfant est aspergé d'eau ? C'est la main seule du pasteur qui est baptisée et le pauvre enfant n'est toujours pas baptisé. Il n'y a pas de doute à ce sujet. Est-ce que je ne vous ai pas dit cela il y a longtemps ? Il faut toujours répéter la même chose aux gens. Je reste à Copenhague tout l'été pour préparer des tracts en islandais, que je ferai imprimer et que j'emporterai, pour remplacer ceux qu'on m'a volés. Oui, monsieur.

— Mais est-ce que ce n'étaient pas les autorités elles-mêmes ? dit Steinar.

— Il n'y a jamais eu de voleurs en Islande sauf les autorités, dit le Mormon. Les autorités ont tout pris à ma mère, y compris sa réputation, bien que ce fût une sainte femme. Elles m'ont tout pris, avant que je sois né, sauf le sac sur lequel couchait le chien — finalement on m'a permis de porter ce sac comme vêtement du dimanche. Non, monsieur. C'est Joseph Smith qui m'a relevé et m'a donné une patrie. Et maintenant parlons de vous, mon garçon. Qu'est-ce que vous faites ici ? »

Steinar répondit :

« Je ne me rappelle pas si je vous l'ai dit, quand je vous ai

Une source au Danemark

détaché, avec l'aide de Dieu : je venais de donner un cheval au roi de Danemark. Je suis un peu comme l'homme qui était parti au marché un matin pour acheter quelque chose pour ses enfants. C'était un cheval blanc, légèrement pommelé. En fait il appartenait à mes enfants. En tout cas le roi m'a invité chez lui pour le voir, ce cheval. J'en viens. Les plus grands empereurs du monde et leurs dames étaient tous réunis là et je leur ai apporté un petit coffret. Voilà les portraits qu'on m'a donnés en remerciement. Mais oui. Mais la pauvre bride qu'avait gardée le roi est probablement perdue. »

Steinar plongea dans sa poche intérieure pour en extraire les portraits que les rois, les empereurs, les impératrices et les reines lui avaient données et les posa sur la table. Le Mormon sortit silencieusement son chapeau de son enveloppe de papier imperméable et le mit sur sa tête. Il était indéniable que ce chapeau soyeux tout neuf jurait avec cette face de Mormon toute ridée, basanée, salie par la poussière, comme si un visiteur étranger avait sorti un machin quelconque et l'avait posé sur une coulée de lave séchée.

— Nous les Mormons, nous ne mettons un chapeau que pour nous protéger du soleil, dit l'évêque Didrik. Est-ce que je vous ai bien entendu ? »

Il mit ses lunettes avec solennité, les ajusta sur le bout de son nez et abaissa les coins de sa bouche aussi bas que possible, mais il dut cependant tenir les portraits à bout de bras pour bien les voir. Pendant un bon moment tous deux restèrent à examiner ces portraits de messieurs chamarrés d'or et de reines avec d'énormes collerettes et volants. Aucune vertu humaine, aucun exploit, aucune action héroïque qui n'eût laissé sa trace sous forme de quelque décoration sur la poitrine de ces gens. Steinar émit une ombre de petit rire aigu.

Quand le Mormon les eut examinés suffisamment, il renveloppa son chapeau dans son papier imperméable, lança un regard de côté à Steinar et ôta ses lunettes avec le même cérémonial qu'il les avait mises.

« Qu'est-ce que vous faites de tout ce fatras ? demanda-t-il.

— Pardonnez-moi si je défends mes souverains, mon ami, dit Steinar de Hlidar. Et aussi et autant les empereurs pauvres. Et même si ce n'était que Georges de Grèce, le moins important de tous ceux dont voilà les portraits et qu'on dit à la charge de l'assistance publique en Grèce (ce que les Danois appellent « ne pas avoir deux sous en poche ») il est du moins, par son rang et ses titres, bien au-dessus de tous les Islandais ici, même s'il y a des Mormons dans le nombre. Je pense ainsi — hi! hi! hi! En outre il a une femme qui est bien bâtie. Ces hommes sont beaucoup plus près de Dieu que nous, dans la mesure où ils jouent un plus grand rôle dans la conduite des affaires du monde.

— Oui, tant que ce ne sont pas simplement de sacrés bandits, dit l'évêque. Et maintenant. Je m'égare un peu. Je reviens à mes prières. Mais permettez-moi de vous poser une seule question avant de la fermer pour de bon. Vous avez dit que vous leur aviez donné votre coffret. Avant, vous aviez dit que vous leur aviez donné votre cheval. Qu'est-ce que vous attendez exactement de ces gens-là ? »

Mais Steinar était maintenant totalement plongé dans la contemplation de quelques belles fleurs qui poussaient là, au Danemark, dans un petit parterre, juste en face d'eux, de l'autre côté de la route.

« Quelles belles fleurs il y a dans ce pays! Et pensez que nous sommes en automne, dit Steinar.

— Oui, c'est un vaste potager », dit l'évêque Didrik.

Alors Steinar de Hlidar dit :

« Quand je regardais ma petite Steina dormant si paisiblement au milieu de ce monde effrayant (elle avait alors à peu près trois ans, je crois), j'ai soudain compris que l'ouvrier qui a façonné ce monde, si cet ouvrier existe, devait être quelqu'un d'incomparable. Mon Dieu! Mon Dieu! me disais-je, penser que tant de beauté et de charme doivent bientôt disparaître ! Plus tard, j'eus un fils qui ressemblait à la fois à Egill Skalla-Grimsson, à Gunnar de Hlidarend et à tous les rois norvégiens fondus ensemble. Il couchait avec une hache en bois qu'il avait fabriquée lui-même et qu'il plaçait sous sa tête, la nuit, parce qu'il voulait conquérir le monde. Hum! A propos, qu'est-ce qu'il y a au bout de ce pays sauvage dont vous parliez l'autre jour?

— Je crois que c'est un coffret, dit le Mormon.

— Bon, dit Steinar, et quelle sorte de coffret?

— Un tabernacle, dit le Mormon.

— Vraiment? Pas possible, dit Steinar. Ce n'est pas vrai? Mais qu'est-ce qu'il contient?

— Buvez donc encore un peu d'eau fraîche, dit le Mormon.

— Vous devriez me décrire un peu ce coffre dont vous parliez, dit Steinar, pour que j'aie quelque chose à quoi penser pendant mon voyage de retour en Islande, au lieu de mon petit coffret à moi. Mais surtout pour pouvoir en parler aux enfants.

— Mon ami Brigham, l'héritier de John Smith, a jalonné le terrain l'année après que j'eus traversé le désert. Alors on a commencé à construire. Il a deux cent cinquante pieds de long, cent cinquante pieds de large, et quatre-vingts pieds de haut. Le couvercle repose sur quarante-quatre piliers de granit. Quand nous l'avons construit, il y avait mille milles à l'est à parcourir, sans route, pour atteindre la concession la plus proche, afin d'y acheter des clous, et huit cents milles à l'ouest pour atteindre la mer où nous aurions pu en acheter quelques-uns. Alors on a décidé de ne pas acheter de clous.

— Il serait intéressant de savoir ce que contient cet énorme coffre, dit Steinar. Est-ce qu'il est assemblé?

— Joseph Smith n'était jamais embarrassé pour faire tenir ensemble des choses encore plus grandes, dit le Mormon.

— Et puis-je vous demander ce que vous mettez dans un si grand coffre? dit Steinar.

— Le Saint-Esprit, dit le Mormon.

— Très bien, dit Steinar. C'est ce que je pensais — je commence à voir ce que valait mon petit coffret à moi. Mais comment avez-vous pu y faire entrer Dieu?

— Nous avons construit un orgue pour cela, dit le Mormon. Nous avons cherché le bois le plus rare et nous l'avons apporté de trois cents milles, traîné par des bœufs. C'est le plus beau bois pour la musique de toute l'Amérique. Le Saint-Esprit ne vit pas de mots, bien que parfois il ait recours à eux, quand il a affaire à des gens qui ne goûtent pas la musique : le Saint-Esprit vit de musique. Quand l'orgue et le Tabernacle furent prêts, le Saint-Esprit fut si content qu'il vint y habiter de son plein gré. Oui, monsieur. Les plus grands maîtres du monde sont venus en Utah pour jouer sur cet orgue qui, disent-ils, émet des sons plus émouvants que n'importe quel autre instrument au monde.

— Tout cela est très remarquable, dit Steinar. Pour un homme qui a l'habitude de revenir du marché avec rien que quelques aiguilles de cordonnier, voilà quelque chose à raconter à ses enfants.

— Il y a peu d'hommes en Islande qui aient été accusés de mensonge aussi souvent que l'évêque Didrik, dit le Mormon. Et vous ne devriez pas me croire vous non plus. Voir vaut mieux qu'entendre raconter, mon ami. Allez y voir vous-même.

— Je crois que je donnerais beaucoup pour pouvoir aller contempler votre coffre, dit Steinar. Heureux l'homme qui peut partager ce coffre. Ce pourrait être le trésor digne de ma petite fille, qui dormait si bien, et du petit garçon dont je parlais. Si je ne partais pas pour l'Islande sur le bateau après-demain, je prendrais la peine de traverser le désert rien que pour mes enfants.

— Le prix demandé par Dieu est certainement très élevé, dit le Mormon, mais il fait toujours bonne mesure. »

18. *Une visite chez l'évêque*

Nous avons vu comment Steinar de Hlidar en Steinahlidar avait quitté l'Islande pour aller voir son cheval à la résidence du roi de Danemark, comment il avait offert le présent qu'il avait apporté et combien peu de remerciements il avait reçus et encore moins de titres et alors comment il s'était mis à boire de l'eau au Danemark. Mais comme nous l'avons expliqué précédemment, en buvant cette eau, il avait trouvé un compagnon qui allait changer sa destinée pour un certain temps : l'homme qu'on avait un jour attaché à une borne près d'une église, en Islande.

Après un certain temps Steinar avoua qu'il était curieux de voir ce pays que le Dieu des Armées avait désigné comme étant celui de la vérité révélée. Si tous les besoins de l'âme et du corps étaient satisfaits dans ce pays-là, alors Steinar pensait qu'il était évident que Joseph Smith avait prêché une doctrine plus vraie que les rois danois et il voulait en faire profiter ses enfants. En conséquence, lui, le vieux Steinar de Hlidar, pour le bien de sa famille et son bien propre, devait devenir un disciple de cette doctrine révélée; mais il ajoutait qu'il n'avait vraiment pas les fonds nécessaires pour se transporter à travers mer et continent jsuqu'à l'autre bout de la terre. Mais le plus dur de tout serait d'expliquer un tel voyage à sa famille.

« Ce que Dieu vous inspire de faire, vous n'avez pas besoin de l'expliquer ou de le justifier devant les hommes, dit l'évêque

Didrik. On n'a jamais raconté que le Sauveur ait fait de longs discours à sa mère, quand il la laissa pour aller racheter le monde, ou le prophète Joseph, quand il prit congé des bandes de bons à rien de Palmyre et partit pour restaurer la chrétienté. Et comme vous ne méritez que du bien de ma part je vais voir combien je peux ramasser pour vous. »

Bref, Steinar était maintenant tellement submergé par la nouvelle que Sion se trouvait sur la terre qu'il ne prit pas le dernier bateau d'automne pour l'Islande. Son argent étant épuisé, il se rendit à la ville pour vendre quelque chose. En une seule journée il se présenta chez un boucher, chez un boulanger et chez un cordier et leur offrit de leur vendre quelques excellents portraits que les rois lui avaient donnés. Ils l'envoyèrent au diable : ces portraits, disaient-ils, n'étaient pas des ornements pour leurs intérieurs et de toute façon on les trouvait tous les jours dans les journaux. Le boucher lui dit que les portraits des rois et des reines faisaient suer tout le monde au Danemark. Le cordier lui dit que les portraits des rois ne valaient pas la corde dont les gens avaient besoin pour se pendre. Mais le boulanger dit à Steinar qu'il lui offrait un gâteau gratis pour chaque roi. Alors Steinar se dirigea vers une boutique pour voir une jeune fille qu'il savait vendre de la mercerie, car il lui avait acheté un jour un bouton pour son pardessus. Il donna à cettte fille le médaillon représentant Olga Konstantinovna, en la décrivant comme un modèle presque parfait de beauté et de modestie pour les autres femmes. La petite vendeuse remercia l'Islandais poliment pour ce cadeau et lui donna en échange un paquet d'aiguilles.

Peu de temps après le départ du bateau pour l'Islande, l'évêque Didrik d'Utah vint voir Steinar au foyer du marin. Steinar était assis dans sa petite chambre, en train de manger ses gâteaux et de ruminer des pensées plutôt mélancoliques. L'évêque, sans préambule philosophique, sortit de sa poche sa bourse, qui était enveloppée dans un mouchoir attaché avec des épingles de sûreté. Dans cette bourse se trouvaient quelques dollars américains qu'il donna à Steinar pour payer son voyage jusqu'à Sion, la cité de Dieu. Il dit à Steinar de se joindre à un groupe de Mormons scandinaves qui étaient sur le point de partir, après avoir été convenablement immergés dans de l'eau propre pour leur baptême et leur salut spirituel. Il y en avait encore d'autres, employés ou domestiques, qui avaient montré quelque inclination pour une conversion. Didrik demanda à Steinar s'il voulait embrasser l'Evangile, comme disent les Mormons lorsque quelqu'un se convertit au véritable Livre d'Or tombé du ciel, que Joseph Smith trouva sur le mont Cumorah. Steinar répondit qu'il était un pauvre homme sans autre ressource que le peu de bon sens qu'il était obligé de se reconnaître, quelque faible qu'il pût être; il déclara que les croyances religieuses que les gens adoptaient en dépit de leur bon sens ne leur étaient d'aucune utilité, surtout dans les moments où ils en auraient le plus grand besoin. Un pays où les prophètes, les apôtres et les prêtres prêchaient d'après un Livre d'Or ne pouvait être loué en toute justice que lorsqu'on y avait vécu, car le cœur humain n'est pas capable de juger, quoique certains aient un cœur excellent, bien sûr, et qu'il n'y ait pas de limites aux absurdités dont notre tête peut nous convaincre, tandis que la bouche et l'estomac sont les organes très sûrs, aussi désagréable que le fait puisse sembler. Didrik répliqua froidement qu'il n'avait aucune envie de tromper les gens en les incitant à croire aux doctrines propagées par Joseph et Brigham : chacun était libre individuellement de faire de son corps la pierre de touche de la vérité, particulièrement ceux qui croient que l'âme est faible. Si Steinar à la fin de son exploration dans le territoire de l'Utah pense que Dieu a menti aux Mormons, il pourra retourner d'où il est venu. Ils se mirent d'accord sur ces conditions : que Steinar irait en Amérique sans recevoir le baptême par immersion.

Didrik lui dit que ce groupe était le premier à partir pour l'Angleterre pour y attendre un bateau qui devait traverser l'Atlantique avant Noël. Il lui dit qu'il ne devait pas s'attendre à beaucoup d'égards en Angleterre et cela se révéla exact, car on leur donna des étiquettes pour se mettre autour du cou, comme à du bétail destiné à l'abattoir, et ils furent rassemblés en troupeaux dans des camps d'émigrants, pendant trois semaines, avec peu de confort et seulement de la soupe et du pain sec comme nourriture. Mais quand ils arriveraient à New York, à la concession des Mormons, disait l'évêque Didrik, aucun d'entre eux n'aurait à mâcher des algues ni à boire de l'eau. On leur donnerait de la viande et du lait plus d'une fois par jour et beaucoup de légumes; on ne parlait pas de bouillie d'orge là-bas, disait-il, ce qui se révéla exact aussi; beaucoup auraient voulu ne jamais partir de là.

« Ensuite on vous mettra dans un train à vapeur, dit l'évêque. Il court longtemps à travers un paysage plat et fertile, puis à travers de grands déserts, qui ne possédaient aucune route dans mon temps, de sorte qu'il nous a fallu tracer nous-mêmes nos routes dans un pays accidenté et un sol rocheux. Maintenant il n'y a plus d'obstacles sur la route, sauf les bisons qui errent sur la voie ferrée en longues files et bloquent les trains. Cette terre sauvage est envahie par des broussailles aux racines fibreuses, que les indigènes appellent armoise, qui n'a pas besoin d'eau et est mortelle pour tous les animaux. Les Peaux-Rouges sortent parfois en rampant de ces broussailles. Leur attitude d'esprit et leurs actes ressemblent assez à ceux des Islandais des anciennes sagas — ils se servent d'arcs et de flèches comme Gunnar de Hlidarend et ne manquent jamais leur but. Il arrive souvent que les voyageurs soient obligés de descendre du train et de se battre avec eux. »

Steinar dit :

« La dernière chose à laquelle je m'attendais en quittant l'Islande, c'était d'avoir à me battre contre Gunnar de Hlidarend.

— Quand vous arriverez éventuellement au bout de votre voyage, à la vallée du Lac Salé, dit l'évêque Didrik, demandez seulement votre chemin pour la Fourche d'Espagne et dites que vous êtes islandais. Tout le monde vous embrassera en signe de bienvenue. Demandez qu'on vous conduise à la diligence qui va à Provo. De là vous irez à pied en suivant tout droit la route principale. Devant vous, à votre gauche, s'élève une montagne plus haute qu'aucun Islandais n'en a jamais vu, appelée le mont

Une visite chez l'évêque

Timpanogus, du nom d'une reine indienne. Les ravins y sont dix fois plus profonds que le gouffre Almanna. C'est là que les Islandais peuvent se livrer à la garde des moutons dans les bois ombreux, sans avoir à craindre les orages et par conséquent sans avoir besoin d'alcool non plus. Tout en haut de cette montagne élevée (à peu près deux fois la hauteur du glacier d'Oraefa) pousse un gentil arbre innocent, connu sous le nom de peuplier tremble. Je garde deux troupeaux de moutons sur cette montagne. Mais là n'est pas la question. Où en étions-nous ? Faites bien attention à ne pas vous écarter de la route, mon ami. Tout à coup vous apercevrez le mont Timpanogus derrière vous et une nouvelle montagne apparaîtra, elle vous semblera avoir été découpée avec des ciseaux dans un morceau de papier plié. C'est la Sierra Benida où le soleil se lève sur la Fourche d'Espagne. Une vieille femme s'en vint là un jour avec un seau et une bêche pour chercher de l'argent et de l'or. Vous continuez le long de la route principale et vous laissez de côté toutes les maisons jusqu'à ce que vous arriviez à une maison qui se trouve au carrefour. Elle porte le numéro 214, c'est la maison de l'évêque. A l'intérieur, derrière la porte d'entrée, l'armoire pousse tout le long de l'allée jusqu'à la véranda, car je veux le désert tout autour de moi et c'est là que je veux mourir. Il y a une véranda le long de la façade de la maison au rez-de-chaussée et c'est là que se trouve la porte avec deux fenêtres de chaque côté. La maison est bâtie partie en briques que j'ai fait cuire moi-même, et partie en poutres de bois. L'étage supérieur repose sur des piliers. Au premier il y a un balcon avec une balustrade sculptée. Plus d'un saint homme a couché là, car dans le territoire de l'Utah il est sain de coucher au grand air, excepté au cœur de l'hiver, qui dure à peu près jusqu'en février ; et il n'y a pas de ces mois, en fin d'hiver, qui sont épouvantables en Islande, où les gens meurent de faim et les moutons périssent.

« Ne prenez pas la peine de frapper à la porte, nous n'aimons pas qu'on frappe. Trois sœurs viendront vous accueillir avec les enfants de la cadette. Mais il ne faut pas leur présenter mes amitiés — à aucune d'elles. Dites-leur que je ne leur envoie rien, mais que je serai de retour dans trois ans. Je suis avec le roi, en train de rédiger des tracts pour les Islandais. Les sœurs ont des tas de cochons, quinze moutons et autant de légumes qu'elles en désirent et aussi le pasteur Runolf pour célébrer le service en redingote. Nous l'appelons Ronki. Dites que vous coucherez en haut sur un banc, sur le balcon. Si vous voulez du travail, parlez-en au vieux qui a des lunettes. De l'autre côté de la route, à une jetée de pierre exactement, se trouve ma briqueterie; dites à la femme que vous avez la permission d'y aller pour faire des briques, si vous le désirez. Dites-lui qu'on aille vous chercher de la terre glaise et demandez de la paille à Ronki. Dites à la sœur cadette de veiller à ce qu'il n'arrive rien aux enfants, parce que je ne suis pas là pour les surveiller moi-même. Je ne peux pas m'empêcher d'être toujours un peu inquiet pour les enfants. Dites-lui que la vérité doit toujours primer tout le reste. Ceci est une chose que les femmes doivent apprendre à admettre. Et dites à ma pauvre vieille Maria que si le Roi des Anges a jamais envoyé une véritable sainte femme aux îles Westmann, c'est bien elle. Et souvenez-vous, si jamais vous êtes baptisé par immersion, de vous faire baptiser aussi pour tous vos parents défunts, que vous ne voulez pas voir expédiés la tête la première en enfer. Vous pouvez vendre les briques ou les donner, c'est comme vous le jugerez bon. Pour ma part, j'ai donné plus de briques que je n'en ai vendu. Les briques constituent un bon cadeau, ce qui est plus qu'on en peut dire des pierres précieuses — et de plus c'est un présent chrétien. »

Steinar Steinsson de Hlidar remercia l'évêque Didrik de tout son cœur et l'embrassa en lui disant adieu. Mais quand ils se furent dit adieu, Steinar se rappela qu'il avait oublié un petit détail.

« Comme il est probable que vous serez en Islande avant moi, dit-il, et qu'il se pourrait que vous rencontriez une petite femme au pied d'une grande montagne, je voudrais vous demander de lui donner ce paquet d'aiguilles. »

Là-dessus ils se séparèrent.

Une visite chez l'évêque

Steinar frappa trois fois à la porte de l'évêque Didrik après avoir fait la moitié du tour du monde. C'était dans une grande vallée désertique, qui verdoyait en hiver, contrastant avec les vallées en Islande. Au nord se dressait une haute montagne qui faisait ressembler les montagnes d'Islande à des monticules de terre, comme les hommes semblent des nains devant un troll. A l'est s'élevait une colline nue, sans doute pleine d'argent et d'or, et aussi nettement et symétriquement coupée que si cela avait été fait avec des ciseaux.

La femme qui ouvrit la porte portait des lunettes — elle était toute ratatinée par les ans et toute ridée. Elle dit d'un air impérieux, comme un elfe :

« Qui est-ce qui frappe à cette porte ?

— Il est d'usage de frapper trois fois, une fois pour chacune des personnes de la Trinité, quand on frappe à la porte d'un évêque. Je vous souhaite le bonheur, ma bonne dame, dit le visiteur.

— On ne loue pas le Saint-Esprit en frappant à la porte, dit la femme. Mais nous permettons aux Luthériens de frapper deux fois, au nom du Père et du Fils. »

Après cette réprimande, elle changea de ton, tendit la main au visiteur et lui demanda ce qu'elle pouvait faire pour lui.

Steinar lui expliqua comment il se trouvait là; il lui dit qu'il avait été envoyé par l'évêque lui-même. Il délivra le message où l'évêque disait qu'il n'envoyait pas ses compliments dans le sens mondain du terme et n'envoyait pas à ses sœurs un de ces présents qu'on peut considérer comme une des vanités de ce monde, mais sa bénédiction à la place, avec l'assurance d'une élévation et d'une gloire éternelles.

« Là vous exagérez, dit la femme, Rikki ne dirait jamais une chose pareille. Comment va-t-il, le pauvre ?

— Il m'a prié de vous dire qu'il est au Danemark, où réside le roi, en train de rédiger un tract pour les Islandais et qu'il ne sera pas de retour avant trois ans.

— Vous entendez ça, mes sœurs », dit la femme aux lunettes. En un clin d'œil deux autres femmes apparurent sur les lieux.

« Notre Rikki est avec ce terrible individu qui a bu le sang des Islandais pendant des siècles, jusqu'à ce que nous n'ayons plus que nos chemises sur le dos, et même certains n'en avaient pas.

— J'aimerais mieux que vous ne disiez pas de mal du Danemark, dit Steinar. Encore moins maintenant où je viens d'arriver sain et sauf au Paradis. Car je peux témoigner que le Danemark possède une eau appelée eau de Kirstine Piil, la meilleure du monde. L'évêque Didrik et moi, nous avons bu ensemble de cette eau.

— Maintenant nous avons toutes les nouvelles, ma chère Maria », dit la cadette qui était comparativement jeune et alerte. Elle guidait par le bras une très vieille femme presque aveugle qui avait la forme d'un sac de farine. Les doigts de cette vieille étaient tout tordus, comme de petites branches déformées par le gel; le dos de ses mains était gonflé et elle était à peu près chauve. Quand elle riait, on ne voyait pas de dents, tout ce qu'elle avait était une espèce de chaleur maternelle, qui cependant n'aurait guère attiré que des enfants en bas âge et peut-être des hommes condamnés à mourir. A ses jupes étaient pendus des enfants aux yeux écarquillés.

— Je vois que vous êtes probablement la dame à qui je dois recommander de bien veiller qu'il n'arrive rien aux enfants, dit le visiteur, en serrant la main de la grassouillette et avenante jeune femme.

— Ecoutez-le, Maria. Il en fait des cérémonies, dit la cadette en se tapant la cuisse.

— C'est convenable, tout simplement, dans la maison d'un évêque, tout au moins lors d'une première visite, dit Steinar.

— Comment Rikki peut-il imaginer qu'il pourrait arriver quelque chose aux enfants sous les yeux de Maria? dit la cadette.

— Pour l'amour de Dieu demandez au visiteur d'entrer et faites-lui à dîner », dit la vieille Maria. On se rendait compte qu'elle ne pouvait prononcer ni les *r* ni les *s*, n'ayant pas de dents.

Steinar de Hlidar ôta son chapeau sans faire attention. Il saisit les mains tordues de la vieille femme et l'embrassa respectueusement pour montrer sa déférence, mais ne réussit pas à ce moment à répéter le message que l'évêque Didrik lui avait demandé de lui porter.

« Le pauvre homme, venu de si loin tout seul! dit la vieille en tâtant la figure et le corps de Steinar Steinsson avec ses doigts déformés. Il est tout à fait certain que Dieu a quelque dessein dans l'esprit pour nous tous. Je suis presque sûre d'avoir encore quelques grains de café dans la boîte, depuis que notre Luthérien est venu ici, à la fin de l'autre semaine.

— Oui, si le pasteur Runolf ne les a pas pris pour lui-même, comme d'habitude », dit la cadette.

C'était le genre de maison qu'on trouvait en Islande dans certains endroits, mais qui était rare dans les autres pays : les portes restaient ouvertes pour les visiteurs et les passants jour et nuit, avec le vivre et le couvert toujours prêts, quelle que fût la durée de leur séjour. Ces maisons ne semblaient jamais avoir trop de visiteurs. Personne ne boudait les hôtes désagréables, bien que beaucoup d'entre eux ne fussent pas particulièrement sympathiques. L'amphitryon n'attendait jamais qu'on le payât d'aucune manière pour son hospitalité; il était admis d'avance que tous les voyageurs étaient impécunieux et que les riches ne quittaient pas leurs foyers. Chez l'évêque Didrik à Sion, la cité de Dieu, la seule prière adressée aux visiteurs était d'entrer directement sans frapper. On accordait aux Luthériens de frapper deux fois, un troisième coup était un affront pour le Saint-Esprit.

La plupart de ceux qui étaient hébergés, dans la maison de l'évêque Didrik étaient des Islandais sans domicile, quelques-uns étaient de nouveaux arrivants, tandis que d'autres avaient trouvé le moyen de découvrir la vérité sur la Terre promise avec leurs figures inquiétantes et plus encore leurs cœurs incapables de jugement et encore moins avec leurs organes les plus dignes de confiance. Beaucoup parmi les hôtes de Didrik construisaient eux-mêmes leur maison en fin de compte. Parmi ceux qui étaient là depuis longtemps était le révérend Runolf, ancien pasteur de Hvalsness. Par suite d'une vocation religieuse il avait abandonné son métier en Islande pour aller desservir l'église luthérienne —

la plus petite et la plus triste du monde, que deux familles excentriques avaient fondée en plein cœur de Sion, la cité de Dieu. Après sa venue en Amérique, il était devenu mormon petit à petit et avait été baptisé par immersion. Peu de temps après, les fenêtres de l'église luthérienne furent aveuglées. Personne ne savait réellement ce qui empêchait l'avancement du pasteur Runolf à Sion, car il y en eut peu comme lui pour défendre l'orthodoxie avec un plus grand zèle, après sa conversion, et il y en eut encore moins qui eussent une connaissance plus exacte de leurs croyances; car lui, en tant qu'homme instruit, avait étudié de très près le Livre d'Or, ainsi que les révélations du prophète et les livres des premiers saints. D'autres, dont quelques-uns ignorants et paresseux, avaient grimpé directement de l'étable, pour ainsi dire, jusqu'au haut de l'échelle de la hiérarchie ecclésiastique et étaient devenus instructeurs de leurs quartiers (comme ils appelaient leurs paroisses) ou même évêques, si même ils ne s'étaient pas hissés directement jusqu'au Quorum (qui supervise les évêques) et faits doyens, vénérables, grands prêtres de Melchisédech et même apôtres, avant même que la vache eût mugi trois fois. Mais le pasteur Runolf, bon gré, mal gré, devait s'en tenir aux quinze brebis que l'évêque Didrik lui avait confiées six ans auparavant, le jour où il avait été immergé. Il n'avait pas franchi le degré supérieur à instructeur de quartier. Et pourtant personne n'excellait autant que lui à rallier les hésitants et surtout à se battre contre les Luthériens. Il en sortit quelques-uns de leur maison, d'autres de leurs terres et quelques-uns même du pays. Il se peut que cette aptitude pour la bataille fût considérée comme une arme à deux tranchants et alarmât les Mormons. Mais les quinze brebis placées sous sa garde, dont il avait à maintenir l'effectif intact, quel que fût le nombre de celles qu'on tuait, et même si on les tuait toutes en même temps, s'attachaient au pasteur et engraissaient, surtout leurs queues, qui n'étaient pas du tout comme les queues qu'on voit en Islande, mais longues et bien fournies. L'évêque Didrik était si tolérant en matière religieuse qu'il avait recommandé aux trois sœurs de faire une nouvelle redingote luthérienne au pasteur Runolf, quand la vieille serait usée, conformément à la coutume qui permet à un général fait prisonnier par l'ennemi de porter son uniforme aussi longtemps qu'il le désire et de garder son sabre aussi, si celui-ci n'est pas brisé ou s'il ne l'a pas perdu. C'est ce petit homme mince, agile, aux yeux larmoyants et au visage tiré d'un côté, toujours en redingote dans le désert, qui entreprit d'enseigner à Steinar Steinsson à penser « correctement ».

Et comme le pasteur Runolf était un homme très intelligent et de propos assez libres, il donnait rapidement aux étrangers un aperçu des affaires des gens du pays et de leurs relations familiales dans la juridiction de l'évêque. Runolf raconta que l'évêque Didrik avait trois épouses, mais que les gens disaient qu'il n'avait jamais aimé que la femme qu'il avait amenée d'Islande dans ce désert où elle était morte de soif. Il l'avait enterrée dans les sables. Après sa mort il avait transporté leur enfant dans ses bras un certain temps à travers le désert, mais la santé du bébé avait décliné jusqu'au moment où il n'avait plus bougé. L'évêque Didrik l'avait enterré dans les dunes de sables et il avait planté là une croix faite de deux morceaux de paille. On disait que cet enfant était une petite fille. L'évêque Didrik était un des pionniers venus d'Islande qui avait acheté la Terre promise à son prix réel.

Dans le même groupe où se trouvait la femme bien-aimée que l'évêque Didrik avait perdue, il y avait une femme entre deux âges qui voyageait seule à travers le désert. Elle s'appelait Anna et portait des lunettes en fer. Elle avait quinze ans de plus que l'évêque Didrik. Elle avait partagé sa ration d'eau avec la mère et la fille jusqu'à la dernière goutte. Elle soulageait l'évêque en berçant le bébé pour l'endormir, le soir, après la mort de l'épouse bien-aimée de Didrik, et de cela Didrik lui était reconnaissant. Quand les survivants atteignirent le Royaume des saints, il lui proposa le mariage et l'épousa en même temps qu'il scellait son union pour l'éternité avec celle qui reposait maintenant dans les sables. Depuis, Anna avait la charge de la maison de l'évêque. On la connaissait sous le nom d'Anna de Fer. Ils donnaient à l'église la moitié de tout ce qu'ils gagnaient et jeûnaient quatre fois plus que la règle ne l'exigeait. Ils faisaient cuire des briques et construisaient des maisons pour les autres et sortaient Gallois, Danois et Islandais des terriers dans lesquels vivaient ces pionniers et qu'on appelait des abris. Pour cela et pour un grand nombre d'actions sociales Didrik avait été nommé inspecteur, puis ancien, grand prêtre, évêque et président de la Haute Prêtrise et un des douze apôtres de l'Agneau, selon le choix du Seigneur dans la prophétie de Nephi, aux temps de la Grâce et de la Loi des Temps révolus. Tel était l'homme que les Islandais avaient attaché à une borne pour les bestiaux, bâillonné et battu pendant l'office divin. A cette époque il y avait dans la vallée du Lac Salé et ses environs une femme indigente, vagabonde, qui disait être née à Colornay. Certains Anglais instruits appartenant au « Pieu » pensaient que c'était une ville en France, mais plus tard on découvrit que c'était une ville d'Islande appelée Kjalarness. C'était une grande femme imposante : elle avait été attaquée à main armée par une troupe de soldats (quand en Amérique on dit que quelqu'un a été attaqué à main armée, cela signifie qu'elle avait été menacée d'être tuée à bout portant). A cette époque, le gouvernement fédéral des Etats-Unis avait commencé à envoyer à Sion, la cité de Dieu, des troupes en armes pour persuader les saints de renoncer à la loi morale, qui leur avait été révélée par Dieu et proclamée par l'Eglise et qui comprenait la sainte polygamie. Ces soldats avaient fait un enfant à cette fille. L'année suivante, elle fut attaquée par les Peaux-Rouges; ces hommes emploient des arcs et des flèches et tuent les gens avec beaucoup d'art, tout comme Gunnar de Hlidarend, comme nous l'avons écrit plus haut. A la suite de ces attaques à main armée, la pauvre innocente fut mise au ban de la société par un certain nombre de nations, particulièrement par les Gallois et les Danois, qui, à cette époque, à la Fourche d'Espagne, rivalisaient entre eux de pureté absolue de vie. Il y avait peu de gens désireux d'avoir une telle réprouvée chez eux et elle devait souvent passer la nuit dans les fourrés de tamaris, sur les rives des sources salées, où les grenouilles coassaient et où les sauterelles et les grillons stridulaient. Ses jeunes enfant aussi couchaient là avec elle. Un soir de Noël, l'évêque Didrik arracha la malheureuse femme et ses deux enfants du terrier où ils vivaient et déclara que c'était contraire au Livre de Joseph et aux doctrines prêchées par Brigham Young, le disciple dévoué du prophète, que des femmes fussent violées en plein air par des soldats et des Peaux-Rouges. Le Seigneur avait exprès institué la polygamie dans Ses révélations directes pour qu'aucune femme n'ait à coucher dehors dans les fossés avec ses enfants, à Noël. C'était la loi formelle de l'Eglise des saints du dernier jour et un devoir pour les Mormons de protéger autant de femmes que possible grâce au Serment éternel de mariage, au lieu d'en faire des réprouvées et de les insulter. Fort de cette conviction, l'évêque Didrik invita Mme Colornay dans sa maison et la prit pour femme avec Anna de Fer dont les lunettes commençaient alors à rouiller terriblement. Il prit en charge aussi les enfants qu'elle avait conçus au cours de ses viols et lui en donna deux autres lui-même. Par cette action, l'évêque Didrik gagna un respect accru à la Fourche d'Espagne : cela montrait combien il était supérieur aux autres hommes, en ce que sa bienveillance et sa sagesse n'avaient d'égale que son intrépidité à braver les préjugés des Gallois et des Danois. Et personne ne le soutenait plus fermement dans cet acte de piété que sa première femme : Anna de Fer.

La considération dont il jouissait dans le district ne fut pas diminuée, surtout aux yeux des femmes qu'il possédait déjà, quand il décida de se marier une troisième fois et de s'engager dans les liens célestes du mariage avec la pauvre vieille Maria de Ompuhjallur, qui avait soixante-dix ans passés, était percluse par l'arthritisme et aveugle. Elle aussi était venue à travers le désert.

Cette Maria était originaire des îles Westmann et n'avait jamais vécu avec un homme dans sa vie. Elle était arrivée en Amérique comme domestique dans une famille des îles. Elle avait été chargée de porter les enfants en traversant le désert et d'aider la mère malade. Puis la mère mourut, comme c'était l'habitude dans le désert à cette époque-là. Maria n'abandonna pas les enfants quand le voyage fut terminé : elle les éleva. Elle faisait tous leurs vêtements, leur apprenait les Hymnes de la Passion d'Hallgrim Petursson et leur racontait les paraboles sur les saints des îles Westmann. Jamais un mot de colère contre bêtes ou gens ne passait ses lèvres. C'était aussi une de ces Islandaises qui ne disait jamais de mal du temps. Quand sa nichée d'orphelins se fut envolée et éparpillée aux quatre coins du monde (certains étaient partis pour la guerre), elle recueillit une autre famille d'enfants qui avaient perdu leur gagne-pain. Elle éleva aussi cette nichée jusqu'à l'âge d'homme, grâce à cette sagesse tirée des îles Westmann et aux longues veillées passées à tricoter et à faire la lessive, bien qu'elle fût presque aveugle à cette époque, mais surtout grâce à ce don d'aimer qui ne redoute rien et ne refuse rien. Le temps passa et bientôt ces enfants partirent à travers le vaste monde pour acquérir tout ce dont Maria Jonsdottir n'avait jamais joui. Mais le bruit s'était répandu qu'il y avait une Islandaise qui acceptait d'aimer les enfants des autres, et c'est ainsi que Maria fut priée de s'occuper de petits orphelins danois dans la ville sainte que les méchants appelaient la « Mare du Lac Salé ». Elle partit pour cette bonne ville, courbée par l'âge, à moitié aveugle et sans un sou. Les petits Danois ne comprenaient pas les Hymnes de la Passion et alors il lui fallait se faire comprendre en leur racontant des paraboles sur les bons habitants des îles Westmann et sur les oisillons appelés puffins qu'on tirait de leurs trous dans la colline et dont on faisait de la soupe au puffin, jusqu'au jour où ces enfants à leur tour furent prêts à lui dire adieu...

La vieille femme toute courbée fut abandonnée sur la grande avenue de la cité sainte, seule, sans amis, sans foyer. Et, un jour qu'elle était sortie pour faire un petit tour, elle fut renversée et blessée. La police la conduisit à l'hôpital de la Mare Salée. Elle dit s'appeler Maria Jonsdottir de Ompuhjallur dans les îles Westmann. On annonça à la Fourche d'Espagne qu'une vieille femme aveugle, vivant seule et originaire des îles Westmann en Islande, avait été trouvée gisant blessée sur la chaussée. Dès qu'il apprit cela, l'évêque Didrik harnacha ses chevaux et dirigea son attelage vers la Mare Salée. Il alla voir la femme à l'hôpital et la salua respectueusement et lui demanda de l'épouser dans les liens légaux et éternels du mariage, dans le temple, devant Dieu. Puis il lui donna un dollar pour s'acheter du café. Il dit au directeur de l'hôpital de l'avertir quand ses fractures seraient guéries et qu'il reviendrait la chercher dans sa voiture. Quand le jour fut venu, il l'épousa avec tout le cérémonial convenable et l'emmena chez lui, l'évêque, 214, Grand-Rue, à la Fourche d'Espagne. Maria se chargea d'élever les enfants que Mme Colornay avaient mis au monde et leur apprit les belles prières du révérend Hallgrim, en même temps que des contes pieux des îles Westmann. Maria disait qu'elle espérait que le Dieu des armées voudrait bien lui envoyer les enfants d'autres gens pour lui tenir compagnie aussi longtemps que Dieu lui ferait la grâce d'être capable de tricoter une chaussette.

19. *Sion, la cité de Dieu*

Le bruit des sabots des chevaux, grands et petits, galopant sur la route, se mêlait au grincement des essieux et des roues. Les poulains qui trottaient derrière paraissaient pleins de confiance, mais cependant un peu songeurs. Les hommes et les femmes passaient à cheval, allant à d'importantes affaires; les femmes étaient assises sur des selles, mais les jeunes garçons montaient à cru, par deux, sur de vieux canassons — comme c'est la coutume en Islande — pour rassembler les vaches. Les voisins s'avancèrent sur la galerie pour saluer ce visiteur venu d'Islande.

Ils demandèrent des nouvelles du pays. Mais il avait à peine dit quelques mots qu'un regard lointain apparaissait dans les yeux des questionneurs. L'Islande s'évanouissait dès que son nom était prononcé. Leurs paroles étaient aussi parfaites certainement que le gazouillis des oiseaux et tellement bien polies extérieurement, si bien frottées intérieurement, qu'il fallait une adresse particulière pour y introduire une phrase étrangère; mais si quelqu'un rappelait un vieux proverbe ou quelque citation bien connue tirée des sagas, les gens souriaient aimablement, l'air absent, et n'y pensaient plus à l'instant même. Le temps qu'il avait fait l'année dernière et l'année d'avant en Islande ne les intéressait pas plus que le halo d'hydrocarbure autour de Sirius. Les nouvelles des hommes et des affaires d'Islande ne faisaient que les inciter à s'étendre sur les événements importants de l'actuel Royaume des saints et à citer le Livre d'Or de Joseph

Smith ou à faire l'éloge de son successeur Brigham Young, ce chef élu qui dominait non seulement les montagnes du territoire de l'Utah, mais même tout l'hémisphère occidental. L'Islande avec ses petits fonctionnaires municipaux et ses montagnes naines, ses gratteurs de terre, toujours affamés, qui composaient des ballades, avec tout au plus un seul habitant vivant à l'aise par district — était-il étonnant qu'un tel pays dans l'esprit des habitants de Sion se fût évanoui dans les lointains, de l'autre côté de la lune ? Rarement pays fut plus perdu pour un peuple que l'Islande pour ces Mormons.

Le pasteur Runolf emmenait toujours les nouveaux arrivants d'Islande dans l'enclos pour leur montrer les moutons que lui avait confiés l'évêque Didrik et leur faire admirer combien leurs queues étaient belles et fournies, comparées aux moignons des moutons d'Islande.

« C'est ici! » avait dit Brigham Young, quand enfin les Mormons descendirent du plateau sur les flancs de la montagne et jetèrent leurs regards sur la grande vallée avec son sol uni, ses cours d'eau limpides et ses frais bosquets. Les Mormons ne se lassaient jamais de rappeler comment une heure seulement après leur arrivée sur la Terre promise, il avait déchargé un semblant de charrue d'un chariot délabré, que des bœufs décharnés avaient tiré pas à pas, au nom de Jésus, à travers les interminables plaines désertiques de l'Amérique : ces bœufs étaient là maintenant avec l'expression placide et ennuyée des bêtes de la Bible, avec du sang sur leur sabot, secouant la tête, de sorte que leur bave brillait sous le soleil étincelant, et buvant à un ruisseau. Et les hommes avaient commencé à labourer.

Après les récits de leur pénible voyage à travers le désert sauvage, venaient les épisodes de la vie des premiers colons, lorsque tous habitaient dans des abris, des tranchées, qu'ils étayaient de poutres attachées ensemble par des cordes, ou couvraient avec des peaux de bêtes. La plupart d'entre eux n'avaient pour vêtements que les peaux des animaux tués à la chasse, certains réussissaient à se procurer des peaux de chèvres de montagne ou d'antilopes, d'autres de daims ou de bisons dont ils faisaient des culottes de peau ou des mocassins. Peu à peu l'époque de la laine arriva, puis celle de la quenouille et du fuseau. Brigham Young lui-même témoignait en toute sincérité que quelques-uns des saints qui étaient en sa compagnie avaient des couvertures, mais que beaucoup n'en avaient pas. « Quelques-uns avaient des chemises, mais je pense aussi que quelques-uns n'en avaient pas, ni eux-mêmes, ni leur famille », disait ce pionnier, qui conduisit des êtres humains vers un bonheur terrestre et céleste, plus grand que celui offert par la plupart des autres conducteurs d'hommes.

Quand ils eurent semé leur grain cette première année-là, une multitude de sauterelles s'abattit sur la récolte, comme un nuage qui crève. Les gens essayèrent par tous les moyens de les chasser, mais les sauterelles ne manifestèrent aucune intention de vouloir s'en aller une fois installées là. Les gens voyaient leurs précieuses semences, qu'ils avaient eu tant de mal à transporter, entièrement détruites devant leurs yeux mêmes, avec la perspective de mourir de faim. Mais Dieu, qui n'abandonnait jamais son prophète Joseph, envoya un oiseau que les Mormons ont toujours chéri depuis : la mouette; et les Mormons disent que c'est leur oiseau sacré. Les mouettes franchirent mille milles depuis la mer pour leur porter secours et mangèrent toutes les sauterelles. Les saints du désert eurent leur premier pain.

Maintenant la Fourche d'Espagne était couverte de fermes modestes construites en briques cuites au soleil, et les cabanes en bois disparaissaient rapidement. Dans les abris creusés à même le sol n'habitaient plus que les Luthériens de passage. En fait chacun avait une pièce principale avec les portraits du prophète, de son frère Hyrum et de Brigham Young. Sur la table était posé le livre des Mormons et la Perle de grand prix. Les institutions culturelles qui transforment un village en ville existaient déjà : une salle de réunion commune, un bureau de poste, et un grand magasin. Dieu (personnifié par la coopérative de consommation de Sion) était le propriétaire de ce magasin. Son œil était peint sur les portes, entouré de rayons comme les épines d'un oursin et portant la devise : « Dieu est saint. » L'Eglise était propriétaire du centre communautaire et le Territoire du bureau de poste. L'Eglise possédait le droit de répartir les terres. En plus des terres vierges, elle possédait les montagnes et les pâturages sur les collines où les moutons pouvaient pourvoir à leurs propres besoins. L'Eglise avait aussi commencé à entrer en compétition avec les païens dans les mines. Etait à elle aussi l'eau qui descendait des sources cachées dans la montagne pour venir irriguer les champs. Toutes les dispositions édictées par les autorités ecclésiastiques, même si ultérieurement des modifications étaient apportées aux dispositions primitives, se référaient, modifiées ou non, aux instructions personnelles de Dieu et à ce qu'on appelait la doctrine orthodoxe. Tout ce que les gens gagnaient ou acquéraient était la preuve que la doctrine avait son origine dans la Loi universelle. Des chaussures neuves, un chapeau neuf étaient un motif suffisant pour louer l'Eglise des saints du dernier jour et les prophéties de ses grands chefs. Les mulets, ces bêtes assez solennelles qui allient les meilleures qualités du cheval et de l'âne, sauf la faculté de se reproduire, n'étaient-ils pas une preuve remarquable des directives particulières données sur toutes choses, petites ou grandes, par le Livre d'Or ? Qui aussi bien que les saints avaient fait de cette créature idéale un aussi fidèle serviteur ? On montra à Steinar Steinsson une école primaire où un maître d'anglais spécialement qualifié était chargé d'enseigner aux enfants du peuple des connaissances destinées à élever la condition humaine dans le monde. Ces hommes et leurs femmes qui avaient vécu dans des abris creusés dans la terre, vingt ans auparavant, enveloppés dans des peaux de bêtes, à cause de leur foi dans le prophète — pouvait-il y avoir une preuve plus tangible de la vérité de ces prophéties qu'une telle source de sagesse pour le peuple ? Quant aux nations les plus avancées dans le monde, qui vivaient depuis assez longtemps sous la protection d'une grâce spéciale — où étaient leurs écoles pour le peuple ? Seuls les enfants des riches et des impies recevaient une certaine instruction dans l'Ancien Monde. Venez voir par vous-mêmes combien les enfants sont heureux qu'on leur permette d'entendre un homme instruit ! N'était-ce pas comme si les enfants qui reposaient enterrés dans les sables naissaient à nouveau à la vie, à une vie heureuse. Ou bien prenez cette voiture d'enfant, par exemple! Une voiture d'enfant! imaginez-vous cela ? Oui, entièrement fabriquée à la main par un habile Mormon, copiée d'après une voiture d'enfant sur un catalogue de la Nouvelle-Angleterre. Et avec quatre roues, ma parole! Voyez comme la superstructure est faite de tiges de métal artistiquement contournées; d'abord cela forme un cercle et puis un autre cercle, parfois un huit, parfois un S. Qui, sauf des comtes ou des barons, auraient pu rêver d'un tel trésor dans la partie du monde où l'orthodoxie mormone ne règne pas ?

« Mais il y a peut-être une chose qui prouve mieux que n'importe quoi combien cette nation a progressé : c'est la machine à coudre. Je pouvais tout juste prononcer le mot, dit le pasteur Runolf, parce que je l'avais entendu dans la capitale. Est-ce qu'il y avait une machine à coudre là où vous habitiez, à Steinahlidar ?

— J'avoue que non, dit Steinar Steinsson.

— Vous voyez! dit le révérend Runolf. Il n'y a que les barons et les comtes qui ont des machines à coudre ailleurs qu'ici. Vous passez un morceau d'étoffe à travers et en un clin d'œil ça devient un vêtement qui vous va comme un gant. La Sagesse universelle qui vit dans les paroles du prophète et les actes de Brigham Young ne se manifeste pas exclusivement en énormes vérités que seuls les cerveaux des professeurs aux têtes terriblement grosses peuvent contenir. Non, elle habite aussi dans les machines à coudre des gens qui, hier, avaient certes des pensées orthodoxes, mais pas de chemises. C'est un bonheur pour un mortel que d'avoir été conduit vers cette terre.

— On ne peut nier, dit Steinar Steinsson, qu'il faut une forte dose de philosophie pour rivaliser avec une machine à coudre. »

Malheureusement, à cette époque, ils ne réussirent jamais à montrer à Steinar cette machine à coudre, et quand il en demanda des nouvelles plus tard, surgissait toujours un empêchement. Néanmoins le petit homme de Hlidar était convaincu que tout portait bien témoignage de la Sagesse Universelle, même la croix sur l'église luthérienne, car elle était cassée. Les petites choses, comme les grandes, contribuaient à le convaincre. Le jour arriva où le pasteur Runolf sentit qu'il était suffisamment convaincu et songea aux conditions auxquelles il le ferait baptiser par immersion, mais il dit qu'il ne pouvait se résoudre à le faire baptiser dans l'étang habituel du village qui était plein de truites, de serpents et d'insectes venimeux, qui mordaient les gens aux jambes. Il dit qu'il désirait parfaire l'instruction de Steinar en l'emmenant dans la capitale de la foi, appelée Salt Lake City, quel que fût le nom que donnaient certains beaux esprits à ce sanctuaire sacré parmi les cités. Il voulait montrer à Steinar la splendeur de la ville et ensuite le conduire auprès d'un des « anciens » et le faire bénir au cours d'un service dans le temple.

« Quand vous aurez été baptisé vous-même selon le rite, dit le pasteur Runolf, vous aurez le droit de faire baptiser n'importe lequel de vos parents morts que vous jugez digne. Vous vous immergez une fois pour chacun d'eux, de sorte qu'ils ont la possibilité de se bâtir un sanctuaire sacré dans le monde de lumière qu'ils habitent maintenant. Peut-être pourrais-je griffonner leurs noms maintenant pour pouvoir demander à l' « ancien » une recommandation en leur faveur.

Steinar émit son petit rire aigu, comme chaque fois qu'il était en face d'un problème, et répondit après un moment de réflexion que ni son père ni sa mère ne se trouvaient parmi ceux qui avaient besoin d'être baptisés dans le monde de lumière qu'ils habitaient maintenant, car il ne connaissait aucun couple plus patient qu'eux dans l'adversité et plus attaché à donner à chacun son dû : il estimait qu'ils avaient constitué un couple tout à fait sans prétentions. Il dit qu'il aurait bien du chemin à parcourir avant de pouvoir faire mieux que ces excellentes personnes en ce qui concernait leur situation vis-à-vis de Dieu.

« Mais, ajouta-t-il, j'ai d'autres parents qui m'intéressent plus que mon père et ma mère et pour lesquels je me ferais volontiers immerger une ou deux fois encore. D'abord il y a mon ancêtre Egill Skalla-Grimsson et mes aïeux, les rois norvégiens, enfin, dernier nommé, mais non le moindre, le roi

Harald Dent de Guerre de Danemark, le premier de ma lignée.

Salt Lake City est un endroit, naturellement, où la plus haute vérité est un peu compliquée par endroits, comme on doit s'y attendre, mais les faits les plus simples y sont plus en évidence que dans les autres villes. On ne peut pas s'y perdre. On peut voir toute la cité qui s'étend dans une cuvette au pied des monts Wasatch. Elle est bâtie selon les lois fondamentales de la logique et les premières figures élémentaires de la géométrie. On sait toujours où l'on est dans cette ville et on sait toujours tout de suite dans quelle direction et à quelle distance se trouve un autre endroit. C'est une ville où les points cardinaux ont été révélés aux habitants par le pouvoir et la grâce insondables de Dieu. Etait-il étonnant qu'un homme nouvellement arrivé d'un pays peuplé d'habitants, dont les genoux restaient fléchis à force d'avoir chevauché sur des chemins étroits, fût impressionné par le fait que Dieu eût ordonné par un écrit public que les rues fussent larges comme les champs de la ferme de Steinahlidar ? Etait-il vraisemblable que les rues de Sion, au Paradis, fussent plus larges que les rues de Sion sur terre ? Steinar pensa qu'il était préférable d'arpenter les rues lui-même que de se fier à des suppositions ou à des on-dit. Quand lui-même et le pasteur Runolf eurent mesuré les rues à certains endroits et qu'ils eurent constaté que nulle part elles avaient moins de deux cents pieds islandais de large, ils s'assirent sur le bord du trottoir, essuyèrent la sueur de leur front, sortirent papier et crayon et se mirent à multiplier la largeur des rues par leur longueur.

Le révérend Runolf demanda à Steinar s'il voulait voir la maison où Brigham Young, l'homme qui avait bâti cette ville selon les désirs de Dieu, logeait ses vingt-sept femmes. Steinar lui dit : « Volontiers et, tout bien considéré, j'estime que c'est un exploit aussi grand d'avoir tant d'épouses que de bâtir Sion, la cité de Dieu sur terre. » Ils arrivèrent à une longue maison en bois, dans laquelle étaient percées un tas de portes, toutes à côté les unes des autres. Pour la symétrie chaque porte avait juste au-dessus d'elle une petite mansarde, où chaque femme avait une sorte de boudoir avec une fenêtre. Toute la maison était exceptionnellement bien construite : le revêtement extérieur en planches était agencé avec beaucoup de soin et peint en gris avec une touche de bleu. Toutes les portes avaient le même chambranle et le même seuil, avec vingt-sept boutons de portes et autant de serrures. De chaque porte s'exhalait un air froid exempt de toute odeur d'habitat humain : il n'y avait aucune marque visible de doigts sur les portes ou les poignées. La maison était imprégnée d'une propreté immatérielle semblable à celle produite par la gelée ou à un mirage. A chaque fenêtre de mansarde il y avait, répétés vingt-sept fois, les mêmes rideaux blancs propres. Et tandis qu'ils étaient là dans la rue, retenant leur souffle et contemplant ces sanctuaires de propreté polis et silencieux, ils avaient la sensation que vingt-sept femmes se moquaient d'eux derrière leurs rideaux, et cela les gênait un peu.

Le pasteur Runolf murmura :

« J'ai honte de le dire, mais chaque fois que je regarde cette maison, cela me rappelle le monstre qui vint s'échouer aux îles Westmann, quand mon grand-père y était pasteur. C'était un monstre énorme, gluant, un lompe. Les gens l'attaquèrent et le frappèrent avec vingt-sept grands couteaux, mais le résultat de toute cette boucherie fut seulement d'ouvrir vingt sept gueules affamées. Quelquefois je ne peux pas m'empêcher de penser au ventre de Bouddha habité par dix mille femmes.

— Bien que l'endroit ici soit aussi tranquille qu'un cimetière, dit Steinar, et que personne ne semble vouloir nous mordre, il n'a jamais été considéré comme poli de regarder avec insistance les fenêtres des gens sans se faire connaître.

— Est-ce que nous ne devrions pas frapper à une porte et demander un verre d'eau ? Personne ne pourrait y trouver à redire », dit le révérend Runolf et il se mit avec une élégance toute cléricale à faire le geste d'ajuster sa cravate, qu'en fait il ne portait plus depuis qu'il avait cessé d'être le pasteur de Hvalsness.

« Bien que j'aie soif, j'aime mieux ne pas boire dans cette maison, dit Steinar de Hlidar. Je vous propose de continuer notre chemin. »

Quand ils se furent mis en route, il continua : « J'ai toujours eu pitié de ce pauvre Abraham, que Dieu força à prendre deux épouses, sans parler du vieux Salomon que Dieu châtia en lui en donnant trois

— Trois cents, rectifia le pasteur Runolf.

— Personnellement je ne vois aucune différence entre trois ou trois cents, dit Steinar. Je donne toujours le plus petit nombre. Bien des hommes avec une seule épouse sont enclins à penser que lorsque Dieu a créé les sacrements, il en a oublié un, le sacrement du divorce. Je suis marié depuis près de vingt ans, eh oui! Et cependant quand je me suis trouvé pour la première fois devant la porte de l'évêque Didrik et que j'ai été accueilli par les trois sœurs, j'ai compris que Dieu a toujours raison, aussi bien quand il a ordonné la monogamie que quand il a ordonné la polygamie : vingt-sept femmes, une porte; une femme, vingt-sept portes! »

Quand Steinar Steinsson avait entendu pour la première fois mentionner le mot « Tabernacle » et qu'on lui avait dit que c'était un coffre, il l'avait rattaché au mot « tabac » et avait cru que c'était une tabatière. Ce jour-là précisément il était enfin devant les portes de cette merveille d'architecture, la plus grande de l'hémisphère occidental. Elle était bâtie selon les mesures que Dieu avait indiquées à Brigham, à l'époque où les clous n'avaient pas encore fait leur apparition à Sion, la cité de Dieu, pas plus qu'aucun autre moyen de faire tenir ensemble un édifice. Cet édifice est plus bas comparé à sa longueur que toute autre construction de taille semblable. Les Islandais l'appellent la Maison du Verbe divin, c'est-à-dire de la bouche de Dieu, parce que ses proportions sont les mêmes que celles de l'intérieur de la bouche humaine. Les fidèles disent que c'est avec cette bouche que Dieu a parlé aux Pères de l'Eglise. L'acoustique y est si remarquable que si le nom du Seigneur est chuchoté à l'autel, on l'entend comme un hurlement à la porte. Steinar et le pasteur Runolf empruntèrent une épingle à une dame, d'allure distinguée, qui était en train d'examiner le miracle divin d'un air supérieur; et quand ils laissèrent tomber l'épingle dans la partie la plus reculée du chœur, tout le monde sursauta et crut qu'une barre de fer était tombée sur l'autel. Le pasteur Runolf se dirigea vers la dame et lui rendit son épingle, en lui demandant, d'un air assez suffisant, si elle était maintenant convaincue que la Sagesse divine, comme on l'appelait en grec, était plus présente là que dans n'importe quel autre pays. Steinar obtint alors la permission de grimper sur le toit de l'édifice et d'escalader les poutres et les traverses pour se rendre compte par lui-même des moyens exacts employés par la Sagesse suprême pour bâtir cet édifice, sans avoir à accomplir un pénible voyage de soixante-dix jours à travers le désert pour acheter des clous, et il fut assez surpris de découvrir que les savants architectes avaient eu l'idée d'employer des lanières faites avec des peaux de bœufs. Il y avait aussi là un orgue avec des tuyaux en bois, dont le bois avait été coupé dans quelque lointaine forêt magique. Tandis que les deux Islandais étaient dans le chœur, l'organiste vint jouer quelque chose de si beau que, plus tard, ils disaient que pendant que la musique se faisait entendre, ils étaient comme enracinés dans le sol, incapables de bouger un muscle. Bien qu'ils n'eussent jamais entendu de musique auparavant, ils furent si impressionnés par la pensée que Dieu avait pu conduire l'humanité jusqu'à ce point sur la route de la perfection, que les larmes coulaient encore sur leurs joues, quand ils se retrouvèrent dehors, en plein air.

Dans une cour, à une jetée de pierre à l'est, ils aperçurent une file de bœufs qui venaient d'arriver avec des traîneaux chargés d'énormes blocs de granit. Le pasteur Runolf dit que le temple principal de l'humanité était en voie de construction de l'autre côté de la rue. Déjà ses murs abrupts s'élevaient vers le ciel. Ce granit qui était unique au monde venait d'une lointaine carrière dans la montagne, au milieu du désert. Il fallait un mois pour hisser chaque bloc jusqu'à l'endroit choisi et des attelages de bœufs peinaient à ce travail jour et nuit depuis de nombreuses années. Les bœufs étaient là, bavant sous leur harnais, avec leur expression biblique éternelle. Ce n'était pas la première fois que cet animal aux pieds fendus traînait les matériaux destinés à louer Dieu comme Il le mérite. Le pasteur Runolf à ce sujet citait les pyramides, Borobudur, les ziggourats, la basilique Saint-Pierre et maint autre édifice.

Les deux Islandais restèrent un long moment à contempler les bœufs, qui attendaient là, ruminant, les yeux mi-clos, dans un repos divinement heureux. Les maçons arrangeaient les poulies et les palans et se préparaient à décharger les blocs de granit.

Steinar Steinsson ne put s'empêcher de dire :

« Il est étonnant de constater à quel degré la sagesse de l'homme l'a élevé! Il serait difficile de ne pas suivre des chefs élus qui se sont montrés aussi pratiques en affaires que le défunt Joseph Smith et son successeur Brigham Young. »

Le pasteur Runolf ne quittait pas du regard les bœufs. Exactement comme, quelques heures auparavant, ils avaient contemplé la maison aux nombreuses mansardes et que le pasteur avait fait allusion au monstre des îles Westmann, il fit alors une réflexion qui tomba comme la foudre du ciel bleu (et cela était peut-être la clé de cette énigme que peu de gens pouvaient expliquer : pourquoi un ministre aussi excellent dans cette communauté de saints n'avait-il pour fonction que de garder quinze moutons dont toute la qualité résidait dans la grosseur de leur queue ?).

« Je ne suis pas du tout impressionné, dit le pasteur Runolf, par le degré auquel la sagesse de l'homme l'a élevé; d'ailleurs ce n'est pas très haut. Ce qui me surprend réellement par ailleurs, c'est à quel degré leur imbécillité, leur absolue stupidité même, sans parler de leur complet aveuglement, a réussi à les élever. Toutes choses étant égales d'ailleurs, je préfère suivre la sottise de l'homme, car elle l'a mené plus loin que sa sagesse. »

Les bœufs avaient commencé à ruminer.

20. *Où l'on apprend à s'y connaître en briques*

Il est inscrit sur le registre des actes de baptême du temple sous le nom de Stone P. Stanford. Personne n'est très sûr d'où vient ce curieux P; certains pensent que c'est une idée du pasteur Runolf. Dans le chantier de la briqueterie, on mélange l'argile avec de la paille. La paille sert à lier l'argile. Quand les briques ont été moulées, on les fait sécher au soleil, ce soleil que le Dieu des armées a donné aux gens qui ont des opinions orthodoxes. Sous l'action du soleil, les morceaux d'argile poreuse se transforment en briques. La pierre qui dégringole des montagnes de Steinahlidar sur les champs de la ferme est de la mousse comparée à cette pierre d'Utah faite à la main et cuite au soleil par la grâce de Dieu. Cette briqueterie se trouve un peu au sud-est du monument élevé à la mémoire des seize Islandais qui furent parmi les premiers à traverser le désert. Avec la permission de l'évêque Didrik, Ronki emmena Stanford sur le chantier et appela les gens qu'il fallait pour lui enseigner les éléments de la fabrication des briques et lui fournir les matériaux. Steinar fit le tour du chantier, examina les briques et tâta ces murs étrangers comme un aveugle. Il s'initia aux différentes sortes d'argile. Un briquetier doit se lever tôt le matin et avoir une provision de briques moulées avant l'aube pour que le soleil ait assez de travail au moment même où il se lève. « Les Hymnes de la Passion disent que ce sont seulement les impies qui se lèvent tôt », dit un passant matinal, un homme d'une sainteté médiocre, qui déclara qu'il s'en allait chez lui se coucher. « En fait, ce sont ceux qui ne peuvent pas dormir à cause de leur méchanceté, comme le pasteur Runolf ajouta-t-il.

— Je trouve désolant de n'avoir rien sur quoi le soleil puisse briller quand il se lèvera, dit le briquetier. C'est pourquoi je pétris un peu de glaise.

— Le soleil brille sur un tas de choses, dit le passant, et pas toutes belles.

— Pour moi, rien de ce qu'éclaire le soleil n'est mal, dit Stone P. Stanford. Si la Loi universelle n'était pas tolérante par nature, elle n'aurait créé que du soleil et pas d'argile. Excusez-moi, mais d'où venez-vous à cette heure ?

— Puisque vous êtes si tolérant, dit le passant, je pense que je peux vous le dire. Je viens de voir mes maîtresses. Je suis luthérien.

— Vous devriez vous faire mormon, mon cher monsieur, dit Stone P. Stanford. Alors vous seriez libre de former des liens durables avec vos femmes.

— C'est bien cette liberté que je désire le moins, dit le Luthérien. Personne n'a mieux compris cela que le prophète Joseph. Il regardait avec envie tous les cercueils qui s'en allaient vers la tombe cet hiver-là, quand Dieu lui eut ordonné d'épouser sa sixième femme. Puis-je vous demander une petite faveur ?

— De quoi s'agit-il ? demanda le briquetier.

— Voulez-vous me permettre de cacher cette bouteille d'eau-de-vie dans un de vos tas de briques ? » dit le luthérien.

Les gens qui voulaient construire des maisons pour eux-mêmes ou pour les autres venaient jusqu'au chantier où se tenait le briquetier. Ils soupesaient les briques d'un air connaisseur et disaient que c'étaient de pauvres briques. Et pas droites par-dessus le marché. Une maison construite avec ça s'effondrerait bientôt. Stanford expliquait qu'il faisait ça pour s'amuser, pour apprendre à faire des briques. Il disait que depuis longtemps il désirait comprendre cette espèce de pierre : « Et de toute façon j'ai le sommeil léger, quand l'hiver est passé, et je n'ai pas de femme pour me retenir au lit le matin.

Où l'on apprend à s'y connaître en briques

— Il n'y a pas d'hiver à passer ici, disaient-ils. Ce n'est pas comme en Islande où les hivers durent. Je resterais couché jusqu'à midi, si je faisais d'aussi mauvaises briques, même si je n'avais pas de femme. Ces briques ne valent pas plus de la moitié de celles de l'évêque Didrik.

— Je n'aurais jamais imaginé un instant que mes briques vaudraient la moitié de celles de l'évêque Didrik, dit Stanford. Cela suffit pour moi. Servez-vous et faites-en ce que vous voudrez, mes amis. »

Ils s'en allèrent en emportant les briques de Stanford et en donnant peu de chose en échange. Mais bientôt d'autres arrivèrent, en disant qu'ils avaient entendu parler de ces briques et qu'ils voudraient bien y jeter un coup d'œil. Stanford en avait d'autres prêtes à ce moment. Ils dirent qu'elles étaient belles et en offrirent un haut prix et, qui plus est, payèrent comptant. Cet ancien fermier de Steinahlidar, qui n'avait presque jamais vu de pièces d'argent auparavant, était maintenant là, au milieu de la Terre promise, empochant une poignée de grands dollars d'argent. Le soleil brillait sur les pièces.

Après cela les gens continuèrent à venir, quelques-uns sur des mulets, et s'en allaient avec les briques qu'il avait façonnées et lui, restait là avec l'argent dans les mains.

Stanford sentit qu'il ne s'entendait pas encore tout à fait à la fabrication des briques, parce qu'il n'avait jamais assisté à une construction de murs et autres maçonneries avec ce matériau. Il obtint alors la permission d'accompagner ses produits jusqu'aux endroits où on devait les utiliser. Comme il a été écrit plus haut, les colons de la Fourche d'Espagne, les uns islandais, d'autres gallois, d'autres encore danois, étaient devenus si aisés à cette époque qu'ils étaient en train de démolir les cabanes que leurs saints pères, les voyageurs du désert, s'étaient construites, quand ils étaient sortis de leurs trous.

Il est évident qu'un homme qui descendait depuis de nombreuses générations d'habiles bâtisseurs de murs à Steinahlidar, qui n'avaient que les pierres tombées des montagnes pour tout matériau, apprendrait vite à poser des briques qu'il avait lui-même façonnées. Les gens commencèrent bientôt à admirer les murs qu'il édifiait et disaient qu'on ne voyait nulle part une telle symétrie dans la disposition des briques, sauf toujours celles que l'évêque Didrik avait posées lui-même. A la Fourche d'Espagne les gens suivaient l'adage allemand selon lequel personne n'est meilleur que le patron. Les gens demandaient comment il se faisait qu'un nouveau venu inconnu pût bâtir des murs d'une structure aussi artistique. Stone P. Stanford répondait : « La brique, par la grâce de Dieu, est la pierre la plus précieuse de l'humanité. C'est parce que la brique est rectangulaire. C'est ce que l'évêque Didrik m'a enseigné, quand nous avons bu ensemble l'eau de la source du Danemark.

— Est-ce que vous êtes mormon ou adorateur de briques ? demandèrent les gens.

— Dans la demeure de Brigham Young il y a de nombreuses portes », dit Stone P. Stanford. Et là-dessus il se mit à rire de son petit rire aigu.

L'habileté manuelle ayant été rapidement appréciée à sa juste valeur à la Fourche d'Espagne, le briqueteur eut beaucoup de mal à éviter de travailler jour et nuit pour d'autres saints. Bien que les paumes de ses mains fussent souvent douloureuses au début, surtout quand, bon gré, mal gré, il lui fallait empocher des poignées de pièces d'argent, il ne cachait pas qu'il pensait que la Providence, contrairement à toute attente, s'était montrée un guide d'une surprenante habileté durant les derniers temps.

Un soir de réunion à l'église, ayant été prié de s'avancer, il parla ainsi :

« " C'est ici ! " : voilà ce qu'a dit le chef inspiré de Dieu, raconte-t-on, quand la vallée du Lac Salé s'est ouverte devant les bœufs qui bavaient, avec du sang sur leurs sabots, et devant les hommes qui avaient réussi à traverser le désert, même si leurs enfants et leurs femmes bien-aimées étaient demeurés dans les sables. Parfois j'ai l'impression que je suis mort et que je suis arrivé au pays de l'Eternité. On dit de cette terre, dans une hymne que je connaissais autrefois, qu'elle contient un palais merveilleux, reposant sur des piliers et incrusté d'or, plus étincelant que le soleil. Certainement je n'ai pas souvent rêvé d'hériter ce palais pour moi-même, car je suis quelqu'un que le Seigneur n'a pas créé pour jouir d'un bonheur complet, mais plutôt pour mes petits enfants, que j'ai quittés, si beaux dans leur sommeil et pour la femme qui était si indulgente pour son mari. Maintenant quand je jette un regard en arrière, par-dessus l'océan, vers cette terre d'où je viens, je n'aperçois derrière moi qu'une côte dénudée et peu peuplée, comme on dit dans l'hymne. C'est là qu'est ma famille. Elle regarde vers la mer avec un air attristé. »

Les générations passent, obéissant à leur destinée, mais à la Fourche d'Espagne il restera toujours des maisons bâties avec tant de vénération par ce Stanford. Ses murs attirent les regards plus que d'autres et vous donnent envie de les toucher du doigt. Et cet homme, qui avait fait un coffret pour les empereurs et les rois avait la réputation d'être aussi habile à travailler le bois que la pierre.

Un jour, Stone P. Stanford était dans sa cour quand une femme s'approcha. Elle était jolie et bien habillée, mais plus de la première jeunesse; elle avait le teint pâle, mais était brune de peau, avec un regard voilé mais pénétrant. Elle s'arrêta, s'appuya sur la barrière qui entourait la cour et contempla la Sierra Benida, comme en extase. Le soleil était bas au couchant. Stanford salua la femme et quand en retour elle lui eut souhaité le bonsoir, sa voix légère et fragile trahissait plus de pitié pour soi et de désespoir que la situation ne le justifiait.

« Qui êtez-vous, ma bonne dame ? demanda Stanford.

— En fait je n'en sais trop rien, répondit-elle. Je suis probablement votre elfe. Vous ne m'avez certainement jamais vue, bien que je passe ici chaque jour à peu près à cette heure-ci, quand je me rends au magasin.

— Il passe bien des gens ici, dit Stanford, c'est une belle et large route.

— Ce n'est pas étonnant que vous n'ayez pas remarqué une horreur comme moi, dit la femme.

— A dire vrai, ce sont surtout les mulets qui attirent mon

regard, c'est si nouveau pour moi, dit Stanford. Ce sont des animaux si distingués.
— Je regrette, dit la femme, malheureusement je ne suis pas un mulet. »
Elle éclata de rire à la barrière. C'était comme si quelque chose de tendu intérieurement avait lâché.
« Ronki dit que vous vous appelez Stompi, dit la femme. Est-ce vrai ?
— J'ai honte de vous dire que, comme vous, je ne sais plus qui je suis, dit Stanford, encore moins comment je m'appelle. Hi! hi! hi!
— Ce n'est pas étonnant que vous ne vous connaissiez pas », dit la femme. A ce moment elle ne riait plus. « Tous ceux qui ne connaissaient pas leurs semblables ne se connaissent pas eux-mêmes. »
Le briqueteur cessa de songer à ses briques un moment et s'approcha de la femme à la barrière et presque furtivement se risqua à lui dire son ancien nom : « Je suis le vieux Steinar de Hlidar. Mais après tout peut-être pas. » Quand il fut reparti pour s'occuper de ses briques, il ajouta philosophiquement : « Eh oui, c'est bien ça.
— Et moi je m'appelais autrefois Thorbjorg Jonsdottir, dit la femme. Et maintenant, au mieux, je m'appelle Borgi et ma fille n'a pas de nom du tout.
— C'est vraiment extraordinaire, dit le briqueteur. Hum! Il a fait un temps tout à fait de saison, cet été, jusqu'ici.
— De saison ? dit la femme. Qu'est-ce que cela veut dire ?
— Je voulais dire seulement que Dieu ne peut jamais être trop loué pour le temps qu'il nous donne, comme pour tout le reste, dit le briqueteur.
— Est-ce qu'on ne le loue pas ici sans arrêt, dit la femme. J'ai remarqué qu'on n'était pas chiche de prières. Même si seulement on vous offre un verre d'eau minérale de la source, on vous sert une litanie avec. Pour moi, j'aimerais mieux une bonne tasse de café sans prières.
— C'est très vrai, mon dévôt monsieur, comme disait la

femme au fantôme (ou peut-être était-ce au diable), répondit le briqueteur. Et maintenant je vais vous raconter ce qui m'est arrivé. Après avoir bu de l'eau au Danemark, il y a près d'un an, j'ai perdu le goût du café. »

La femme soupira d'un air las : « C'est toujours comme ça, quand vous voulez régaler quelqu'un : il n'en a pas besoin. Quand tout le monde sera béatifié et au Paradis, on ne pourra plus rien faire de bien à personne. Ni de mal d'ailleurs. C'est comme en prison : tout le monde a tout ce qu'il lui faut. Je pensais que ce serait un véritable acte de charité que d'offrir une tasse de café à un étranger solitaire, quand bien même ce ne serait qu'une fois par semaine.

— J'ai honte de dire que je ne suis pas assez saint pour dédaigner une tasse de café, si on me l'offrait de bon cœur, dit le briqueteur avec un petit rire aigu. Au ciel, il n'y a pas que de l'eau minérale. Mais une fois par semaine, ma chère dame, n'est-ce pas trop ? Si nous disions : une fois par an ? Je pourrais peut-être vous aider un de ces jours en vous donnant une brique ou deux, si un de vos murs a besoin d'être réparé. Hum! A propos, est-ce que je vous ai bien comprise, ma chère dame ? Avez-vous dit que l'Evangile commençait à vous sembler indigeste ?

— Je crois ce que je veux », dit la femme de ce ton de voix agressif, qui ne la quittait pas, sauf quand elle éclatait de rire. Elle regardait fixement le chantier et, au-delà de son interlocuteur, de l'autre côté, la montagne. « Autrefois quand j'étais petite, quelqu'un a essayé de m'expliquer l'Evangile. J'ai tellement ri qu'on a dû m'emporter sur une civière. J'ai épousé un Joséphite.

— Ma parole! dit le briqueteur. Excusez mon ignorance. En quoi est-ce qu'il croit, votre brave époux ?

— Il croyait que le Sauveur viendrait bientôt, dit la femme. Il croyait que quand le Sauveur viendrait, il irait d'abord voir un homme dont je ne me rappelle plus le nom, qui habitait à Independence, dans le Missouri. Est-ce que je me trompe ?

— En tout cas, c'était une très bonne idée, dit le briqueteur.

Et puisque vous avez un mari, je voudrais bien avoir un entretien avec lui et que vous me permettiez d'aller vous rendre visite chez vous et boire un peu de café avec vous deux et discuter de ces choses surprenantes.

— Oui, je vous serais très reconnaissante si vous pouviez boire une tasse de café avec lui, dit la femme. Car, voyez-vous, il est parti pour Independence, dans le Missouri, il y a dix-huit ans, pour attendre que Jésus descende du Ciel.

— Independence, dans le Missouri. C'est extraordinaire! dit le briqueteur. C'est un endroit étonnant. Chez nous, en Islande, on nous enseignait toujours que lorsque le Sauveur reviendrait, il arriverait dans la vallée de Josaphat.

— Si le Sauveur revient vraiment, dit la femme, pourquoi n'irait-il pas à Independence, dans le Missouri ? Mais en ce qui me concerne, ça n'a aucune importance qu'il aille là ou ailleurs. Tout ce que je sais, c'est que mon mari a disparu.

— Oh! Vraiment? dit le briqueteur. Il a disparu? Vous avez toute ma sympathie.

— Oh! ce n'est pas la première fois qu'il y a des disparus ici, dit la femme. Ils disparaissent par bandes entières. Mais je crois qu'il est très pénible que les saints, qu'on peut encore considérer comme tels ici, dans la vallée, ne tendent pas une main secourable à une veuve respectable, au lieu de nous abandonner, ma fille et moi-même, aux Luthériens. Excusez-moi, mais puis-je vous demander si quelqu'un n'a pas laissé une bouteille d'eau-de-vie quelque part dans un tas de briques ? Si c'est le cas, je vous demande de me dire où elle est pour que je puisse la casser contre une pierre. »

21. *Du bon café*

A partir de ce jour, la femme apporta au briqueteur une fois par semaine du café dans une bouteille. Elle plaçait la bouteille dans une chaussette qu'elle cachait sous sa jupe. Il la remerciait chaque fois avec effusion de sa générosité et lui tendait le gobelet dans lequel il buvait d'ordinaire de l'eau. Mais jamais il ne buvait plus que la moitié de la bouteille et il demandait à la femme de remporter le reste chez elle.

« Mon mari buvait toujours toute la bouteille, dit-elle.

— Mais c'était un Joséphite », dit Stone P. Stanford. A part ça, il prenait soin de ne pas rappeler à cette femme comment les choses s'étaient passées avec son mari.

Alors la femme se mettait à rire.

Elle n'était pas particulièrement bavarde et quand il faisait quelque remarque, elle était si souvent préoccupée qu'elle n'entendait pas ce qu'il disait et n'était réveillée que par son propre rire.

« Mille remerciements pour votre café, disait-il.

— A votre service », disait-elle.

Mais quand elle lui eut apporté du café pendant quelques semaines, elle lui dit soudain à brûle-pourpoint : « Comment se fait-il que vous soyez mormon depuis tant de temps et que vous n'ayez pas encore de femmes ?

— J'en ai une et c'est suffisant pour moi, répondit-il et il ricana.

— Une seule femme, qu'est-ce que c'est que ça ? dit-elle. Ce n'était certainement pas considéré comme un nombre suffisant, dans la Bible, du moins. Peut-être n'êtes-vous pas un vrai Mormon ?

— Je connais quelques Mormons qui ne sont pas plus imparfaits que moi et qui n'ont pas de femme du tout, dit Stanford, citant comme exemple son camarade, le pasteur Runolf.

— Oh ! Ronki ? dit la femme et elle se mit à rire. Vous ne pensez sûrement pas que Ronki soit bon à quelque chose, dites ? Non, c'est un pauvre Luthérien que celui qui ne vaut pas mieux que Ronki.

— C'est le seul sujet sur lequel aucun homme ne peut formuler un jugement sur un autre homme, dit Stanford. Aussi ne dirai-je rien.

— Je ne serais pas surprise si vous étiez encore un peu luthérien au fond de vous-même », dit la femme.

Cette fois encore, le Luthérien revint juste avant le lever du soleil. Il se dirigea vers le tas de briques et ne trouva pas sa bouteille d'eau-de-vie.

« Je n'aimais vraiment pas beaucoup votre tête et maintenant je vois que j'avais raison, dit-il. Où est mon eau-de-vie ?

— Une femme est venue, dit le briqueteur. Elle a sorti la bouteille du tas et l'a brisée contre une pierre.

— Oh ! les garces, dit le Luthérien. Toujours les mêmes, jour et nuit. Elles vont jusqu'à fouiller un tas de briques pour vous voler votre dernière goutte de consolation.

— C'est une femme généreuse et capable, dit le briqueteur.

— Puisque vous leur avez permis d'en user ainsi avec mon eau-de-vie, je souhaite vivement que vous ayez l'occasion de les connaître mieux. Là-dessus, je m'en vais, insulté et sans avoir rien bu. Bonne nuit.

— C'est l'heure où il faut se lever, aussi je peux difficilement me résoudre à vous souhaiter bonne nuit. Mais néanmoins que Dieu vous assiste, même si vous me souhaitez malheur », dit le briqueteur.

Il accompagna son visiteur jusqu'à la sortie du chantier, comme un hôte doit le faire.

« Pour vous dire la vérité, vous devriez épouser cette femme, dit le briqueteur en mettant sa main sur l'épaule de son visiteur, quand ils atteignirent la porte.

— Je l'aurais peut-être fait si sa fille n'avait pas essayé de me refiler son enfant, dit le Luthérien, les larmes plein les yeux.

— Raison de plus, dit le briqueteur, embrassez l'Evangile et épousez les deux, mon ami.

— Les femmes sont une ruine, dit l'homme, en essuyant sa face avec sa manche. Ces dragons me traitent comme un jouet et me tourmentent. J'essaie de les plaquer, mais elles me poursuivent et disent qu'elles m'aiment. Si je n'avais pas d'eau-de-vie pour me consoler, je serais mort. »

Le briqueteur répondit : « C'est la différence entre les saints du dernier jour et les Luthériens. Le prophète et Brigham veulent donner aux femmes une part de l'honneur et de la dignité que l'homme possède aux yeux de Dieu. Les femmes, ce n'est ni du tabac ni de l'eau-de-vie. Elles veulent être des épouses dans une maison. C'est pourquoi l'évêque Didrik n'a pas seulement épousé Anna aux lunettes à monture de fer, mais aussi Mme Colornay et, finalement, la vieille Maria de Ompuhjallur aussi. »

La semaine suivante, quand la femme arriva avec son café dans une chaussette, Stone P. Stanford avait disparu. Il était parti poser des briques et peut-être même menuiser quelque part. Il était resté tout au plus une heure dans son chantier à attendre que le soleil exécute sa tâche journalière, à une heure du jour où ni les Mormons ni les Joséphites n'étaient réveillés.

Mais un jour vers l'automne, au moment où le chant des cigales est le plus bruyant et où les grenouilles coassent dans les étangs salés, il revint à son chantier.

« Eh bien, vous n'êtes guère fidèle, dit la femme en montrant sa tête au-dessus de la barrière. Vous m'avez fuie. Je n'aurais jamais cru ça d'un homme comme vous. Me faire attendre tout l'été avec mon café. Je commençais à croire que vous aviez disparu.

— C'est comme ça que nous sommes, nous autres briqueteurs, dit-il, nous disparaissons tout d'un coup. Eh oui!

— Avant de vous perdre à nouveau, je vais essayer de vous convaincre de venir chez moi, tout au bout de la rue, dit la femme d'une voix aiguë et froide. Je voudrais vous faire voir quelque chose. Tout semble s'écrouler sur ma tête autour de moi. »

Le soir suivant, il emprunta la poussette de l'évêque et mit dedans vingt-quatre briques pour les offrir à cette majestueuse et rêveuse couturière.

Elle habitait au coin de la rue, au numéro 307. La maçonnerie avait besoin de réparation, çà et là; c'étaient évidemment de pauvres briques. Il pensa aussi que le jardin était assez négligé. Mais, en revanche, il y avait un tas de pantalons aux couleurs gaies étendus sur une corde. Il sortit les briques de la poussette et les empila proprement à la porte. Elle sortit. Elle portait un tablier et son visage était tout rouge d'avoir fait cuire une tarte pour son visiteur.

« Où allez-vous avec cette poussette? demanda-t-elle.

— Je vous ai apporté quelques briques », dit Stone P. Stanford.

Les voitures d'enfant étaient une des choses tout à fait imprévisibles qui déclenchaient le rire chez cette femme; peut-être était-ce aussi les briques. Elle cessa ses rêveries; au lieu de cela elle ferma les yeux et se jeta tête baissée dans un océan de rire, où elle était renvoyée d'une vague à l'autre jusqu'au moment où le chagrin la rejeta sur le rivage, où elle ouvrit les yeux.

L'intérieur de la maison fit une impression favorable sur Stanford; elle avait nettoyé et mis de l'ordre dans la pièce et fermé toutes les portes. Les portraits du prophète et de Brigham Young aux murs étaient de vrais chefs-d'œuvre. Mais le briqueteur fut vraiment stupéfait de découvrir que, dans cet endroit, au beau milieu du plancher, on trouvait la preuve que le pasteur Runolf avait apportée à sa thèse que, dans l'Utah, l'homme avait acquis la prospérité grâce à l'orthodoxie de sa pensée : une machine à coudre. La machine se trouvait sur une table spéciale au milieu de la pièce, comme si on avait bâti la maison autour d'elle.

« Je n'aurais jamais cru qu'on trouverait cette machine chez un Joséphite, dit Stanford.

— Mais j'ai toujours cru que c'étaient les Joséphites qui avaient inventé la machine à coudre, dit la femme.

— Vraiment ? » murmura Stanford, en passant les mains sur cette reine des machines, prudemment et respectueusement, comme s'il avait rencontré un oiseau ou une fleur dans le désert. « Qu'est-ce que la propagation du Livre d'Or, si ce n'est une machine à coudre ? Cela me rappelle que, lorsque j'ai quitté l'évêque Didrik à Copenhague, où nous avons bu ensemble l'eau de Kirstine Piil, mon avenir me paraissait si sombre et mon âme si misérable, que je n'avais qu'un paquet d'aiguilles à envoyer chez moi à ma femme.

— Tout ce que je sais, c'est que les meilleurs parmi les « anciens » de l'Eglise viennent me voir avec leurs femmes et leurs filles, parfois à cheval, parfois en voitures suspendues. Dans ce placard, là, je peux vous montrer un tas de robes à moitié finies pour des gens de Provo, toutes faites de soie pure et à la dernière mode de la Nouvelle-Angleterre, et si décolletées que vous n'avez rien vu de semblable depuis que vous êtes sevré. »

Comme toujours son café vous réchauffait le cœur, comme on dit en Islande, quand on vous offre vraiment de bonne grâce une tasse de café. Il en but deux demi-tasses avec un long intervalle entre chacune, et chaque fois il se passait la main dans les cheveux (qui étaient tous tombés en fait à l'époque) soit parce qu'il sentait qu'ils se dressaient sur sa tête ou parce que son crâne se mettait à suer à cause de ce pouvoir indicible et secret du café. La femme le contempla avec intensité, plongée dans son éternel et sombre rêve intérieur. C'était une de ces femmes qui avaient reçu à leur naissance le don de freiner les muscles des coins de sa bouche, et cela modérait non seulement son sourire mais le bloquait littéralement. Et bien qu'elle fût secouée souvent par un spasme de rire involontaire, celui-ci était rapidement maîtrisé mais ne se changeait pas cependant en une grimace ou un pli, comme chez toutes les beautés du monde. La femme le contemplait fixement, d'un regard direct et pénétrant, en faisant de temps à autre d'une voix basse et traînante quelque réflexion inquiète. « Comment s'occupe-t-on de vous chez l'évêque ? demanda-t-elle.

— De la dinde et des airelles, ma chère dame, dit le briqueteur. Quand je regarde ces tables bien garnies dans ce pays de la Sagesse suprême, où l'on aligne côte à côte sur la planche les quartiers de plus de bêtes que je n'en peux énumérer, comme dans le millénaire, et un lait si riche qu'on l'appellerait de la crème chez les gens qui n'ont pas encore découvert la Vérité, est-il étonnant que je sois impressionné par ce que les gens peuvent réussir à faire sortir de ces marais salants, parce qu'ils possèdent la vérité. S'il n'était pas impie de parler ainsi, je dirais que ce qui manque à ce petit bonhomme venu d'Islande, c'est un peu de boudin aigre. Hi! hi! hi!

— Excusez-moi, mais avez-vous un endroit où coucher ? demanda-t-elle, perdue dans ses pensées.

— Comment ? dit le briqueteur. Où coucher ? Je ne peux vraiment pas me rappeler, ma bonne dame. Je n'ai jamais bien fait attention. Ça n'a aucune importance où l'on dort à Sion, la cité de Dieu, l'air est partout tout à fait agréable. Parfois on s'étend sur un banc dans le jardin, avec un paletot autour de la tête, à cause des mouches; parfois sur le balcon, même s'il pleut. L'été dernier, j'ai souvent passé la nuit dans mon chantier sur un tas de briques. Maintenant qu'il fait plus froid la nuit, je m'étends sur le plancher chez le pasteur Runolf. Mais j'avoue que je commence à me demander si je ne devrais pas me construire une petit maison, mais pas pour moi tout seul.

— Je comprends, dit la femme.

— Je vous ai sûrement déjà dit que j'avais une femme, dit-il.

— Est-ce qu'elle n'est pas de l'autre côté de la terre ? demanda la femme.

— Est-ce que cela ne dépend pas de quel côté de la terre on se trouve soi-même ? dit le briqueteur avec un sourire.

— De quelque côté qu'elle se trouve, est-ce qu'elle n'habite pas dans une maison là où elle est? dit la femme.
— Bonté divine! on peut mettre un nom sur toute chose, dit le briqueteur. Mais ce n'est pas tout! Cette brave femme m'a donné deux enfants!
— Est-ce qu'ils vont bien? dit la femme.
— Merci de me le demander, dit le briqueteur. Quand je les regardais dormir, lorsqu'ils étaient petits, leur bonheur paraissait si beau que je me sentais presque triste de penser qu'il leur faudrait s'éveiller. Un jour j'ai pensé que je pourrais leur acheter un royaume en échange d'un cheval. Mais le résultat a été maigre. Et cependant, qui sait? La nuit n'est pas encore finie, comme disait le fantôme.
— Je vous donnerai cette maison, dit la femme. La maison que nous habitons en ce moment. Si votre femme vient, je ne lui prendrai rien de ce qui lui revient. La seule chose que je demande en échange, pour ma fille et pour moi, c'est de partager l'état civil d'un honnête homme. »

Il ne s'était pas récité un poème depuis l'année où il avait fait son coffret, mais alors il se mit à se balancer d'avant en arrière et à chanter comme il avait coutume de le faire.

Elle offrait la pâtée
A la bête affamée.
Elle donnait un lit
Pour qu'à l'aise on dormît.

« Cette femme unique était pour moi la même chose que les trois épouses de l'évêque Didrik, les vingt-sept épouses de Brigham Young et les dix mille femmes que le dieu Bouddah a, dit-on, dans le ventre. »

Tout d'un coup les coins de la bouche de la femme se tendirent jusqu'au moment où elle éclata de rire. Elle rit longtemps et de bon cœur. Il s'arrêta de chanter et la regarda. Elle dit : « J'espère seulement que votre femme n'est pas comme le monstre qui s'échoua aux îles Westmann au temps où le grand-père de Ronki était pasteur. »

Elle poussa un soupir. Elle ne riait plus.

Il ne se laissa pas troubler, mais dit d'un ton plus dégagé : « L'indulgence de cette femme à mon égard n'était pas fondée sur le degré plus ou moins grand où je pourrais élever son état civil aux yeux des hommes et de Dieu, car je n'ai pas été assez viril pour lui donner quoi que ce soit, si ce n'est un paquet d'aiguilles. D'après cela, vous verrez, ma bonne dame, combien il est peu probable que je puisse rendre une autre femme plus estimable quand c'est tout ce que j'ai pu faire pour celle qui était toutes les femmes pour moi. »

Un peu plus tard, le briqueteur s'assit pour écrire une lettre à son bienfaiteur, l'évêque Didrik, qui était alors en voyage sur des routes lointaines. Il disait dans sa lettre qu'il n'était pas nécessaire d'essayer d'exprimer ses remerciements pour la doctrine que l'évêque lui avait apportée et qui avait cet avantage sur les autres doctrines que ceux qui y croyaient étaient prospères. Il disait que plus il contemplait le livre que Joseph avait trouvé sur la colline et que Brigham avait montré aux gens ensuite, moins il trouvait de valeur aux autres livres. « Il est difficile qu'on puisse douter qu'un livre qui peut faire fleurir les roses sur une branche stérile ne soit la vérité. Dans ce cas la vérité est quelque chose de différent de ce que nous pensions auparavant, dit le briqueteur, si c'est la conséquence d'un mensonge que le désert se soit transformé en verts pâturages ou en hectares de maïs et de blé d'or. »

Puis il décrivait abondamment comment lui-même s'était fait une situation à Sion, la cité de Dieu, qu'il appelait le Territoire de l'Utah, comme on l'appelait maintenant. Il était devenu briqueteur et maçon à la Fourche d'Espagne et dans les environs. On avait mis sous ses ordres d'autres briqueteurs et il avait reçu le salaire d'un contremaître. En outre, on l'avait forcé à accepter un double salaire pour s'occuper des charpentes. Il disait que la seule raison pour laquelle il avait accepté cet argent était la conviction certaine qu'il était maintenant dans le pays de la révélation divine. Il avait été élu instructeur auxiliaire de paroisse et il s'était préparé à recevoir les ordres, qui lui permettraient d'officier dans les cérémonies, à l'intérieur de la paroisse. Bien qu'il ne fût pas un orateur éloquent, le conseil lui avait également demandé de faire partie du comité de la « Société pour l'amélioration mutuelle des jeunes femmes », où l'on discutait de sujets tels que l'attitude convenable à adopter au cours d'une offre de mariage et comment harmoniser au mieux la conduite des jeunes pendant les fiançailles avec le mariage éternel, scellé sous l'autorité de la haute prêtrise. Un « ancien » de Salt Lake City avait dit que lui, Stanford, devrait se préparer à être élevé au rang de membre du conseil. « La seule chose qui me peine, dans tout ceci, écrivait le briqueteur, c'est que mon conseiller, le pasteur Runolf, l'homme le plus sage et le plus instruit de tous, n'ait pas été nommé avant moi à ce poste. Je ne puis me décider à accepter cette promotion tant que mon digne père spirituel n'aura pas obtenu d'avancement. »

Finalement il en arrivait à ce qui devait être le point principal de sa lettre. Il disait qu'il devait admettre qu'il avait parfois remarqué une certaine froideur à son égard de la part des autres. En vérité il avait lui-même des inquiétudes sur son incapacité à suivre la loi morale divine, en particulier à se conformer à la révélation divine concernant la sainte polygamie. Certes il n'oubliait jamais l'ordre de Dieu : que l'honnête homme et les vrais saints du dernier jour doivent s'unir à plusieurs épouses par les liens du mariage éternel et les délivrer ainsi de la solitude physique, de la détresse spirituelle et de l'absence de gloire aux yeux de Dieu. Il était effrayé de cette tragédie, écrivait-il, de voir des femmes, évidemment capables, qui méritaient de se marier par toutes leurs qualités, courant avec des Joséphites, tandis que leurs filles subissaient, dans leur jeunesse, le malheur de se mettre en ménage avec des Luthériens, de sorte que le nom de ces pauvres créatures ne pouvait plus être prononcé dans la bonne société. Il appréciait le glorieux exemple que Brigham Young avait donné au monde, quand il avait fait construire une maison pour ses vingt-sept femmes. Mais sa faiblesse à lui, Stanford, n'en était pas moins grande : en particulier il ne se sentait pas le courage de prendre la responsabilité de se charger de plusieurs femmes, alors qu'il n'avait pas encore rempli ses devoirs vis-à-vis d'un certain foyer qu'il connaissait bien, dans un certain endroit du monde.

Ses enfants — qui avaient été plus adorables que tous les autres dans leur sommeil — que ne méritaient-ils pas ? Tout, sauf que lui-même n'était pas assez viril pour les élever. « Quand ils ont atteint l'âge de s'éveiller, dans un monde qui n'était plus un livre de contes de fées, je me suis aperçu que leur présence me devenait de plus en plus insupportable, parce que j'étais absolument incapable de me montrer digne d'eux. » Voilà ce qu'il écrivait. Et la femme qui était si affectueuse et si accommodante pour son mari, il l'avait abandonnée et s'en était allé de son côté en emmenant un cheval et un coffret qu'il appelait le cheval de son cœur. Sans doute espérait-il acheter le bonheur avec ça au marché, ou tout au moins un comté. Mais il n'avait reçu qu'un paquet d'aiguilles.

C'est ainsi que se terminait la lettre de Stone P. Stanford, briqueteur, de la Fourche d'Espagne, à Sion, cité de Dieu, territoire de l'Utah, à l'évêque Didrik, Mormon, probablement en voyage dans le royaume de Danemark. « P.-S. Ci-inclus des billets de banque pour le prix du voyage de ma famille. Je vous prie de les amener avec vous quand vous reviendrez. J'essaierai d'avoir terminé la maison de briques que je construis pour elle. St. P. Stanford. »

22. *Les bonnes doctrines et les mauvaises*

« Ma doctrine est mauvaise, dit le Luthérien, et qui plus est, je ne peux pas justifier ma doctrine. L'homme qui a la meilleure doctrine est l'homme qui peut prouver qu'il a le plus à manger et de bonnes chaussures. Je n'ai rien de cela et j'habite un abri creusé dans la terre.

— J'ai déjà entendu cette chanson bien souvent, dit le pasteur Runolf : ceux qui n'ont rien à manger ou rien à se mettre ne cessent de déclarer leur aversion pour les gens qui ont beaucoup à manger. Et pourtant un des prophètes a dit que l'homme a besoin de manger et de se vêtir, s'il veut accomplir de vertueuses actions. Vous oubliez que toute chose contient un concept supérieur : la bonne soupe tout autant qu'une paire de bottes; les Grecs appelaient cela l'Idée. C'est cette qualité spirituelle et éternelle, dans toute existence et dans toute chose, qui nous fait vivre, nous Mormons. Si un individu est un incapable au point de n'avoir rien à manger, ni de quoi se chausser, ou s'il n'a pas le caractère assez viril pour se sortir d'un terrier, il n'est pas probable qu'il ait jamais une âme et qu'il gagne l'éternité.

— Ça m'est égal, dit le Luthérien. Personne ne m'empêchera de croire qu'Adam n'était qu'un pauvre être et qu'Eve ne valait pas mieux. »

A cette époque, on se disputait fort sur un certain dogme nouveau qui soutenait qu'Adam était de nature divine tout autant que le Sauveur, puisque Dieu lui-même s'était donné la peine de les créer spécialement tous les deux. Par ces paroles le Luthérien avait touché à un sujet qui excita vraiment la colère du « défenseur de la foi » dans le pasteur Runolf.

« J'aurais dû savoir que vous soulèveriez cette question, dit Runolf. C'est toujours l'indice qu'on est un ivrogne et un coureur de filles quand on se met à insulter le pauvre vieil Adam. Tout individu qui a quelque chose sur la conscience s'en décharge en l'accusant. Mais je peux vous assurer qu'Adam était un homme parfaitement sain d'esprit. Ceux qui traînent Adam dans la boue sont les enfants de la Grande Apostasie et de la Grande Hérésie. Croyez-vous que le Dieu des armées se serait avili en créant un vaurien ? Ou même un Luthérien ? Pensez-vous que lorsque Dieu créa Adam il ait employé une matière inférieure à celle qu'il a employée pour créer le Sauveur ? Je nie absolument qu'il y ait une différence fondamentale entre Adam et le Sauveur.

— Puis-je vous demander ce que votre Adam a jamais accompli ? dit le Luthérien. A-t-il fait de l'argent ? Je n'ai jamais entendu dire qu'il se soit procuré une maison, encore moins une voiture ou même une paire de chaussures. Il vivait probablement dans un abri creusé dans la terre comme moi. Et qu'est-ce qu'il avait à manger ? Pensez-vous qu'il avait de la soupe tous les jours de la semaine et de la dinde aux airelles le dimanche ? Je ne serais pas surpris s'il n'avait jamais eu un bon repas, sauf cette pomme que sa vieille sorcière lui a offerte. »

C'est ainsi qu'ils se disputaient ferme sur le chantier, nuit et jour, mais jamais avec autant d'acharnement que juste avant le lever du jour. Le pasteur Runolf prit l'habitude d'accrocher au passage le Luthérien, à l'aube, quand il revenait de chez ses maîtresses pour retourner auprès de sa femme, la Galloise, dans son abri. On n'a jamais très bien su dans quelle mesure cette espèce de troglodyte connaissait la théologie. Peut-être n'était-il pas l'ivrogne ou le coureur que le faisait croire sa vie de famille si choquante. Malgré tout, le pasteur Runolf le rendait directement responsable de l'hérésie de Luther en particulier et de la Grande Apostasie en général. Et peu importait la fatigue qui

Les bonnes doctrines et les mauvaises 183

accablait le Luthérien, il était toujours prêt à défendre Luther au milieu de la route. Il ne demandait à son antagoniste, le pasteur Runolf, que de lui permettre de jeter un coup d'œil dans le chantier où il restait toujours une petite goutte ou deux dans la bouteille soigneusement cachée dans un tas de briques pour se remonter, avant que sa femme ne s'éveillât pour lui lire le sermon du matin. Stone P. Stanford jamais ne révéla où le Luthérien cachait cette source de miséricorde, sauf la fois dont nous avons parlé plus haut. Mais dès que le Luthérien avait pris sa bouteille dans le chantier, aucun pouvoir au monde n'aurait pu l'empêcher de discuter sans fin avec le pasteur Runolf — dispute qui semblait avoir une vie indépendante par elle-même. Stanford, qui s'occupait à préparer au soleil sa tâche quotidienne, entendait souvent le bruit de la discussion assourdi par le chœur matinal des oiseaux : d'un côté l'alcool, de l'autre l'Esprit-Saint. Mais un jour on tourna la page, pour ainsi dire : on n'entendit plus que le chant des oiseaux et le grésillement des insectes, au lieu des discussions théologiques. Stanford apprit que le pauvre Luthérien avait quitté le district.

Le temps passa. Or il arriva qu'un soir, tard, alors que Stanford était sur le chantier de l'évêque, en train d'empiler des briques récemment cuites, une visiteuse apparut tout à coup devant lui, aussi brusquement qu'une vision. C'était une toute jeune femme, une de ces jeunes filles qui poussent si brusquement et irrésistiblement que la maturité physique arrive chez elles au moment même où elles finissent d'user leurs chaussures d'enfant. Elle avait un aspect plutôt dur qui était dû à quelque expérience gratuite du monde et ne savait pas comment répondre à un salut poli.

« C'est ma mère qui m'envoie, dit la fille et elle se mordit la lèvre au lieu de sourire. Je vous apporte du café.

— Ce n'est pas la première fois dans l'histoire des Mormons qu'on envoie à quelqu'un quelque chose de bon », dit le briqueteur.

Elle lui tendit une bouteille enveloppée dans une chaussette. Stone P. Stanford reconnut les deux : la bouteille et la chaussette.

« Sauf de revoir votre mère elle-même, c'est bien la meilleure chose qui puisse m'arriver, dit le briqueteur. Bien le bonjour à vous, ma chère, et mes plus vifs remerciements à toutes les deux. Recevoir du café encore cette année de Mme Thorbjorg, la couturière, je peux à peine croire à mon bonheur. C'était bien suffisant qu'elle m'ait donné du café quand j'étais tout à fait étranger ici, sans me combler de sa bonté, quand on peut me voir journellement et que tous les gens raisonnables ont découvert depuis longtemps quel individu ordinaire je suis. Et maintenant, ma petite fille, veuillez vous asseoir ici, sur ce tas de briques toutes neuves pendant que vous me donnerez les nouvelles. »

La fille s'assit sur les briques, se mordit la lèvre et resta silencieuse.

« Il y a longtemps qu'il n'y a pas eu de café dans mon pot, si toutefois je ne l'ai pas perdu », dit le briqueteur, tout en le cherchant partout.

Quand il eut retrouvé son pot d'étain, il s'avança et le tendit à la fille en lui demandant de verser le café. Il continua à bavarder avec elle pour ne pas rester tout à fait muet pendant qu'il prenait son café.

« J'avais l'idée que mon amie, Mme Thorbjorg Jonsdottir, avait une fille, bien qu'elle n'ait guère donné signe de vie la fois où je suis allé chez vous. Vous étiez déjà née, j'imagine, et pas de la veille.

— Je pense bien, dit la fille, en reniflant avec mépris. En fait, je travaillais déjà.

— Toutes les portes étaient fermées, si je me souviens bien, fit-il.

— Bien sûr qu'elles étaient toutes fermées, lui répondit-elle sèchement.

— C'est une bonne habitude et une excellente règle de fermer les portes, m'a-t-on appris en Islande, bien qu'il n'y eût pas trop de portes dans ce pays », dit le briqueteur.

À ces mots, la fille se redressa et dit d'un ton accusateur : « Tant qu'il n'y a personne enfermé à clef derrière.

Les bonnes doctrines et les mauvaises

— Oh! peut-être que tous les plaisirs ne se trouvent pas à l'extérieur, ma chère petite, dit le briqueteur.

— On nous appelle des Joséphites, dit la fille. Chaque fois que je sortais, les enfants se moquaient de moi en me criant que nous buvions du café.

— Les gens ont souvent la tête assez vide, dit le briqueteur. Et la plus grande stupidité, je crois, est de se moquer des gens qui sont différents de soi. C'était une maladie endémique à Eyrarbakki autrefois. De là, ça s'est étendu vers l'est jusqu'aux plaines de Rangriver, puis à toute l'Amérique. Certaines gens disent que c'est un acte abominable, impie, scandaleux, que de boire du café. Ces gens ont certainement raison en ce qui les concerne, en conséquence ils ne devraient jamais boire de café. Il y en a d'autres qui citent des livres de médecine pour prouver que le café est mauvais pour le cœur et aussi pour le foie, pour l'estomac et pour les reins, dans ce temple de Dieu qu'est le corps humain. Ces gens ne doivent pas boire de café non plus. Mais quant à moi, je bois toujours du café, quand je sens qu'on me l'offre de bon cœur, mais jamais plus d'une demi-tasse.

— Et d'ailleurs ce n'était pas seulement parce qu'on buvait du café, dit la fille.

— Je comprends, dit le briqueteur, vous viviez toutes seules. Mais tout de même cela a dû être une consolation de savoir qu'on avait un père qui était une personne réfléchie. Car personne sauf un homme réfléchi n'aurait quitté une femme aussi splendide que votre mère et une fille aussi pleine de promesse, pour recevoir le Sauveur à Independence, dans le Missouri.

— Il est possible que mon père ait réfléchi quand il a abandonné ma mère, dit la fille. Mais il n'a pas eu à réfléchir profondément quand il m'a abandonnée, parce que je suis née un an après sa disparition.

— J'ai vraiment honte de moi-même d'avoir été aussi grossier vis-à-vis de vous et de votre mère en n'allant pas chez vous faire les petites réparations à votre maison, comme je l'avais en quelque sorte promis. Mais on a peu de temps à consacrer aux amis, quand on travaille pour soi. Les briques sont quelque chose de difficile à comprendre, autant que le Livre d'Or lui-même. Et puis il y a le travail pour l'église à faire pour la paroisse tous les soirs et tard dans la nuit; et en outre on nous donne parfois des travaux à faire pour le comité que des gens illettrés comme moi trouvent difficiles et longs. Quels loisirs avons-nous ? Je n'ai encore jamais réussi à trouver le moyen de ne pas dormir la nuit, tout au moins jusqu'au moment où les oiseaux se mettent à gazouiller. Et ça ne va pas mieux maintenant où je suis en train de construire une maison. Mais je connais un homme excellent qui est un véritable ami pour vous.

— Le vieux Ronki ? dit la fille. Pour ce que j'en sais, c'est peut-être un type bien. Il peut, en tout cas, faire la chasse à d'autres gens qui ne valent pas grand-chose peut-être à ses yeux. Mais qu'est-ce que vous en tirez ? Ce qui reste de soupe à l'évêché le soir après le coucher. Je n'appelle pas ça un homme. Et je me moque pas mal des bribes de dinde desséchées qui restent parfois le dimanche soir.

— Vous avez beaucoup à dire, ma chère petite, dit le briqueteur. Voulez-vous me permettre de vous poser encore une ou deux questions ?

— Je ne pensais pas que vous seriez assez bête pour avoir besoin de me demander ce qui est arrivé, dit la fille.

— Ma parole, quelque chose est arrivé ? dit le briqueteur. Ici, à Sion, dans la cité de Dieu ?

— Tout le monde sait très bien que j'ai eu un enfant, dit la fille.

— Eh bien, maintenant que vous me dites que vous avez un enfant, ma chère, je vous souhaite encore plus de bonheur qu'avant, dit le briqueteur. Je crois bien, parbleu. En tout cas, pour changer de sujet, c'est avec grand plaisir que je laisse entrer ces chères cailles qui viennent parfois me rendre visite ici dans mon chantier, voyez comme elles sont agiles : elles courent de côté, exactement comme les chevaux sur un échiquier, hi! hi! hi! C'est un moment solennel, la première chose, le matin quand les oiseaux s'éveillent. Parfois à l'aube un homme passait ici; il disait qu'il était luthérien et citait toujours le verset sur les méchants dans les Hymnes de la Passion : " De bonne heure leur sommeil est troublé. " En fin de compte, on n'est plus sûr : quel est le plus grand pécheur ? L'homme qui se lève de bonne heure ou l'homme qui se couche tard ? Je me rappelle vaguement qu'il cachait une bouteille dans la pile de briques, là-bas.

— C'est lui, dit la fille. C'était l'amant de ma mère. Mais c'était un sacré mensonge de dire qu'il me donnait de l'alcool, comme tout le reste dont elle nous accusait. Même si on m'avait lié pieds et poings et que quelqu'un m'ait pincé le nez, je n'aurais jamais avalé une gorgée d'alcool. Mais c'est tout à fait différent quand on est enfermé à clef dans une pièce avec un homme qui a bu de l'alcool, comme le faisait ma mère parfois avec moi, quand elle était en colère contre lui. C'est comme si on était enfermé avec un bébé en bas âge, on essaie de s'assurer qu'il ne va pas se faire de mal et on essaie de l'amuser. Alors on lui donne le premier jouet qu'on a sous la main pour l'empêcher de pleurnicher. Etait-il luthérien ou autre chose, est-ce que j'allais le lui demander! Je n'ai même pas demandé ce que c'était qu'un Joséphite.

— D'où venez-vous, votre mère et vous ? Puis-je vous le demander ?

— Quelle question! dit la fille. Il vaudrait mieux demander ça à ma mère! Ou alors à Ronki. Il était pasteur en Islande du temps de ma grand-mère, quand elle, la vieille, fut convertie et s'enfuit avec les Mormons. Demandez à ma mère de vous raconter comment elle est venue ici dans sa jeunesse, longtemps avant que les trains commencent à marcher. Soudain, un beau jour, Ronki est arrivé en redingote, ayant fait tout ce voyage jusqu'au Royaume de Dieu pour essayer de les reconvertir à leur ancienne foi. Il officiait sur la colline, dans une horrible petite église qui ne peut pas contenir plus d'un mulet à la fois. Il avait placé une croix au-dessus. Mais il est arrivé trop tard. Ma mère était fiancée à un Joséphite. Alors lui-même embrassa l'Evangile et se mit à garder les brebis de l'évêque. C'est peut être un brave garçon, pour tout ce que j'en sais, et il nous a certainement aidées à acquérir une machine à coudre pour qu'on gagne notre vie. Et maintenant que nous l'avons vendue, personne ne voulant plus de notre travail parce que j'ai eu un enfant d'un gentil et que nous n'osons plus nous montrer dehors, même pour aller au magasin (d'ailleurs nous n'avons pas d'argent pour acheter quoi que ce soit), il ramasse les miettes des repas de la journée chez l'évêque et nous les apporte le soir. Mais ce n'est pas un homme. Et ce n'est pas un mensonge quand ma mère dit qu'on se noierait plutôt dans un marais salant que de prendre Ronki avec nous. »

23. *Livraison d'un paquet d'aiguilles*

Pendant ce temps, l'évêque Didrik avait voyagé à travers l'Islande durant deux années, prêchant la foi aux habitants et les baptisant par immersion. Il avait passé un hiver au Danemark à composer un tract pour les Islandais et l'avait fait imprimer. En Islande, il passa la plus grande partie de son temps dans les endroits où les Mormons n'étaient pas allés auparavant. Ses sermons suscitèrent très peu d'intérêt et lui valurent encore moins de rossées. Quant à son tract, cet apôtre déclarait que c'était le seul livre religieux qui eût été colporté à travers l'Islande avec la permission spéciale du roi de Danemark absolument contre la volonté du peuple, surtout celle des shérifs et le premier livre composé par un Islandais en islandais, dans lequel les idées religieuses n'étaient pas du tout empruntées au roi de Danemark. Il disait qu'il n'en voulait pas aux malheureux esclaves du roi de Danemark pour les corrections qu'ils lui avaient infligées : leurs coups avaient sur lui-même à peu près les mêmes effets que de l'eau sur la queue d'un canard. Du roi Christian Williamson, l'évêque Didrik disait et imprimait qu'il était la seule personne dans le royaume qui considérât le missionnaire officiel du prophète Joseph comme son égal en matière de foi, et pour cette raison il jouissait du respect absolu de l'évêque Didrik. En vérité ce roi était un compatriote du père spirituel des Danois, Luther lui-même. A cette époque, Didrik le Mormon avait été rossé si souvent et dans tant d'endroits, en Islande, sans aucun résultat, que la plupart des gens, pour ainsi dire, en étaient fatigués. Partout où l'évêque Didrik travaillait pendant sa tournée de missionnaire, il gagnait le respect de chacun, disait l'hebdomadaire Thjodolfur. Les Mormons ont une loi, édictée par Dieu et révélée par la bouche du prophète, que les apôtres de l'Evangile ne doivent pas se mettre en route avec une bourse, mais doivent gagner leur vie pendant toute leur mission. L'évêque Didrik avait été ouvrier pendant deux étés dans le Nord et avait travaillé sur un bateau de pêche, pendant une saison dans l'Est et pendant une autre dans l'Ouest.

Vers la fin du second été que l'évêque Didrik passait en Islande à cette époque, il se rappela qu'il avait une commission importante à faire dans le Sud à Steinahlidar, avant de quitter le pays : porter à une femme qui habitait là un paquet d'aiguilles, etc. Il avait promis cela à un homme, à Copenhague, près de trois ans auparavant. Il devait passer de ce côté-là en se rendant dans l'Ouest, à l'époque des rassemblements d'automne. Il ne transportait rien que son chapeau enveloppé dans un papier imperméabilisé, selon la coutume américaine; dans son havresac il n'y avait qu'une chemise, un pain de seigle et quelques bonbons pour les enfants. Ses tracts avaient été tous distribués. Ses bottes étaient toujours en aussi bon état. On disait que dans les sentiers pierreux des montagnes, là où les pierres coupent comme des rasoirs, et aussi sur les coulées de lave sans pistes, sur les sables et à travers les marécages, même lorsqu'il traversait à gué les rivières, il enlevait toujours ses bottes, les attachait ensemble avec les lacets, les jetait par-dessus son épaule et allait à pied. Cela lui avait gagné le respect des Irlandais.

C'était l'époque de l'année où le foin des prés de la ferme était ramassé et mis à l'abri depuis longtemps et les prairies les plus herbeuses fauchées. On raclait maintenant les endroits les plus clairsemés. Quand l'évêque arriva à Steinahlidar, il demanda son chemin pour aller à Hlidar. Les gens le regardèrent avec étonnement. Certains ne connaissaient aucune ferme de ce nom. D'autres lui dirent : « Vous voulez dire le terrain pierreux où Bjorn fait paître ses poneys sauvages ? »

Enfin il atteignit un endroit où la route principale passait devant une petite ferme en ruine. Il y avait là de hauts murs de pierres, la plupart en bien triste état. Les fameux murs de clôture en pierres sèches qui entouraient autrefois les champs de la ferme étaient en ruine, eux aussi, et, en certains endroits, il était évident que des ouvertures y avaient été délibérément pratiquées pour rendre l'accès plus aisé.

L'herbe avait été tondue de si près qu'il ne restait rien que des touffes de boutons d'or et là où l'humus avait été arraché du sol il poussait du mouron. Mais il y avait encore de nombreux animaux errants, des moutons et des poneys qui se régalaient de racines. Les pierres tombées de la montagne avaient suffi à rendre le champ de la ferme incultivable. La ferme elle-même était à l'abandon. Le toit avait été arraché et toute la charpente emportée. Les murs croulants avaient été envahis par les patiences. Deux linottes effrayées s'envolèrent et disparurent. L'évêque n'avait pas déjeuné et cependant il s'assit sur le seuil de la porte et se cura longtemps les dents avec un morceau de paille. Un air de désolation s'étendait sur toutes ces ruines.

« Il s'est passé de drôles de choses ici, dit enfin le Mormon à des passants qui l'avaient réveillé de sa léthargie.

— Qu'est-ce qui vous fait croire cela ? demandèrent-ils.

— Deux linottes viennent de s'envoler d'ici, dit le Mormon. Mon Dieu, où sont les habitants ? »

Il obtint peu de renseignements de ces passants, sauf que les habitants de la ferme s'étaient depuis longtemps éparpillés aux quatre vents. Le mari, croyait-on, s'était envolé et avait adhéré à l'hérésie des Mormons et l'agent commercial de Leirur s'était approprié la ferme. Selon certains, il avait fait un enfant à la fille, mais il ne l'avait jamais reconnu. Aucun des passants n'était assez bien renseigné pour savoir exactement ce qu'était devenu le reste de la famille. « Le conseil de la paroisse les a placés », disaient-ils. Les uns pensaient que c'était quelque part sur les plateaux, mais un autre pensait que certains d'entre eux du moins étaient sur la côte.

« Le foin est bien dru dans ce marais, dit l'évêque quand il trouva par hasard la fille en train de ratisser. Le terrain était plat à cet endroit et le pâturage courait comme une langue acérée jusqu'aux sables. Là, on entendait le grondement de tonnerre incessant de la mer sur les brisants de la côte sud. C'était sur les rives de l'une des rivières descendant de Steinahlidar. A cet endroit elle était redevenue calme, s'élargissait et n'était plus très propre.

La fille rejeta son capuchon humide en arrière et leva les yeux. Il s'avança vers elle, lui tendit la main et la salua. Elle le regarda fixement sans un mouvement du corps et sans expression.

« On m'a dit que c'était vous la fille, dit-il.
— Oui, murmura-t-elle. C'est moi la fille.
— Je ne peux pas me rappeler si je devais vous apporter des compliments, mais je vais le faire tout de même, je les rumine depuis assez longtemps, dit l'évêque.
— C'est de la part de ma mère ? dit la fille, et une étincelle de vie jaillit en elle.
— Non, du vieux Steinar. Je ne me rappelle pas exactement son nom de famille — de Hlidar en Steinahlidar — si vous le connaissez », dit le visiteur.

A ces mots la fille devint encore plus muette qu'auparavant, puis sa figure se décomposa soudain. Les jours de son enfance surgirent brusquement en elle, dans un éclair, quand elle entendit prononcer ce nom. Elle laissa ses larmes couler librement et silencieusement le long de ses joues, comme une enfant, sans baisser la tête ou essayer en aucune façon de cacher sa figure.

« Je serais venu vous voir plus tôt, dit-il, si j'avais soupçonné que les choses en étaient là. »

La fille lui tourna le dos, renifla bruyamment et se remit à ratisser.

« Je n'avais aucune idée de la situation jusqu'au moment où deux oiseaux se sont envolés des ruines de votre vieille maison, dit-il derrière le dos de la fille. C'est notre histoire à tous. Combien de fois des oiseaux se sont-ils envolés de nos propres ruines ! Asseyez-vous sur cette touffe d'herbe, ma chère enfant, pendant que je regarde s'il ne me reste pas quelque chose dans le fond de mon sac. »

Il sortit un bonbon de son sac et l'offrit à la fille. Elle cessa de ratisser, prit le bonbon et le mit dans sa bouche. Puis elle sécha ses yeux et le remercia. « Mais je ne peux pas m'asseoir, dit-elle, ici j'ai du travail.

— Vous êtes une honnête fille, dit-il. Mais quand un visiteur vient causer avec vous, personne ne peut vous ordonner de refuser de l'entendre. Politesse d'abord. »

Elle s'arrêta de ratisser, sans achever le geste commencé et se mit à nouveau à le regarder fixement.

« Comment vous appelez-vous ? demanda-t-elle.

— Je m'appelle Didrik, on m'appelle le Mormon.

— Alors c'est vrai qu'ils existent ? demanda-t-elle.

— A moins qu'ils ne soient tous morts subitement, dit l'évêque.

— Est-ce qu'il n'y a personne pour dire la vérité ? dit la fille.

— Je ne crois pas que votre père aurait fait tout ce voyage à travers la terre et l'océan s'il avait pensé que j'étais un menteur, dit l'évêque.

— Ce n'est pas la peine de continuer à me raconter des histoires à dormir debout, dit la fille. Est-ce que vous croyez que maintenant je ne sais pas si le ciel et la terre sont deux choses bien différentes ?

— Que ton règne arrive sur la terre comme au ciel, dit le Mormon. Est-ce là un sarcasme du Rédempteur ?

— Je ne comprends pas le langage de la Bible, dit la fille. En tout cas je ne le comprends plus maintenant.

— Le Royaume de Dieu est en Utah, qui est voisin du Paradis et sans fossé entre les deux, dit l'évêque. C'est dans ce royaume qu'est venu votre père.

— Ou il est vivant ou il n'est pas vivant, dit la fille.

— Aux yeux des Mormons, personne n'est mort. Pour nous il n'y a qu'un royaume qui existe et existera toujours, dit l'évêque.

— Oui, c'est bien ce que je pensais, dit la fille. Et maintenant il faut que je continue à travailler. »

Alors l'évêque parut quelque peu irrité.

« Et moi je dis non, dit-il. Vous ne continuerez pas ici ce travail, ni un autre semblable. Je suis venu vous chercher, tous, pour vous ramener à votre père. Où est votre pauvre mère ? Il y a aussi un frère, je crois. Oui, et ce n'est pas tout, si j'en crois les ragots que j'ai entendus. Conduisez-moi vers eux tous.

— Si je n'avais pas cessé de croire aux contes de fées, je penserais que vous êtes la Mort, dit la fille. Ou du moins la vieille sorcière Gryla. Excusez-moi, mais êtes-vous pasteur ?

— Je viens de la part de votre père, dit-il.

— Etes-vous sûr que vous ne vous êtes pas trompé d'adresse ? N'est-ce pas une autre fille que vous cherchez ? demanda-t-elle. Ne croyez-vous pas que vous avez mélangé les noms ?

— Ce n'était peut-être pas lui qui avait ce cheval ?

— Oui, nous avions un cheval, dit-elle.

— Et un coffret ?

— Un coffret ? dit-elle. Comment savez-vous ça ? Est-ce vrai que mon père est encore vivant, non pas selon la Bible, mais réellement, comme s'il était assis sur cette touffe d'herbe ? Est-ce que je ne rêve pas, comme d'habitude ? »

L'évêque découvrit le garçon à l'autre bout du district, où il travaillait pour gagner sa vie. Il était occupé à rentrer de la tourbe séchée portée à dos de poney. Il avait aussi de la tourbe dans les narines et dans la bouche. Le jeune garçon portait un chapeau beaucoup trop grand pour lui et qui couvrait une tignasse embroussaillée et décolorée par le soleil et la pluie.

« Tu sembles ne pas avoir eu les cheveux coupés depuis le premier jour de l'été, mon garçon, comme moi dans ma jeunesse, dit l'évêque. Qu'est-ce que tu comptes faire ?

— Je vais rentrer ces poneys et cette tourbe, dit le garçon.

— Laisse tout ça là, dit l'évêque Didrik.

— Mon patron les attend, dit le garçon. Il est en train de construire ses meules de tourbe. Je n'ose pas vous demander une pincée de tabac à priser ? Je n'en ai plus.

— Fais-moi voir ton nez ! » dit l'évêque. Il s'approcha du garçon et examina son visage. « Bonté divine ! C'est du tabac ! Je croyais que c'était de la tourbe! Ce n'est pas ton père qui t'a appris ça.

— Mon père est mort quelque part à l'étranger, dit le garçon.
— Je n'en suis pas aussi sûr que toi, mon garçon, dit l'évêque. Je crois qu'il n'est pas plus mort que moi!
— Je ne crois pas qu'il nous aurait laissés tomber à la charge de la commune, s'il était vivant, car il descendait d'Egill Skalla-Grimsson et des rois de Norvège et aussi d'Harald Dent de Guerre, dit le garçon.
— Va-t'en te laver le nez au ruisseau là-bas, et rince-le bien, pendant que je reconduis les poneys et que je les rends à leur propriétaire, dit l'évêque Didrik. Je vais te libérer de ton contrat de travail. Et puis je t'emmènerai avec moi pour te montrer si ton père est mort.
— Il a une terrible maladie ? demanda le garçon.
— Oh! les maladies courantes, mon garçon, dit l'évêque. Un rhume, quand il y a des rhumes dans le pays. Et peut-être un peu de ballonnement, quand il a mangé trop de crêpes à Noël, ou autre chose comme ça.
— Vous l'avez vu hier ? demanda le garçon.
— Oui, hier, il y a environ trois ans.
— Est-ce après qu'il avait disparu ?
— Tu peux dire que je l'ai vu partir, dit l'évêque.
— On l'a enterré ? demanda le garçon.
— Pas cette fois-là, mon garçon, même si on l'a souvent enterré depuis. »

Le garçon le regardait la bouche ouverte, l'air stupide; il retira son chapeau et se gratta la tête, se demandant comment il allait réagir devant ces nouvelles.

« Je pense quand même qu'il doit y avoir quelque chose de vrai, quand on raconte que mon père est mort », dit-il enfin, mais plutôt par entêtement que par conviction, et il regardait fixement l'évêque reconduisant la file de poneys à la ferme. Après avoir hésité un moment, cependant, le garçon s'en alla au ruisseau et se mit à se laver la figure.

La femme de Steinar fut retrouvée dans une ferme sur les

plateaux, où elle travaillait pour gagner son pain et celui de son petit-fils âgé de deux ans.

Elle était maintenant en très mauvais état de santé et incapable de travailler au-dehors. C'est pourquoi elle était employée à garder la maison, pendant que le fermier et sa femme travaillaient aux champs. Elle vint à la porte avec le petit Steinar. L'évêque Didrik la salua en lui serrant la main et plongea dans sa poche pour en extraire un morceau de sucre pour l'enfant.

« Les fermiers sont aux champs, eh oui, même si tard, dit-elle. Ils m'ont dit qu'ils y seraient jusqu'au-delà de six heures à couper du foin pour l'agneau du pasteur. Je vais vous y conduire.

— Qui êtes-vous, madame ? demanda-t-il.

— Je suis veuve, répondit-elle. Nous habitions Hlidar en Steinahlidar. Embrasse le monsieur pour le morceau de sucre, mon chéri. Je ne vous reconnais pas, et pourtant j'habite depuis des années sur le bord de la route principale. Vous devez venir de l'est.

— Vous pouvez le dire, dit l'évêque. Tellement de l'est que ça redevient l'ouest.

— Oh! mon pauvre homme, dit la femme. Je suis une pauvresse à la charge de la paroisse et j'ai bien peur de ne pouvoir jouer les maîtresses de maison. Mais je n'ai pas besoin de vous dire que mon pauvre défunt vous aurait invité à entrer et à reposer vos membres fatigués sur la couchette, pendant que vous nous donniez des nouvelles, s'il avait été encore des nôtres, ici à ma place.

— Votre bonne pensée vaut une invitation, dit le visiteur. Et je vous en remercie tout de même. Mais il se trouve qu'ici, en Islande, je me sens plus chez moi sur une borne pour attacher les bestiaux que sur une couchette. C'est à une borne semblable que nous nous sommes rencontrés pour la première fois, lui, l'homme dont vous parlez et moi-même. Vous demandiez des nouvelles, madame, je n'ai pas beaucoup de détails à vous donner, sauf un. Vous dites que vous êtes veuve, là je peux vous dire que vous vous trompez, ma bonne dame. Vous n'êtes pas plus veuve que moi. Votre mari m'a envoyé vers vous et m'a demandé de vous donner ce paquet d'aiguilles. »

Livraison d'un paquet d'aiguilles

La femme essuya toutes les brumes du monde de ses yeux d'une main, tandis que de l'autre elle prenait le paquet d'aiguilles. Pendant un long moment elle examina ce petit paquet de papier noir plié; sa vue était faible alors :

« Ces aiguilles sont commodes, dit-elle. Ce dont on avait souvent besoin est maintenant une nécessité. Si seulement ma vue était meilleure. Oui, j'ai entendu bien des histoires incroyables dans ma vie et cependant elles étaient vraies. Il y a des années que je sens cette faiblesse dans ma tête et mon cœur, de sorte que j'ai honte de dire que je ne sais pas très bien si je suis au Ciel ou sur Terre. Mais je sais toujours ceci : Dieu, qui est la Sagesse suprême, est toujours aux côtés de mon Steinar mort ou vivant. Pensez donc! M'envoyer un paquet d'aiguilles! Que le Seigneur soit loué! Et tout irait bien si j'avais seulement un bout de fil!

— Le Seigneur ne peut jamais être trop loué, ma bonne dame », dit l'évêque.

La bonne femme était tellement en extase devant ce paquet d'aiguilles qu'elle en oublia de poser d'autres questions. Ou bien sentait-elle que l'homme qui lui avait envoyé un paquet d'aiguilles devait être dans un tel état de grâce, au ciel et sur terre, qu'il était inutile de demander autre chose. En face d'un voyageur tout hâlé, venu de si loin, elle ne pouvait songer qu'aux fleuves qui constituent un si rude obstacle aux voyages dans cette région.

« Est-ce que les rivières ne débordent pas avec toutes ces pluies ? demanda-t-elle.

— Est-ce que vous vous intéressez beaucoup aux rivières, ma bonne dame ? demanda-t-il.

— Non, Dieu merci, dit la femme. Je n'ai jamais eu à traverser une rivière dans ma vie, sauf le ruisseau de notre ferme. Mon Steinar passait à gué les grosses rivières.

— Tout cela va peut-être changer, ma bonne dame, dit le visiteur. Je suis venu vous chercher et vous conduire vers lui. J'ai sa lettre ici pour le prouver. Je vais vous la montrer. Il est en train de vous construire une maison en briques.

— Excusez-moi, mais qui êtes-vous ? demanda-t-elle.

— Je m'appelle Didrik, je suis mormon, répondit-il. Etes-vous dure d'oreille, ma brave femme ? Je suis envoyé par votre mari, Stone P. Stanford, qui habite le Territoire de l'Utah, en Amérique. Il veut que vous alliez le rejoindre là-bas.

— Vous avez l'air calme et vos paroles inspirent confiance, dit-elle. Mais comme en ce moment je m'occupe de mon petit-fils ici, je ne pense pas pouvoir faire de grands voyages. Ma Steina est encore une petite fille, et le conseil de la paroisse a décidé qu'elle était trop jeune pour avoir l'instinct maternel. C'est pourquoi il m'a confié l'enfant. Maintenant j'y suis presque aussi attachée qu'à son grand-père. J'espère avoir toujours un Steinar à côté de moi tant que je vivrai. Mille remerciements pour m'avoir apporté ce paquet d'aiguilles. C'était un homme très doué et très habile et c'était une lumière. Oui, comme il aimait les enfants! Qui sait ? Peut-être descendra-t-il un jour des nuages parmi nous ? Et maintenant, il ne faut pas que je continue à m'amuser ici, il reste tout le travail à faire à la maison. »

24. *Steina va voir Bjorn de Leirur*

Tout appartenait maintenant à Leirur de l'autre côté de la rivière. Bjorn, l'agent commercial, avait acheté les fermes qui se trouvaient sur les plaines côtières, dans le tonnerre des vagues qui passaient sur les sables depuis mille ans. Il avait démoli les fermes et ajouté la terre à son propre domaine.

Un soir de la fin de l'été, comme elle revenait chez elle après avoir fauché dans l'obscurité et la bruine, Steina fit en sorte de rester en arrière des autres : oui, c'est moi, la fille. Tandis que les autres allaient dîner et reposer leurs membres fatigués, elle revint sur ses pas et se précipita du côté de la rivière. Elle connaissait l'ancien gué, que les vieux fermiers, disparus depuis longtemps, avaient utilisé autrefois. Elle avait construit un petit tumulus avec trois pierres à l'endroit où les poneys devaient traverser. Malgré l'obscurité, elle réussit à retrouver le repère formé par ces pierres. Alors elle se mit à traverser à gué. L'eau lui montait rarement au-dessus du genou mais, à certains endroits, le lit de la rivière était traître sous les pieds. Le jour, elle savait naturellement où il était sûr de traverser, mais la nuit elle ne pouvait pas distinguer les marques indiquant la terre; par deux fois elle trébucha dans des sables mouvants et dut faire marche arrière. A la troisième tentative, elle pensa qu'elle distinguait la rive opposée à environ quatre mètres d'elle, quand soudain, sans qu'elle ait pu rien prévoir, elle eut de l'eau jusqu'aux aisselles. Elle suffoqua et appela Dieu à son secours. Comme en bien d'autres occasions, Dieu ne fut pas long à réagir et lui construisit un banc de sable à un endroit où il n'y en avait jamais eu auparavant et qui s'élevait maintenant au milieu de la rivière. Et, au moment même où elle était en train de perdre pied dans l'eau glacée, elle réussit à grimper sur ce nouveau banc de sable. Heureusement la rivière était peu profonde de l'autre côté et bientôt la fille fut debout sur la rive herbeuse. Elle se mit alors à rincer ses vêtements.

Bjorn de Leirur était le seul paysan de la région qui se servît d'une lampe, bien que l'on fût alors encore en automne — mais rarement plus d'une soirée, car ce grand voyageur était rarement chez lui plusieurs jours de suite. Quand il était chez lui, il avait l'habitude de s'asseoir dans la pièce qui faisait face au levant. S'il n'était pas en train de bavarder avec des visiteurs d'ici, de là, d'un peu partout, il vérifiait ses comptes. Sa lumière était la seule qui brillât à l'intérieur des terres, et les soirs de fin d'été, on pouvait l'apercevoir de la route principale qui longeait la montagne. Parfois elle brillait toute la nuit. Ce n'était pas seulement le signe que l'agent commercial était chez lui : c'était la lumière du monde pour tout le district.

Steina était éreintée, après un été de travail pénible et de longues journées, à râteler le foin jusqu'à une heure avancée de la nuit. Mais maintenant, tout à coup, elle était comme un voyageur épuisé transporté par la brise en présence de chevaux bien reposés, ou comme si des ailes magiques avaient poussé à ses chaussures. Ses pieds la portaient légère par-dessus les bourbiers collants, les marécages et les fondrières, comme si elle était en terrain plat. Ces coursiers magiques avaient le pied si sûr et l'œil si perçant qu'ils ne bronchèrent pas une fois dans l'obscurité noyée de pluie, bien qu'ils ne connussent pas la région.

La lumière qui jetait ses rayons pâles sur la plaine se rapprochait, jusqu'au moment où la fille atteignit la maison même. Les grandes fenêtres du mur à pignon du rez-de-chaussée, au levant, étaient celles de son cabinet de travail, où sa lampe brillait d'un éclat intermittent. Les rideaux étaient tirés. Elle appuya sa figure contre la vitre et jeta un coup d'œil à l'intérieur. La lampe était posée sur le bureau. Il était assis, courbé sur ses papiers et ses grands livres, son nez touchant le papier, il tenait d'une main une loupe et de l'autre empêchait sa barbe de couvrir les pages. Elle frappa à la vitre avec le poing. Il tressaillit et leva les yeux. Il ne répondit pas comme d'habitude à haute voix à la personne qui le saluait en invoquant le nom de Dieu, mais posa un doigt sur ses lèvres en se tournant vers la fenêtre, comme pour avertir qu'il ne fallait pas faire de bruit. Puis il quitta la pièce. Il ouvrit la porte extérieure et longea à tâtons le mur de la maison jusqu'au coin, où il saisit l'étrangère. Il s'aperçut tout de suite que c'était une jeune fille et il l'entraîna à l'intérieur, à la fois la tirant et la portant. Quand il l'eut amenée dans la pièce, il ferma les rideaux.

« Quelle histoire, dit-il, et il embrassa la fille toute trempée. Vous êtes tombée ? Soyez la bienvenue de toute façon. Il y a longtemps qu'on n'était venu se jeter dans mes bras.

— Vous me reconnaissez ? demanda-t-elle.

— J'espère que vous ne vous êtes pas trompée d'homme, dit-il. Et même si c'est le cas, moi, je ne me suis jamais trompé de fille.

— Je savais que je n'aurais pas besoin de m'excuser avec vous, Bjorn, dit-elle. Il est peut-être tard, mais nous nous sommes déjà rencontrés la nuit, avant aujourd'hui. Nous autres, les filles, nous sommes sans doute toutes les mêmes. Je ne suis probablement pas la première à avoir eu peur de ne pas atteindre votre maison avant que votre lumière ne s'éteigne.

— Les vieux coureurs de femmes se couchent à toute heure, dit-il. Ils veulent laisser dormir leur femme aussi longtemps que possible. Nous regrettons vivement de ne plus pouvoir passer à gué les rivières glacées sur le dos d'un cheval, ce qui est la chose la plus agréable au monde après celle de s'endormir dans les bras d'un tendron. Nous sommes maintenant obligés de faire relâche malgré nous, au coin du feu, pauvres vieux que nous sommes.

— Je regarde tout le temps de l'autre côté de la rivière dans votre direction, depuis que la nuit vient de plus en plus tôt, dit-elle. Je vois des fois votre lampe brûler. Deux fois j'ai traversé la rivière à gué pour aller vous retrouver, mais chaque fois je suis revenue et je suis rentrée chez moi pour enlever mes vêtements trempés. Mais aujourd'hui j'ai fait tout le chemin. J'ai à vous parler, Bjorn.

— Est-ce que vous avez l'intention de discuter d'importantes questions avec un pauvre vieux comme moi, à cette heure de la nuit ? dit Bjorn de Leirur. C'est bon, dites ce que vous avez à dire, mon agneau, mais parlez bas, car la voix porte loin dans cette maison. Un jour je me construirai une maison en pierres. Maintenant, je vais allumer ma pipe. C'est à peu près la seule chose sensée que vous obtiendrez de moi, si je peux tirer quelques bouffées.

— Parce que nous sommes toutes les mêmes et qu'on ne peut pas se tromper sur les filles, je sais exactement ce que vous croyez que je vais vous dire, Bjorn, dit la fille. Eh bien, vous avez tort. Je viens vous demander ce que vous pensez de mon père.

— De votre père ? Qu'est-ce qui a bien pu lui arriver ?

— Pensez-vous qu'il reviendra un jour ?

— Pourquoi me demandez-vous cela ?

— Ça doit paraître drôle que je parle comme ça, dit la fille. Les autres gens ne comprennent pas combien nous lui étions attachés. J'avais l'habitude de prier Dieu tous les soirs de me permettre de mourir avant que mon père me lâche la main. Un jour il est parti sur le cheval blanc et est revenu à pied.

— Il aurait mieux fait de me vendre ce canasson, dit Bjorn de Leirur.

— Une autre fois, il est parti avec le coffret magique.

— C'est moi qui lui avais donné l'acajou, dit Bjorn de Leirur, s'apercevant enfin à qui il avait affaire et de qui ils parlaient. A propos, qu'est-ce qu'il y avait déjà dans le coffret ?

— Il y avait un grand tiroir pour l'argent, dit la fille. Et un autre divisé en un tas de petits compartiments pour l'or et les pierres précieuses.

— Pour quoi faire, que diable ? dit Bjorn de Leirur.

— Enfin il y avait un tiroir secret pour ce qui a plus de valeur encore que l'or, dit la fille. Mais il n'est jamais revenu, même à pied.

— C'était un drôle de type, à coup sûr, dit Bjorn de Leirur. Je crois qu'il vaut mieux qu'il reste où il est, ma chérie. Vous n'en seriez pas plus heureuse, si vous le revoyiez. Les gens disent que je ne fais pas grand-chose pour mes enfants, mais lui, qu'est-ce qu'il a fait pour les siens ?

— Il a fait beaucoup pour moi, dit la fille.

— Quoi, par exemple ? » demanda l'agent commercial, qui tirait maintenant furieusement sur sa pipe.

La fille dit : « Je me rappelle un jour à la porte d'une église. Il y avait là une foule terrible de chiens bizarres, comme toujours à la porte d'une église. Ils rampaient tout autour des jambes des gens. J'avais environ cinq ans, je crois. Tout à coup je me suis trouvée séparée de mes parents, je ne voyais personne autour de moi qui puisse me porter secours, si les chiens voulaient me mordre. Et je me suis mise à pleurnicher. Soudain une grosse main chaude a enveloppé la mienne. C'était papa. Il avait une main si grosse et si chaude! Et maintenant je suis venue vous trouver, Bjorn, parce que je n'ai personne d'autre à qui m'adresser et que je sais que vous me direz la vérité : est-il mort ?

— Quels mots absurdes! Quoi! Steinar de Hlidar mort ? Lui ? Il est mort comme moi. Vous ne savez pas qu'il est avec les Mormons, mon enfant ?

— Alors c'est vrai que les Mormons existent ? J'ai toujours soupçonné que lorsque quelqu'un était parti chez les Mormons cela revenait à dire qu'il était mort ou qu'il avait rejoint ses ancêtres. J'ai toujours pensé que les Mormons se trouvaient au ciel.

— Vous ne pensez sûrement pas que tous ceux que vous ne voyez pas de vos propres yeux, enfoncés jusqu'aux aisselles dans les marécages, sont morts et montés au ciel, dites, dit Bjorn. Si vous voulez des nouvelles de quelqu'un qui est mort, je vais vous dire qui : c'est moi. C'est moi qui suis tombé bien bas, dans le pétrin. Qu'est-ce que j'ai retiré d'avoir traversé à gué toutes ces rivières glacées jour et nuit pour rapporter de l'or aux gens ? Pas ça, sauf des rhumatismes. Et je suis à moitié aveugle avec ça. Non, mon enfant, Steinar n'est pas mort. Je suis sûr qu'il a au moins sept femmes là-bas chez les Mormons.

— Quand bien même il n'aurait qu'une femme à l'autre bout de la terre, ou même pas du tout, il est mort tout de même, dit la fille. Nous ne le reconnaîtrions pas. Autrefois il suffisait de voir la figure de notre père et alors tout allait bien pour nous dans le monde. Il n'avait pas besoin de parler. Ça n'avait aucune importance si une tempête de neige soufflait sur Steinahlidar, cette tourmente aveugle qui vient de l'est : à l'intérieur de notre maison, il faisait soleil. Même si nous n'avions rien à manger, ça ne faisait rien. Un matin nous nous sommes réveillés : il était parti. Tout être à qui nous avons dit adieu dans nos pensées est mort. Nuit après nuit, pendant l'hiver où il n'est pas rentré, quand j'avais mordu mes couvertures toute la nuit et que je sentais l'aube dans l'air et que ma bouche était sèche et enflée, Je me surprenais soudain à murmurer : " Mon Dieu, oui, oui, vous pouvez le garder près de vous, parce que vous avez créé le monde... " et avec ces mots, je m'endormais. »

Bjorn de Leirur rit sans conviction, se pencha et l'embrassa. « Vous pouvez être sûre, ma chérie, que le jour va venir où je n'aurai plus rien à manger et où il me faudra ramper autour de cette maison, aveugle et invalide; et alors vous apercevrez quelqu'un qui viendra de l'ouest et ce sera le vieux Steinar de Hlidar sur son cheval blanc avec ses sacoches de selle gonflées d'or et d'eau-de-vie.

— Je ne crois pas que j'oserais caresser le museau de son cheval, dit la fille. Celui qui revient n'est jamais le même que celui qui est parti. Et d'ailleurs, la petite fille de papa n'existe plus non plus. Personne ne sait ça mieux que vous.

— Ecoutez-la! dit Bjorn et il se mit à bâiller.

— Un homme est arrivé au village, dit la fille. Il est venu me trouver dans le pré aujourd'hui et il m'a dit de m'asseoir sur une touffe d'herbe, parce qu'il avait quelque chose à me dire. Il vient de chez les Mormons pour m'emmener. Il m'a dit qu'il était envoyé par mon père. Il m'a donné deux jours pour me préparer.

— Est-ce que vous êtes folle, ma fille ? dit le représentant, s'éveillant tout à fait. Savez-vous où se trouve cette ville d'enfer ? C'est de l'autre côté de la terre. Vous avez dû vous endormir sur le gazon et rêver tout ça.

— Alors j'ai rêvé aussi ma mort, dit-elle.

— Si réellement c'était un homme et même un Mormon, probablement ce démon des îles de la côte, qui rôde dans la région depuis quelque temps, d'après les journaux, qu'est-ce que vous allez lui dire, quand les deux jours seront passés ? Qu'allez-vous faire ?

— Oh ! pas grand-chose, je crois, dit la fille. Je vais simplement attendre dans les champs là-bas jusqu'à ce qu'il arrive avec ma mère et mon frère Viking et qu'il m'emmène moi aussi.

— Et l'enfant ?

— Quel enfant ?

— Notre enfant.

— C'est à vous, alors ?

— A qui croyez-vous donc qu'il est ?

— Je l'ai donné à ma mère.

— Personne ne fera un pas hors de ce district avec l'enfant, encore moins pour aller dans ce repaire de catins à l'autre bout du monde, dit Bjorn de Leirur.

— Vous avez toujours dit que l'enfant n'était pas de vous, dit la fille. Et il n'était pas à moi non plus, bien sûr. Il a juste commencé à pousser en moi tout seul, exactement comme lorsque Dieu a créé le monde du néant et s'est créé lui-même en même temps.

— Ce n'est pas la peine de chercher à être plus stupide que vous ne l'êtes, ma fille, quand vous me parlez, à moi, dit Bjorn.

— Est-ce que vous croyez que je ne savais pas que vous me faisiez quelque chose de bizarre, quand je faisais semblant d'être endormie ? demanda la fille.

— Il n'y a pas de pont entre un homme et une femme,

dit-il. Aucun homme ne sait ce que toute femme sait, et on ne le saura jamais jusqu'à ce qu'un couple de jumeaux, un garçon et une fille, naissent ensemble accouplés dans un seul corps.

— Qui cela regardait-il, ce que je savais ? dit la fille. Ma mère ? Mon fiancé ? Certainement pas. Peut-être que j'aurais dû me mettre à prêcher sur ce sujet au pasteur Jon. Jésus se moque de la façon dont les mammifères se reproduisent, comme disait le shérif. Et d'ailleurs on ne pouvait pas prouver que j'étais éveillée. Mais ces jours-là sont passés maintenant, comme les autres. Que j'aie rêvé ou pas, il y a une chose certaine : dans deux jours je ne serai plus là. »

Il mit ses bras autour de la fille, chaude et humide, la pressa contre sa barbe et son gros corps et la caressa.

« Appelez-moi encore une fois votre petite coquine avant que je parte et puis je m'en irai, dit la fille.

— Ma pauvre petite coquine, dit Bjorn de Leirur, en l'embrassant avec cette énorme barbe qui sentait le tabac et le cognac, j'irai demain tout droit trouver le shérif pour adopter l'enfant. Je passais à cheval cet été devant la ferme et je l'ai vu jouer dans l'herbe. Il ressemble à mon grand-père qui était un grand homme et un poète. Je vous promets de faire de ce garçon un shérif. J'en ferai un poète national. Allons le chercher. Vous ne passerez pas un autre jour dans ce marais. Ne pensez pas un seul instant que je vous laisserai retomber aux mains du conseil de la paroisse. Encore moins dans celles des Mormons. Je monte là-haut pour réveiller mes hommes et leur dire de seller les chevaux. Nous partons.

— Où donc ? demanda la fille.

— Aucune importance, nom de Dieu. J'en ai tout à fait assez. Je mets tout dans le même sac : les marécages, les naufrages, le cognac, l'acajou, les chevaux et ces projets ambitieux d'un vapeur avec ces types riches de Reykjavik, mes rhumatismes et le gros monstre des îles Westmann. Nous irons dans la direction de l'ouest ce soir et nous prendrons le bateau, vous et moi avec l'enfant et nous arriverons au pays des fées avant l'heure du coucher, avant les Mormons. Je file là-haut mettre mes bottes. »

Il relâcha son étreinte dans laquelle elle s'était pelotonnée à moitié suffoquée par sa barbe. Elle restait là, debout, au milieu de la pièce. Ses chaussures imprégnées d'eau avaient fait des mares sur le sol. Jusque-là, elle avait vu toute chose comme à travers un brouillard. Pour la première fois elle remarqua les fauteuils d'acajou garnis de cuir qu'il avait accumulés après de nombreux naufrages. Bien que dans cette pièce on ne pût guère que respirer, on ne pouvait échapper à l'odeur du cognac et du tabac. Un chat dormait, immobile, sur un coussin dans un fauteuil.

Le vent d'ouest continuait à précipiter la pluie en rafales contre les fenêtres. La fille restait là, plantée sur le sol et la mare, à ses pieds, s'élargissait sans cesse. Le chat continuait à dormir. Mais l'homme qui avait tenu la fille dans ses bras ne revenait pas. Avait-il perdu ses bottes ? ou les hommes, qui n'étaient pas couchés depuis longtemps, n'étaient-ils pas faciles à tirer de leur sommeil ? Ce chat n'est pas mort, sûrement, pensa la fille. Ou tout cela n'est-il qu'un rêve, même la mare sur le plancher. Elle s'approcha du chat qui dormait et le caressa. Il ne fit qu'entrouvrir les yeux et lever légèrement la tête, s'étirer et bâiller, puis il se rendormit. Peut-être pensait-il que cette fille étrange était son rêve à lui, et c'était peut-être vrai.

Enfin elle entendit dans la nuit des pas étouffés dans les escaliers et dans le corridor. Puis la porte s'ouvrit avec cette espèce de précaution prudente qui fait grincer les gonds. Une vieille femme entra, toute courbée, presque bossue, la face encore engourdie de sommeil et les mèches de ses cheveux gris tressées en nattes pas plus épaisses qu'une ficelle ordinaire. Elle portait une chemise de nuit si mal boutonnée qu'on pouvait apercevoir sa poitrine dont les seins pendaient flasques comme des bourses vides ; mais elle avait mis une jupe noire plissée avant de descendre pour faire connaissance avec sa visiteuse. En clignant des yeux, elle regarda cette fille toute trempée, lui tendit la main et lui demanda : « Qu'est-ce qui vous amène, ma fille ?

— Rien, dit-elle. J'avais un mot à dire à votre Bjorn. Je voulais le voir à propos de quelque chose.

— Est-ce que vous ne venez pas de Steinahlidar ? demanda la femme.

— Oui, je viens de Hlidar en Steinahlidar, dit la fille.

— Pauvre créature, dit la vieille femme. C'est vous qui avez perdu votre père ?

— Oui, dit la fille, il est chez les Mormons.

— Bonté divine, dit la vieille femme. En comparaison, c'est une bénédiction de savoir les siens au cimetière.

— Au moins ils n'en reviennent pas, dit la fille.

— Il est un peu tard pour faire des visites, ma petite, dit la femme. Il ne faut pas faire veiller trop tard mon pauvre Bjorn sans nécessité. Voyez-vous, c'est un vieil homme maintenant. Il est presque aveugle et a besoin de dormir toutes ses nuits.

— Je n'ai jamais considéré Bjorn comme un vieux, dit la fille. Les gens disent qu'il m'a donné un fils.

— Ah! oui, qu'est-ce qu'on ne dit pas de mon Bjorn, dit la femme. Mais vous êtes trempée, mon enfant ?

— Je travaille de l'autre côté de la rivière, dit la fille. J'ai traversé à gué.

— C'est bien de la part des jeunes de se louer pour travailler, dit la femme. Mais c'est terrible le relâchement des mœurs la nuit, à notre époque. Vous feriez mieux de vous dépêcher de regagner votre maison, pauvre fille, pour pouvoir vous lever demain matin. Je vais vous prêter mon manteau de voyage pour vous couvrir. Voulez-vous un morceau de sucre ? Malheureusement le feu sous la bouilloire est éteint. »

25. *Aventure de voyage*

Quand Bjorn de Leirur alla voir le shérif pour se plaindre qu'un agent étranger parcourait le pays comme un feu follet en vue d'acheter d'honnêtes gens pour le compte des Mormons, ce qui faisait courir à l'Islande le danger d'être dépeuplée, le shérif lui dit : « Des honnêtes gens ? Quelle sorte d'honnêtes gens? Vous voulez dire les indigents de la paroisse ou les héros des sagas ?

— Vous rappelez-vous la fille de Steinahlidar, qui a eu un enfant étant encore vierge ? dit Bjorn. Les Mormons ont réussi à mettre leur nez dans cette affaire, naturellement. Je songe à adopter légalement l'enfant.

— Bon Dieu! vous allez adopter tous les enfants que vous avez reniés sous serment ? Vous allez ridiculiser ma charge, dit le shérif.

— C'est un mensonge, je n'ai jamais renié cet enfant sous serment, dit Bjorn de Leirur. D'ailleurs je ne pouvais rien faire, puisque sa mère répétait que c'était une conception immaculée.

— Oui, on me prend pour un idiot, dit le shérif, pour ne pas vous avoir envoyé en prison. C'est là que vous devriez être.

— Rouvrez le dossier comme si rien n'était arrivé, dit Bjorn. Je demande qu'on empêche les gens de Hlidar de quitter le pays pendant l'enquête.

— Avez-vous réfléchi au genre de service que vous rendez aux contribuables en interdisant aux indigents de la paroisse d'émigrer ? dit le shérif. Je connais des conseils paroissiaux qui remercient Dieu qu'on leur permette de payer à ces gens-là leur voyage jusqu'en Amérique.

— C'est bien, je vais prendre l'affaire en main moi-même, dit Bjorn de Leirur.

— Ça vous regarde, mais ne me mêlez pas à cette affaire et essayez de ne pas aller en prison. Et maintenant parlons de quelque chose de plus agréable. Voulez-vous un peu de cognac ?

— Quel genre de cognac ? demanda Bjorn de Leirur.

— De la fine Napoléon, dit le shérif. Et maintenant parlons de quelque chose qui en vaille la peine... Nous avons eu une offre de la part d'un patron de chalutier anglais, un gros bateau, mon vieux. Il marche à la vapeur. En une seule saison, il peut attraper autant de poissons que tous les marins pêcheurs de cinquante ports de pêche islandais. Sur un bateau comme ça, il n'est pas question que les hommes restent étendus sur leurs couchettes toute la journée, à lire les histoires des sagas, en attendant que le temps s'améliore. Dans quelques années, sloops et goélettes seront la risée du public et personne ne saura ce que c'est qu'un bateau à rames. Il ne faut plus qu'un dernier voyage à notre compagnie pour être constituée, à Reykjavik. Si quelques personnes solides donnaient mettons cinq cents acres de terre et un peu d'argent comptant en supplément, un étranger est prêt à nous garantir un emprunt auprès d'une banque. Au bout d'un an nous tirerions à l'écope de l'or de la mer. »

Bjorn de Leirur dit qu'il regrettait, mais qu'il était complètement à plat et souffrait de mille cauchemars. « C'en est fini de moi. Et de toute façon, je ne comprends rien aux grandes affaires. Tout ce que je sais faire, c'est de recevoir de belles et brillantes guinées des Ecossais, en échange de chevaux et de moutons sur pied. Comme vous le savez, continua-t-il, cela a toujours été mon idéal de rétablir la monnaie d'or en Islande. J'ai passé quelques-uns des moments les plus heureux de ma vie à compter l'or pur que je remettais dans les mains des fermiers et à les voir hausser les sourcils. Très peu de ceux à qui j'avais affaire connaissaient ce métal. Certains d'entre eux me disaient qu'ils croyaient que l'or n'existait que dans les ballades. L'un d'eux me dit que tout l'or était faux. Tout l'or pur avait été englouti au fond du Rhin à l'époque de l'Edda, me dit-il. Voilà l'espèce d'hommes avec lesquels je peux faire des affaires, pas avec les grands types de Reykjavik, encore moins avec des banquiers étrangers. »

Le shérif offrit de lui prêter des statistiques anglaises sur les bénéfices des chalutiers, mais Bjorn de Leirur lui dit qu'il avait la vue trop faible maintenant pour lire des statistiques et la tête trop faible aussi pour faire des additions. Le shérif sortit cependant les statistiques et lui lut quelques chiffres et les lui expliqua.

« Oui, c'est peut-être bien pour les Anglais, dit Bjorn de Leirur. Mais il y a une différence entre Pierre et Paul. Je ne sais pas comment je pourrai surveiller mon argent une fois qu'il sera sur un chalutier.

— Un chalutier est un chalutier, dit le shérif. Et les poissons ne sont pas encore assez sensés pour se demander, avant d'entrer dans un filet, si celui-ci appartient à Bjorn de Leirur ou à un Anglais. Je ne vois pas pourquoi les étrangers ramasseraient tout le poisson autour de nos côtes d'Islande, pendant que nous resterions assis sur le plancher des vaches à lire des romans d'aventures et à attendre le beau temps, ni comment un type de progrès comme vous peut continuer à tondre ces paysans qui sont cloués ici, enserrés entre la rivière et la côte. Pour ma part, j'avoue que je frémis quand on m'appelle le shérif de ces gens-là. Voilà une occasion pour nous deux, vous et moi, de faire la nique aux Anglais. »

A la fin, ils commencèrent tous deux à faire des calculs. Ils firent toutes sortes de calculs tout le reste de la journée et restaurèrent l'économie nationale de l'Islande sur le papier et expédièrent les indigents de la paroisse et les héros des sagas en Amérique pour alléger les charges des contribuables. Il n'est pas étonnant que les Mormons aient été oubliés dans l'affaire.

« Puisqu'on ne peut pas vous convaincre de jeter l'interdit sur ces négriers venus de la Mormonie, j'irai trouver moi-même mes fermiers des basses terres. Je n'ai pas l'habitude de permettre à un avorton de shérif de se moquer de moi, dit Bjorn de Leirur incidemment, quand il fut remonté sur son poney, ce soir-là.

— Tâchez de ne pas aller en prison et puis revenez me voir », dit le shérif en le quittant.

Et maintenant disons un mot de la rencontre qui eut lieu à la rivière Jokuls.

De bonne heure le matin suivant, on put voir une troupe peu nombreuse et assez peu martiale qui avançait péniblement le long de la route principale qui part de Steinahlidar et se dirige vers l'est. Dans le chariot se trouvait Didrik, le Mormon, conduisant pieds nus un vieux poney de bât chargé d'un tas d'objets, d'un bric-à-brac qui ne mérite pas une description précise et détaillée dans un livre. Derrière lui suivait la famille dont les Mormons s'étaient emparés : l'épouse, sa fille et le jeune Viking qui, de l'avis de l'évêque, n'avait pas eu les cheveux coupés depuis le premier jour de l'été. Il ne faut pas non plus négliger le fait que l'évêque Didrik, en plus de ses bottes, et de son chapeau jetés par-dessus son épaule et ses pieds nus, comme on l'a dit plus haut, portait aussi dans ses bras le petit enfant qui était la source de tout ce mystère dans le pays. Et maintenant, par-dessus l'épaule de l'évêque, l'enfant ouvrait sa main pour montrer les montagnes qui disaient adieu à ces gens.

« On dirait qu'il veut emporter les montagnes avec lui, dit sa mère en riant.

— Il en aura d'autres et de plus belles, comme la Sierra Benida, où le soleil se lève sur ceux qui ont des pensées orthodoxes, dit l'évêque Didrik. Sans parler du mont Timpanogus, qui porte le nom d'une dame peau-rouge et est couvert de peupliers dont les feuilles tremblent.

— Puis-je demander où va cette troupe ? » demandèrent les passants, en s'arrêtant au milieu de la route pour regarder ces gens qui, n'ayant pas de poneys, ne semblaient pas bien reluisants, quoiqu'il y eût parmi eux une jeune femme au teint frais dans le plein épanouissement de la jeunesse.

« Si on vous a envoyé pour le demander, mon garçon,

répondit l'évêque Didrik, eh bien! sachez que nous sommes en route pour le Paradis sur terre, que les méchants ont perdu et que les bons ont retrouvé. »

Le passeur et sa femme donnèrent aux voyageurs du lait caillé, puis du café avec de la crème dessus, en disant que c'était très sain et ils leur apprirent cette nouvelle : « Il y avait ce matin des hommes dans les environs, dont quelques-uns ne semblaient pas des gens négligeables, avec des chevaux dignes de leur importance. Ces gens-là ne daignent jamais demander le bac quand ils arrivent à une rivière. Leur chef n'avait rien d'un mendiant.

— Est-ce que cela me regarde ? dit l'évêque Didrik.

— Non, mais ils désiraient peut-être vous parler.

— Ils avaient peut-être l'intention de me frapper, dit l'évêque.

— Je ne sais pas, dit le passeur. Mais vous feriez mieux de vous mettre à l'abri ici jusqu'à ce qu'on aille chercher le shérif.

— Je ne ris jamais plus fort que lorsque j'entends mentionner le nom de shérif », dit l'évêque Didrik. Mais il ne rit pas, car c'était un art qu'il n'avait jamais appris.

Quand ils arrivèrent au bac, ils aperçurent des hommes à cheval sur la rive opposée. Ils paraissaient attendre quelque chose et surveillaient attentivement Didrik et ses compagnons. L'un d'eux porta une longue-vue à ses yeux.

La femme du passeur tira la fille à part, en lui disant adieu à l'extrémité du champ de la ferme.

« Regardez-le, là-bas avec sa longue-vue, prêt à vous arracher l'enfant, quand vous mettrez le pied sur la rive, de l'autre côté. Souvenez-vous de ce que je vous ai dit il y a deux ans : faites payer ce coquin, ne lui laissez l'enfant que contre une somme vraiment grosse et comptant.

— Ne vous en faites pas, mon ami », dit l'évêque Didrik au passeur. Il s'assit avec soin sur l'herbe et mit ses bottes. Puis il mit son chapeau, tel qu'il était, c'est-à-dire enveloppé dans son papier imperméabilisé. Enfin ils transportèrent leurs bagages et le bât sur le bac et laissèrent le poney traverser librement à la nage.

Ils n'avaient pas plus tôt poussé le bac que ceux qui attendaient de l'autre côté se dirigèrent vers le point d'accostage en face. Certains d'entre eux descendirent de cheval, d'autres restètèrent sur leur monture. Ils échangeaient des remarques ironiques et riaient bruyamment. On ne voyait aucune arme, mais cependant Bjorn de Leirur avait mis ses bottes et se tenait sur l'autre rive. Il essayait de régler son télescope, mais son poney ne le lui permettait pas : il tirait sans arrêt sur les rênes que tenait Bjorn, piaffait et mordait son frein, renâclant et essayant de frotter la bride contre ses pattes ou contre l'épaule de son maître.

Quand il fut évident que le pasteur Didrik était résolu à traverser la rivière, le passeur rangea ses passagers dans l'embarcation, les femmes à l'arrière et le jeune Viking sur le banc à côté de lui. A l'avant, était assis l'évêque, avec l'enfant dans les bras endormi et enveloppé dans une couverture. La rivière n'était pas profonde sur la rive la plus proche, mais elle le devenait de plus en plus jusqu'à devenir un courant aux eaux rapides, à mesure qu'on se rapprochait de l'autre rive. La technique du passeur était de ramer d'abord à contre-fil, là où l'eau n'était ni profonde ni rapide, et puis de laisser, ensuite, le courant porter le bateau en aval tandis que lui-même gouvernait avec une rame en direction du point d'accostage. L'évêque Didrik, cependant, demanda au passeur de se diriger tout droit sur la troupe des cavaliers. « Car il faut que je leur parle, dit-il, avant d'entrer dans le courant. »

Le passeur répondit : « Si nous traversons directement, nous entrerons dans le courant juste à l'endroit où il se jette dans la rivière et alors ou nous serons renvoyés vers cette rive-ci ou nous dériverons sur un banc de sable.

— Cela se peut, dit l'évêque. Mais je veux parler à ces hommes pendant que je suis sur la rivière plutôt que d'être jeté impuissant sur la rive à leurs pieds.

— Je ne réponds pas de ce vieux rafiot, qui ne tient que par habitude et qui pourrait se disloquer, si je changeais la direction que je lui ai donnée depuis une génération. Il ne peut résister à la force du courant que du côté où il a l'habitude d'aller.

— Soyez sans crainte, mon garçon, je suis l'évêque », dit Didrik.

Le passeur dirigea l'embarcation dans la direction que lui avait indiquée l'évêque. Lorsqu'ils atteignirent l'endroit où le courant était le plus fort, Didrik dit au passeur de maintenir le bateau sur les avirons. Puis il interpella les hommes sur la rive opposée :

« Est-ce que vous attendez quelque chose, bonnes gens, ou voulez-vous nous parler ?

— C'est un bac public, dit Bjorn de Leirur.

— Il ne me paraît pas indiqué que des hommes ayant de si beaux chevaux s'entassent dans ce petit baquet, dit l'évêque. Pourquoi ne traversez-vous pas à gué ? En tout cas, qui êtes-vous ?

— L'agent commercial de Leirur, fut la réponse.

— Ça ne m'impressionne pas beaucoup, dit l'évêque Didrik.

— Je sais qui vous êtes, continua Bjorn de Leirur. Et laissez-moi vous dire que nous n'avons pas besoin de demander à un timbré de Mormon comment nous devons voyager ici dans le Sud. »

L'évêque Didrik répliqua : « Puisque vous m'appelez un timbré de Mormon, eh bien! nous allons confronter nos opinions. Je vous mets au défi. Ainsi on verra lequel de nous deux a les opinions les plus orthodoxes, on verra lequel est le plus riche, quand on fera le compte final. »

A ce moment Bjorn de Leirur commença à se mettre vraiment en colère.

« Je n'ai aucune opinion, et heureusement, avant sept heures du soir, dit-il. Alors je sais si j'ai besoin d'un bifteck ou de viande salée, cria-t-il, et tous ses partisans se mirent à rire. Et maintenant cessez de rester là au milieu de la rivière, l'enfant va attraper froid.

— En quoi cet enfant vous intéresse-t-il ? dit le Mormon.

— Je viens le chercher. Je vais l'adopter.

— Qui vous a donné les papiers nécessaires pour ça ? demanda le Mormon.

— Les autorités gouvernementales sont de mon côté, dit Bjorn.

— Si vous voulez dire les shérifs, mon ami, ils peuvent aller au diable, dit le Mormon. Mes papiers à moi m'ont été donnés par le roi Christian Williamson lui-même. »

Didrik demanda alors au passeur de laisser le bateau dériver sur le courant mais de prendre soin de maintenir le courant entre eux et les cavaliers qui se tenaient sur la rive.

Bjorn et ses hommes remontèrent à cheval et suivirent la rive pour rester à hauteur du bateau. La rivière devenait plus profonde et plus large et le courant plus fort et les deux rives s'écartaient.

Le bac n'était plus habitué à cette rivière quand on l'écartait de sa route habituelle et il commençait à faire entendre des craquements plutôt inquiétants. Les femmes commençaient à avoir le vertige.

La femme de Steinar releva son capuchon, leva les yeux au ciel et se mit à chanter l'hymne *Dieu soit loué, Roi Miséricordieux du Ciel*. Bjorn criait de la rive et c'est tout juste si on pouvait l'entendre, dominant le bruit du vent et des vagues. Il disait que bien que le Mormon fût un être malfaisant et damné, il espérait bien que le passeur, son ami et son compatriote, ne serait pas complice du meurtre de l'enfant.

« Je n'entends pas ce que vous dites, dit le passeur.

— Approchez-vous, dit Bjorn.

— Si vous m'empêchez de m'approcher de la rive par vos menaces contre mes passagers, je ne réponds plus de leurs vies. Le courant est très fort ici, le bateau fait eau et mes rames sont pourries.

— Essayez encore de venir à portée de voix, dit Bjorn de Leirur. Ma vue est faible. Est-ce qu'il n'y a pas dans le bateau avec vous une jeune fille bien faite, blonde, aux joues roses ? Je désirerais lui parler, si elle veut bien.

— Avez-vous encore quelque chose à discuter avec cet homme ? » demanda l'évêque.

La fille demanda qu'on s'approchât plus près de la rive, au

cas où cet homme aurait quelque chose d'important à lui dire. « C'est à lui de dire ce qu'il a à dire », dit-elle, ça le regarde.

— Je suis venu ici avec des hommes et des chevaux en nombre et beaucoup d'argent, cria Bjorn de Leirur. J'ai tout ce qu'il faut, sauf une bonne vue. Voulez-vous venir avec moi ? Je vais quelque part où je pourrai recouvrer la vue. J'élèverai l'enfant et je l'établirai. Il aura toute l'instruction qu'il est capable de recevoir. J'en ferai un homme et je ferai pour lui autant qu'on peut faire pour n'importe qui dans ce pays. Quand je l'ai vu cet été sur le plateau, je me suis dit : " Cet enfant et sa mère, je les prendrai avec moi avant la fin de l'été." »

La femme de Hlidar continuait à chanter sans écouter, lançant au ciel : « Le Seigneur soit loué. Joignons nos concerts à ceux des anges. » Mais le vertige de la fille au milieu du courant paralysait toutes les émotions.

L'évêque Didrik cria : « Vous n'aurez jamais cet enfant vivant, mon ami.

— Pourquoi mettez-vous le nez dans les affaires de cet enfant, espèce d'étranger ? » demanda Bjorn.

L'évêque Didrik éleva l'enfant au-dessus de sa tête et dit : « Moi, Didrik, évêque et ancien de l'Eglise des saints du dernier jour, qui règne sur la terre comme au ciel, je baptise ici par immersion et je confirme cet enfant matériellement et spirituellement et je me l'attache pour l'éternité devant Dieu et les hommes, dans ce monde et dans l'autre. Ceci fait, je noierai cet enfant dans cette eau du baptême, ici, dans cette rivière, plutôt que de le laisser tomber, vivant ou mort, dans les mains de l'homme qui vient de nous parler sur la rive là-bas. »

Didrik enleva alors la couverture dans laquelle l'enfant était enveloppé. L'enfant se mit à pleurer d'avoir été réveillé en si étrange compagnie. Le Mormon n'y fit pas attention, mais se mit à défaire les vêtements en loques du bébé. Sa maladresse le rendait encore plus résolu, jusqu'au moment où il tint l'enfant nu dans ses bras, dans ce bateau délabré, au milieu de la rivière. L'enfant hurlait de toutes ses forces. Les hommes sur la rive s'attroupèrent et dirent à Bjorn que le Mormon avait enlevé tous les vêtements de l'enfant. Bjorn leur demanda s'ils pensaient qu'il était possible d'atteindre le bateau à dos de cheval et d'essayer de délivrer l'enfant, mais cette suggestion fut vite rejetée : ils dirent qu'il était impossible de passer à gué à cet endroit à cause des sables mouvants.

« En ce moment, dirent-ils, il tient l'enfant nu à bout de bras et il déclame à haute voix une litanie incohérente. Maintenant il a hissé l'enfant par-dessus bord et l'a plongé dans l'eau. » Ils dirent qu'ils étaient certains que le Mormon était résolu à noyer l'enfant.

Alors Bjorn de Leirur interrompit celui qui parlait et dit à tous ses hommes de remonter à cheval immédiatement et de filer avant que l'infanticide ne fût commis. Toute la troupe obéit sur-le-champ et s'enfuit à toute bride et disparut.

Pendant cette scène et tandis que l'évêque baptisait par immersion dans l'eau glacée l'enfant nu pleurant et terrifié, la mère de l'enfant réagissait comme elle le faisait toujours dans les moments d'épreuve : elle laissait tout simplement les choses aller et quand arrivait le moment où les mots n'ont plus de valeur, elle devenait inconsciente de tout ce qui se passait autour d'elle. Elle se pressa contre la poitrine de sa mère, d'où sortaient les hymnes, et s'évanouit. Le blanc de ses yeux luisait entre ses paupières à moitié closes, tandis qu'elle défaillait.

Lorsqu'elle revint à elle, elle était étendue sur la rive, la tête sur les genoux de sa mère — l'hymne était terminé. Le Mormon était assis sur le sable, l'enfant contre sa peau sous sa chemise pour le réchauffer. Peu à peu les sanglots déchirants de l'enfant s'apaisèrent à mesure que sa terreur diminuait, jusqu'au moment où il s'endormit contre la poitrine velue de cet évêque qui, quelques instants auparavant, avait l'intention de l'assassiner, ou plutôt de lui assurer la vie éternelle des saints de Sion.

C'était une agréable journée d'automne — la brise légère transportait l'âme par-dessus temps et lieux et, çà et là, le reflet bleu fugitif d'un corbeau brillait dans la lumière blanche du soleil sur le sable. L'évêque Didrik retira ses bottes et enleva son chapeau et son enveloppe pour signifier que la cérémonie était terminée pour le moment. Le soleil rattrapa le temps perdu en perçant résolument à travers les nuages. Didrik noua les lacets de ses bottes à une boucle spécialement faite pour ça sur son chapeau et lança le tout par-dessus son épaule, les bottes derrière, le chapeau devant. Ils se dirigèrent en file tout droit en direction de l'ouest à travers les sables. Au bout des sables, ils trouvèrent une autre rivière avec un passeur inconnu sur une rive et aucune troupe de partisans sur l'autre. A la vérité il n'y eut pas d'immersion, de baptême ou d'infanticide tout le reste de la journée. Ils se trouvaient maintenant dans un autre district. La femme de Steinar ne pouvait plus marcher. On dut la transporter à dos de cheval, perchée sur les bagages.

Dans ce nouveau district, le corbeau bleu croassait avec des notes comme celles d'une cloche, dans la lumière du soleil, car ce sage oiseau chanteur a pris pour modèle les cloches des petites églises du littoral, comme des jouets étrangers provenant d'un naufrage s'échouent sur la côte. Le petit garçon regardait les corbeaux en silence par-dessus l'épaule de l'évêque. Il n'osa tendre la main pour les attraper que lorsqu'il fut dans les bras de sa grand-mère, sur le tas de bagages. Cette région s'appelait les Iles de la Terre, par suite des étendues d'herbe qui retenaient l'humidité et qui demeuraient là quand l'humus était arraché par l'érosion et transformé en sable. Ces étendues d'herbe pouvaient fournir à la population clairsemée à peu près de quoi se nourrir convenablement. Les fermes se dressaient sur d'humbles collines qui n'étaient souvent que des remparts de terre herbeuse dressés contre l'érosion. De l'autre côté, toutes les montagnes s'étaient enfuies à mesure que les voyageurs approchaient, comme si elles craignaient que ces gens ne les entraînent au pays des Mormons et elles ne s'étaient arrêtées que très loin à l'intérieur des terres — contrastant avec les montagnes de Steinahlidar qui étaient venues se précipiter de l'intérieur jusque sous les yeux des gens, pour ainsi dire, dans leur désir ardent de partir avec le petit garçon.

« Si c'est pas ça, c'est pas ça, dit l'évêque Didrik, en jetant ses regards tout autour de lui sur cette région des basses terres qui semblait glisser imperceptiblement dans la mer puis se fondre dans le ciel. Ce n'est rien, réellement, continua-t-il, et cependant l'endroit me semble quelque peu familier. Là-bas, où vous pouvez apercevoir une vague tache de collines dans la mer, ce sont les îles Westmann, où ma mère fut envoyée pour me mettre au monde. J'avais toujours pensé que les plus grands scélérats d'Islande habitaient là, jusqu'au jour où la sœur Maria Jonsdottir d'Ompuhjallur me dit que c'étaient tous des saints. Là, le sol monte un peu, alors je suis sûr que je vais pouvoir m'orienter convenablement. »

L'après-midi était avancé, et ils avaient la lumière du soleil en plein dans les yeux. Peu à peu le sol commença à s'élever au-dessus de la plaine.

« Je ne crois pas que vous puissiez apercevoir une petite colline verte au pied d'un affleurement de rocher là-bas, dit l'évêque. Allons-y et voyons si nous pouvons leur arracher de quoi dîner — peut-être un peu de lait de leur vache trois couleurs pour l'enfant. Elle s'appelle Lair, cette ferme. C'est de là que mes parents étaient originaires : le conseil paroissial m'a envoyé là à quatre ans pour gagner ma vie. Ma mère était trop faible et malade pour me nourrir, elle était en service aux îles Westmann. »

Quand ils atteignirent Lair aux Iles de la Terre, où ils étaient allés pour avoir du lait d'une vache trois couleurs pour l'enfant et peut-être aussi d'autres bonnes choses, il n'y avait malheureusement personne à la ferme, sauf deux soucis qui avaient poussé là pendant l'automne parmi les roseaux, sur les bords du ruisseau de la ferme, parce qu'ils attendaient un petit garçon qui partait de son pays; mais la ferme elle-même était à l'abandon depuis plus de quarante ans. Les murs de terre gazonnée éboulés formaient depuis longtemps une masse recouverte par les hautes herbes. Et pour peindre avec plus d'exactitude ce tableau, il y avait aussi deux bécassines, qui s'inclinaient et saluaient de la tête dans la mare, profonde de deux pieds, au milieu du ruisseau de la ferme.

Dès que l'enfant eut été enlevé du poney et posé sur le sol, il courut au ruisseau pour cueillir les soucis qui l'attendaient et pour essayer d'attraper ces oiseaux si polis. La mère s'assit sur une touffe de gazon et resta là, les yeux fixes, extasiés, interrogateurs, se demandant qui était ce jeune homme distingué en redingote, comme si elle n'avait jamais rien vu de pareil dans sa vie : et c'était peut-être vrai.

L'évêque aida la vieille femme à descendre du poney et enleva les bagages. Il ne semblait pas tellement déçu que la ferme fût abandonnée.

« Alors il va falloir manger nos réserves. D'autres ont dû le faire avant nous », dit-il et il commença à déballer les provisions. Un instant après, la tête noire d'un beau pain de seigle brillait dans l'ouverture d'un sac de voyage. « Il vient tout droit de Skaftrivertongue! dit l'évêque, pétri et cuit par un saint. Je l'ai gardé dans l'espoir que j'aurais la chance de le manger en bonne compagnie. Je me demande si je puis retrouver par ici le seuil de cette fameuse porte et vous offrir de vous asseoir dessus. C'est une dalle qui a longtemps hanté mes rêves. »

Le seuil de la porte de la ferme, en fait, avait maintenant presque disparu, étouffé par les hautes herbes, mais l'évêque Didrik savait où il se cachait et ne fut pas long à reconnaître un coin où il était encore visible et émergeait du sol.

« Asseyez-vous, je vous en prie, dit l'évêque. C'est sur cette pierre que le chien, d'heureuse mémoire, couchait sur ma blouse, jusqu'au premier jour de l'été. »

Ils s'assirent sur le seuil de pierre de Lair, aux Iles de la Terre. L'évêque dit le bénédicité et remercia le Seigneur, là haut, pour avoir sauvé les émigrants des griffes des impies de bonne heure ce matin-là, et pour avoir reçu le jeune enfant dans la communion des âmes et les avoir tous conduits dans un site verdoyant près d'un petit ruisseau, où poussaient deux soucis et où les plus petits oiseaux d'Islande faisaient leur révérence. Puis ils mangèrent leur appétissant pain, noir comme du jais, qui venait de Skaftrivertongue dans l'Est, et le soleil couchant leur servit de beurre.

Alors l'évêque se mit à prêcher là, sur la colline.

« Les ruines, dit-il, sont la preuve que tout édifice sera rasé, si les possesseurs n'ont pas des croyances orthodoxes. Bien que la terre ici fût excellente, les jeunes se nourrissaient pour vivre de gelée d'os et de petit-lait, depuis le milieu de l'hiver jusqu'à ce que les vaches soient mises au pré et commencent à donner un peu de lait. Quand mon maître allait acheter de la farine à Eyrarbakki, la semaine avant Pâques, et revenait avec un gâteau pour régaler tous les membres de la famille, il prenait toujours soin qu'il n'y eût pas de gâteau pour l'enfant en nourrice. J'étais invariablement corrigé tous les matins pour des crimes que je n'avais pas commis. Je n'ai jamais pu passer par cette porte pour sortir ou rentrer sans marcher sur la queue de la chienne et être mordu. Heureusement l'eau ici était bonne. Excuse ma paresse, mon cher Viking, et va nous remplir cette cruche au ruisseau. Qu'avez-vous à dire à tout ceci, ma bonne dame ? A votre place la plupart des gens seraient impatients d'arriver au pays où se trouve la vérité.

— Oh ! oui, certainement, dit la femme épuisée, ce n'était pas ma destinée de ne jamais quitter mon foyer. En vérité je sens comme si j'avais déjà quitté ce monde et étais arrivée dans un nouveau. Mais pour être tout à fait franche, permettez-moi de vous dire que de mon temps, ici, sur terre, il y avait deux sortes de fermes. Il y avait les fermes où les gens étaient bien nourris et bien vêtus et les fermes où les gens n'étaient ni l'un ni l'autre. Mais je ne pense pas que cela tenait au fait qu'ils avaient des opinionss orthodoxes, ni au contraire non plus, heureusement. J'ai connu des gens qui n'avaient pas l'ombre d'une opinion dans la tête et pas ça de bonté dans le cœur non plus. Ils vivaient dans une ferme sur une lande stérile, mais on ne les a jamais vus avoir faim. En vérité ils nageaient dans leur graisse. Les gens qui n'ont aucune opinion sur aucun sujet attirent l'abondance et la richesse. Il serait agréable de pouvoir dire que les gens honnêtes et capables, qui adhèrent fermement à une doctrine orthodoxe, reçoivent en échange et proportionnellement nourriture et vêtements. Mais ce n'est pas le cas. Dans notre maison à Hlidar les bonnes choses de la vie manquaient toujours, celles pour lesquelles on remercie Dieu, et cependant il faudrait chercher longtemps pour trouver un homme plus intelligent en toute chose que mon vieux Steinar. »

L'évêque Didrik ne voulut pas à ce moment entrer en discussion avec cette femme simple. Au lieu de cela, il se mit à déguster lentement l'eau que le fils Viking était allé chercher pour lui au ruisseau et il changea de sujet.

« Il est agréable de retrouver son propre ruisseau, dit-il, et de pouvoir boire avec des gens dont les pieds sont sur le seuil même de la cité sainte. Oui, ces jours étaient des jours de gloire, chère madame, quand je portais le sac tiré de sous le chien et que j'étais battu tous les matins pour les péchés d'une journée que je n'avais pas vécue. Personne ici, sauf l'enfant qui est en train de patauger dans la boue près des oiseaux, n'a ses jours de gloire devant lui. Que le Seigneur soit loué pour cette eau!

— Je désire depuis longtemps demander quelque chose à l'évêque, dit le jeune Viking Steinarsson. Combien coûte une paire de chaussures comme celles que vous portez. Et où peut-on les trouver ? »

L'évêque Didrik répondit : « Aucun Luthérien ne peut se procurer une paire de bottes comme celles-ci, mon garçon. Des bottes comme ça, il n'y a que les saints pour en faire. Ces chaussures sont une preuve, mon garçon, que l'Eglise des saints du dernier jour est fondée sur la Sagesse suprême. Si des Luthériens peuvent se procurer des bottes comme celles-ci, c'est par pur hasard. Ils les abîment en un an et n'en ont jamais d'autres. Oui, môssieu, non, môssieu. Il n'y a pas même un homme sur cent, en Islande, qui puisse se procurer une paire de bottes. Ces bottes ont été pour moi un argument beaucoup plus convaincant dans mes discussions avec les Luthériens que toutes mes citations tirées des prophètes. Avec ces bottes, on pourrait grimper presque jusqu'à la lune. »

26. *Clémentine*

Dans un antre, au pays minier
Vivait là, creusant une mine,
Un ancien parmi les pionniers
Avec sa fille, Clémentine.

Toute la journée on pouvait entendre des airs de danse sur le pont des émigrants du paquebot *Gideon*, qui transportait des gens de l'Ancien Monde vers le Nouveau. Tous possédaient une mine d'or de l'autre côté de l'océan et la chanson, comme toujours, était adaptée à cette espérance. Des jeunes filles, vêtues de manteaux beaucoup trop lourds, quelques-unes venues des Karpates, se promenaient la main dans la main sur le pont en chantant. Les paroles des chansons dansaient dans leurs regards tout allumés par l'espoir et le vent agitait leur chevelure en ce matin d'éternité. Cette chanson était la seule qui eût un sens pour ces jeunes paysans qui étaient probablement des Gascons, en vareuse noire et chemises brodées; ou un apprenti bavarois, avec le chapeau à larges bords de son métier et un pantalon si ample que chaque jambe semblait être une jupe. C'était sur cet air qu'on dansait sur le pont jusqu'à une heure avancée de la nuit et c'était encore la première chose qu'on faisait le lendemain matin, l'estomac vide; on le jouait sur l'harmonica, on le grattait sur le luth et la mandoline, on le moulait sur l'orgue de Barbarie. Il montait du bar, mêlé à l'odeur douce amère de la bière, et des cuisines, mêlé aux relents des légumes et de la graisse brûlée : *Clémentine,* le romantisme du siècle qui partait pour l'Amérique avec la note mélancolique caractéristique du refrain :

> *O mon amour, ô mon amour!*
> *O ma bien chère Clémentine*
> *Tu es partie et pour toujours*
> *J'ai du chagrin, ô Clémentine.*

Pendant les premiers jours qui suivirent leur départ d'un port d'Ecosse, la mer resta calme. Tous voulaient échapper à l'entassement et à l'air étouffant dans l'entrepont et se payer le luxe peu coûteux de respirer l'air du large et de jouir des rayons de quelque pauvre étoile semblable à celles qui brillaient sur Steinahlidar. Des familles étaient rassemblées sur le pont, assises ou accroupies. On sortait le jambon salé, les pains de seigle cuits à la maison et les mandolines des journaux qui les enveloppaient. On envoyait les jeunes garçons chercher de la bière et on faisait une bombance auprès de laquelle pâlissaient les amusements offerts par les agents de l'émigration. Ces gens chantaient et conversaient dans des langues que personne, sauf eux-mêmes, ne comprenaient; de même pour le jambon salé, le pain de seigle et les mandolines. Bientôt ils formèrent un cercle et se mirent à danser en se tenant par la main.

Il y avait aussi un tas de jeunes qui s'en allaient seuls ou avec quelques compagnons pour chercher de l'or en Amérique. Eux et leurs amis se réunissaient sur le pont le soir à la lueur d'une lampe à huile et montraient leurs talents, quels qu'ils fussent : les uns exécutaient la danse du sabre, d'autres faisaient des bonds prodigieux, battaient des mains et poussaient des cris aigus, des hurlements qui dépassaient tout ce qu'on pouvait entendre en Islande. Cela faisait partie de la danse. Le frère et la sœur de Steinahlidar regardaient ces hommes bouche bée, d'un air craintif. C'était le divertissement qui était interdit en Islande depuis deux siècles par décret royal, sous peine de damnation éternelle. Il n'était pas question là d'économiser ses chaussures de cuir en marchant légèrement sur le sol, comme on l'enseignait aux enfants en Islande; et on exhibait là tous les instruments de musique que les rois de Danemark avaient jugés condamnables. Le frère et la sœur de Steinahlidar étaient les deux seuls jeunes gens au monde ne connaissant pas d'autre divertissement que d'aller à l'église, pas même faire une ronde. Ils restaient à l'écart de la foule et se tenaient par la main. Pendant longtemps, ils ne surent pas ce qui se passait. Qu'est-ce que cela voulait dire? Etait-ce là une conduite convenable? Regardez celui-ci qui fait un saut périlleux en l'air et retombe sur ses pieds! C'était peut-être une nouvelle manière de communier.

« Cela me glace jusqu'aux os, dit le garçon, quand le fracas des cornemuses et des tambours fut au comble de la frénésie.

— Je suis presque contente que notre mère soit malade pour qu'elle ne puisse pas voir et entendre tout ça, dit la fille. Je suis sûre qu'elle ne s'en remettrait pas. Bonté divine! je vais me sauver et aller me cacher. »

Mais malgré tout ce remue-ménage, ils n'allèrent pas se cacher, mais restèrent là où ils étaient, comme deux idiots.

Dans un antre, au pays minier
Un ancien parmi les pionniers...

Ils oublièrent le temps et le lieu. Ils étaient fascinés par cette espèce de vision enchantée, qui ouvre les pores secrets de l'âme au souffle de la régénération. Et soudain, avant qu'elle ait pu se rendre compte de rien, quelqu'un l'avait attrapée par la taille, l'arrachant à la compagnie de son frère; un homme la tenait dans ses bras et s'était mis à la faire tourbillonner. Il appartenait à une nation qui danse *Clémentine* sur l'air d'une mazurka. Et alors cette jeune fille, embarrassée dans ses vêtements de gros drap, découvrit qu'à l'intérieur de ces vêtements de laine vivait une autre fille, qui comprenait le rythme et le suivait sans faire trop de fautes et qui connaissait instinctivement cet art, que les rois danois avaient interdit aux Islandais. Qu'est-ce qui s'était mis à s'agiter dans tous ses membres avec cette aisance si inaccoutumée qu'elle découvrait en elle et ne reconnaissait pas ?

Ils n'avaient pas l'habitude de voir beaucoup d'inconnus a la fois et ayant peu d'expérience, ne pouvaient distinguer les étrangers entre eux (surtout comme là : en troupeau) exactement comme il est pratiquement impossible de distinguer les uns des autres les huîtriers qui s'avancent majestueusement par compagnies à travers un champ de foins fraîchement coupés : les visages des gens s'estompaient en quelque sorte dans une mer de porridge quand les enfants de Hlidar essayaient de les différencier les uns des autres et s'évanouissaient comme des bulles à la surface d'une marmite de porridge qui bout. La foule des étrangers, leurs compagnons de traversée, tout cela n'était qu'une énorme baleine, une bête monstrueuse qui tenait tout d'une pièce, comme le monstre des îles Westmann avec toutes ses mâchoires. Il ne leur venait pas à l'esprit de distinguer tel ou tel individu ou d'essayer de savoir lequel venait de Norvège et lequel venait du Monténégro. Ils ressemblaient aux officiers anglais qui les interrogeaient, au bureau d'immigration : ces Anglais pensaient qu'ils parlaient finnois parce qu'ils venaient d'Islande. Quand l'évêque Didrik leur dit qu'ils parlaient islandais, les Anglais répliquèrent sèchement : « Oui, mais n'est-ce pas une des formes du finnois ? » Pour les enfants de Hlidar, exactement comme pour les Anglais, les langues étrangères étaient ou du finnois ou quelque chose de mieux que du finnois. Avec la meilleure volonté du monde, il leur semblait que ce monstre aux bouches multiples parlait toujours la même langue, d'après ce qu'ils pouvaient entendre. Ils avaient l'impression qu'ils étaient eux-mêmes les seuls étrangers dans cette foule. Mais maintenant la fille s'apercevait soudain qu'un individu particulier s'était mis à danser avec elle. Elle reconnaissait qu'elle ne pouvait pas encore le voir, mais elle le sentait. Et plus particulièrement elle sentait combien les mouvements de l'âme de cet homme éveillaient un écho sensible dans la sienne ou plutôt : la vie avait commencé à couler. Mais elle n'osait même pas le regarder pendant la danse, ni quand il la serra d'un peu près (car alors elle ne voulait pas qu'il puisse soupçonner qu'elle s'en apercevait) ni quand il s'éloigna d'elle à nouveau — car cela aurait été aussi sot que de demander à son mari son nom le lendemain de la nuit de noces. Cependant elle avait l'impression d'un homme jeune, grand et large d'épaules, à la taille svelte et souple comme il convenait. Tout à fait par hasard, à la lueur d'une lampe, elle eut une rapide vision d'un menton viril basané et d'une mèche de cheveux blonds qu'il rejetait derrière son oreille. Il lui dit quelque chose qui était tout à fait finnois et elle eut soin de ne pas essayer de deviner ce qu'il voulait dire. S'il lui demandait comment elle s'appelait, elle pensait que ce serait un blasphème de ne pas lui cacher son nom et son identité, sa langue, sa famille, ses parents et son pays. Qu'importaient tout cela ? La vie n'a pas de nom.

Quand elle eut dansé si longtemps que non seulement elle avait oublié qu'elle ne savait pas danser, mais avait oublié tout sauf la danse, elle s'arrêta soudain. Elle crut l'entendre dire : « Une minute! » Il mit son bras autour de la taille de la fille et l'emmena hors du cercle de la danse. Elle eut l'impression de flotter dans l'air sur des ailes inconnues, emportée par une douce brise. Entraînés, ils franchirent une porte ouverte et se retrouvèrent dans une pièce où quelques hommes étaient entassés, assis autour de petites tables, en train de boire. Deux hommes buvaient seuls à une table et elle comprit qu'ils devaient être des camarades de son cavalier, car ils l'applaudirent bruyamment pour avoir fait la conquête d'une fille. Ils se levèrent et la saluèrent en s'inclinant et dirent, autant qu'elle pût comprendre, que c'était un morceau de choix. Puis ils la firent asseoir au milieu d'eux. Ils essayèrent à nouveau de converser avec elle, mais leur langue était du finnois et même plus que du finnois. Malgré tout elle ne pouvait pas s'empêcher de rire de leur ardeur et cela paraissait les enchanter, car elle avait de très belles dents, comme tous les gens qui ne mangent pas de pain. Elle les contemplait pendant qu'ils s'efforçaient de converser avec elle. Elle vit tout de suite que son cavalier, avec ses yeux bleus et ses cheveux blonds ondulés, était de beaucoup le plus beau d'entre eux. L'un de ses camarades était grand et maigre, ses cheveux noirs faisaient penser à un corbeau : ils étaient épais comme des crins de cheval; il avait les joues creuses et de grandes mains d'aspect gourd, des mains bleuies, tout abîmées par les engelures, car les jointures étaient très enflées; ou bien peut-être avaient-elles été abîmées par de mauvais outils. Ses yeux froids brillants commencèrent à la scruter avec une sorte de colère, comme s'il pensait qu'elle cachait sous ses vêtements quelque chose qu'elle lui avait volé. Elle ne revint sur son antipathie que lorsqu'il sortit un harmonica et commença à jouer avec une grande habileté de son instrument, que ses mains semblaient engloutir comme un tonneau avale un pois. Tandis qu'il jouait de l'harmonica, elle eut l'occasion d'observer le troisième homme du groupe. Celui-là s'effaçait autant qu'il le pouvait, et préférait rester dans l'ombre de ses camarades, et cela parce qu'il avait un bec-de-lièvre béant et le palais fendu. Il avait le teint terreux d'avoir trop travaillé et il ne lui restait plus qu'un peu de duvet sur le sommet de la tête. Ses dents trahissaient un mangeur de pain. Mais, en Islande, la fille avait été habituée à ne pas prêter attention à l'aspect extérieur des gens, car les vertus humaines ne sont pas toutes apparentes dans le visage — elle ne laissa pas soupçonner qu'elle préférait son cavalier à ses camarades. Et quand Mains-Bleues s'arrêta de jouer et commença à vider la salive de l'harmonica dans la paume de sa main, elle l'enveloppa de la candide chaleur de ses yeux. La musique ne s'était pas plus tôt arrêtée que l'homme au bec-de-lièvre se mit à exhiber ses talents, qui consistaient à caqueter, à coqueriquer, comme s'il y avait un poulailler dans la pièce voisine. Cela amusa intensément la jeune fille de Steinahlidar, parce qu'elle n'avait jamais entendu ces volailles-là auparavant. Il pouvait aussi imiter le gloussement simple et tranquille de ces volatiles, quand ils picorent dans le calme de midi. Puis Mains-Bleues se remit en action : il sortit un paquet de cartes et se lança dans une série de tours dont quelques-uns étaient des mystifications telles que ses camarades voulaient le rosser. Ensuite l'homme au bec-de-lièvre se mit à imiter le miaulement du chat en mal d'amour derrière une maison, la nuit. La fille applaudissait tous ces talents et riait de bon cœur, car elle n'avait jamais encore assisté de sa vie à un divertissement quelconque. Par reconnaissance, elle dansa avec les deux autres garçons, quand on rejoua *Clémentine,* car maintenant elle était devenue une excellente danseuse de la Clémentine. Ils commandèrent une dernière tournée de bière avant la fermeture du bar et l'extinction des lumières, mais la fille n'aimait pas le goût de cette boisson qui lui rappelait l'urine croupie, et elle tendit sa chope aux trois hommes pour qu'ils se la partagent entre eux. Ils allèrent ensuite s'asseoir dans un coin sombre du pont et lui chantèrent *Clémentine* jusqu'à satiété, ainsi que d'autres chansons, toutes plus gaies les unes que les autres. L'un des garçons lui tenait la cheville. Elle ne savait pas très exactement lequel c'était et cela ne lui faisait pas bien plaisir, mais elle ne réagit pas, jusqu'au moment où la main commença à glisser d'une manière suspecte le long de sa jambe; alors elle se rappela soudain que sa mère était au lit, malade, à l'infirmerie du bord et qu'elle devait coucher près d'elle pour la soigner ce soir-là. Elle se leva. Ils ne comprenaient pas pourquoi la fille voulait les quitter si tôt. « Maman, maman », dit-elle. Ils l'imitèrent et se mirent à rire. « Un instant », dit-elle en s'arrachant à leur compagnie. Ils rirent encore plus fort. A la fin son cavalier l'accompagna et ses camarades généreusement ne firent pas d'objection, parce qu'indiscutablement il avait le premier des droits sur la fille.

Mais quand ils arrivèrent au coin, il l'arrêta et commença à parler avec volubilité. Mais là, les mots ne servaient à rien. Alors du doigt il la désigna, elle, puis lui-même, d'un air interrogateur. Aucune compréhension. Aucune réponse. Il montra la direction dans laquelle le bateau faisait route et fit les gestes de creuser et de pelleter, mais elle ne comprenait pas très bien, car le seul pelletage qu'elle connaissait était celui du fumier dans l'étable. Il la conduisit à un endroit où la lumière était un peu meilleure et tira de sa poche un petit objet qui pouvait aisément tenir dans le creux de la main. C'était un morceau de minerai brut pailleté d'or. Etrange à dire, mais la fille avait déjà vu cette couleur qui étincelait dans cette scorie.

« De l'or », murmura-t-elle et cela la fit palpiter.

Il voulut lui donner le morceau de minerai, mais cela l'effraya encore plus, car elle se souvint qu'une fille ne vaut de l'or qu'une seule fois dans sa vie. Elle ne pouvait pas supporter la pensée de la honte que ce serait pour elle s'il lui donnait cet or et que plus tard il découvrait qu'on lui avait déjà donné de l'or. « Un instant », dit-elle, en lui remettant le morceau d'or dans la main, et elle s'enfuit. Mais quand elle l'eut quitté, elle commença à avoir des doutes : était-ce bien de l'or pur ? Le jeune homme ne faisait que partir pour l'Amérique après tout. Peut-être n'avait-il sorti cet or que comme gage sur l'avenir. Avant même d'arriver à la pièce ou sa mère était couchée, elle regrettait déjà de ne pas avoir accepté le morceau d'or, que ce fût de l'or pur ou non. Elle espérait ne pas avoir offensé le jeune homme en refusant cet or et priait Dieu qu'il ne le fût pas.

Et la femme de Steinahlidar, que devenait-elle ? Cette femme était partie d'Islande, la tête faible, le cœur malade, et les jambes tellement vacillantes qu'elle ne pouvait pas traverser les prés, à plus forte raison marcher à travers les sables. On aurait dit qu'elle avait le désert même dans les jambes. Pendant le voyage d'Islande en Ecosse le reste de sa force s'était évanoui. Elle s'alita et ne put plus guère se lever par la suite. Après ce coup, sa parole et sa mémoire se brouillèrent. Elle était si épuisée qu'elle ne pouvait plus rien faire que rester couchée au lit. Il n'est pas d'usage de faire beaucoup d'histoires au sujet d'une indigente arrivant d'un pays inconnu dans un camp d'émigrants. La plupart des gens, à Glasgow, pensaient qu'elle était finlandaise. L'évêque Didrik avait donné des instructions pour que sa fille, Steinbjorg, ne quittât pas sa mère, de jour ni de nuit pendant leur séjour d'attente en Ecosse et lui-même s'était chargé du petit monsieur encore en robe, qu'il avait baptisé par immersion dans la rivière Jokuls. Bien que la fille et l'enfant eussent fini par se connaître, elle l'avait remis aux mains de l'évêque pour qu'il en prît soin, quand ils s'étaient embarqués sur le bateau des émigrants : en fait ils étaient déjà père et fils par ce qu'elle avait pu comprendre des formules compliquées que l'évêque avait déclamées sur la rivière. L'évêque avait obtenu la permission pour la fille de coucher près de sa mère la nuit, au fond de l'infirmerie. Il y avait là plusieurs autres paysannes venues d'Europe : l'une, qui ne pouvait pas bouger un muscle, à cause de quelque maladie interne et qui avait le visage vert, se hâtait d'aller rejoindre son fils à New York; une autre s'était brisé la hanche au cours des scènes de brutalité qui accompagnent les départs des émigrants pauvres et l'opinion générale était qu'elle ne survivrait pas à une seconde fracture semblable. Il y avait là une collection de gens qui, en bon anglais, n'avaient plus besoin de rien, sauf d'un suaire blanc. Les lits à l'aspect sinistre sortaient en saillie des murs et dans un coin derrière la porte, on avait installé sur un banc un lit pour Steina. Sa tâche consistait à se lever la nuit et à donner des soins à sa mère, quand elle gémissait et plus souvent même, et de lui faire prendre ses médicaments. Les médecins et l'infirmière étaient toujours pressés, quand ils venaient faire un tour de temps en temps à l'infirmerie. De bonne heure le matin, l'évêque Didrik arrivait avec son petit-fils et la femme de Hlidar épuisée était heureuse de sentir le petit grimper sur elle, comme si elle était le dernier tertre gazonné d'Islande; il balbutiait les quelques mots qu'elle lui avait appris, quand ils étaient tous deux de pauvres indigents.

Et maintenant nous retournons au moment où la fille avait dit : « Un instant », et était descendue dans l'entrepont après avoir refusé le morceau d'or. Il était environ minuit. Sa mère était si faible qu'elle pouvait à peine prendre son médicament. Une lumière brûlait faiblement dans une de ces petites lampes rouges qu'on allume la nuit pour soutenir le moral des mourants. La fille était encore tout animée par la chaleur qu'elle avait reçue du chercheur d'or en dansant et en écoutant la musique. Elle lui pardonnnait de ne pas avoir de talent particulier, comme de jouer de l'harmonica ou d'imiter les poules. Elle ne se souciait pas du tout de savoir si quelqu'un connaissait l'origine de cet or ou s'il était pur. Et elle lui était très reconnaissante parce que ce n'était pas lui qui lui avait tenu la jambe au-dessus de la cheville. Elle ne pouvait pas supporter des hommes comme ça. Et puis, sans s'en rendre compte, elle avait éteint la lampe rouge qui aurait distrait les femmes pendant qu'elles étaient en train de mourir. Elle sortit à nouveau sur la pointe des pieds et gagna rapidement l'endroit où elle avait dit bonsoir au garçon, longtemps auparavant. Elle avait comme l'idée qu'il attendait. Mais il était parti. Tout le monde était parti, sauf un homme qui étreignait une fille contre un mât; elle se cogna presque contre eux. Bien sûr, tout le monde était parti. Elle ne comprenait pas comment elle avait pu penser qu'il en serait autrement en pleine nuit. Elle retourna en toute hâte dans l'entrepont et ralluma la lampe pour les femmes et essaya de faire boire à sa mère une gorgée d'eau fraîche, mais presque tout le liquide ressortit par les coins de la bouche et se répandit le long de son cou. Alors la fille alla se coucher sur son banc.

27. *Un instant!*

Le jour suivant, la mer devint houleuse et la fille se demandait si elle aimait ce balancement ou si elle commençait à avoir froid à la tête. En tout cas, une chose était certaine, c'était qu'elle était revenue totalement de la sottise de sa conduite, la veille au soir, avec des hommes qui lui étaient parfaitement inconnus. Ou bien son émotion était-elle aussi incompréhensible pour elle le matin qu'elle avait été naturelle la veille au soir?

Et puis subitement, elle les vit de loin qui arrivaient vers elle le long du pont. Bien des filles se sont demandé si ce ne serait pas simplement un geste de politesse et de modestie convenable que de regarder ailleurs et de sembler ne pas les reconnaître. Finalement, ils se trouvèrent tous les trois à côté d'elle, tout reposés après avoir dormi. Ils la saluèrent des mots qui constituaient le lien spirituel entre eux : « Un instant! » et l'entourèrent. Avant qu'elle ait pu s'en rendre compte, elle se trouva à côté du chercheur d'or aux cheveux blonds. Les deux autres commencèrent immédiatement à exhiber leurs talents pour la fille, afin de compenser leur ignorance mutuelle de leurs langues : sauts périlleux, saute-mouton. Mains-bleues essaya de faire un croc-en-jambe à celui qui avait un bec-de-lièvre, mais celui-ci se laissa tomber à quatre pattes et bondit sur le pont en rugissant, comme un animal sauvage. Mais le chercheur d'or n'avait pas besoin de faire quoi que ce soit, car il avait le morceau d'or dans sa poche. Quand ses rivaux commencèrent à se tenir sur la tête et à marcher sur les mains devant la fille, il resta près d'elle tout simplement, sans un mot et lui passa le bras autour de la taille.

Elle avait pris l'habitude d'aller voir le vieux Didrik le matin après le petit déjeuner et de s'occuper de son fils le restant de la journée, pendant qu'elle soignait sa mère. En vérité cela avait été l'aube d'un jour heureux dans sa vie, maintenant qu'elle était devenue une femme adulte, quand elle avait fait connaissance avec ce petit garçon qu'elle n'avait pas compris à sa naissance. Et quand elle eut appris à le connaître, elle regretta d'avoir manqué ses premiers essais à parler et aussi ses pleurs qu'elle n'avait pu sécher. Mais ce matin-là, sur l'Atlantique, avec la tempête au large et une houle lente et forte, son nouvel ami, celui qui portait une redingote, avait complètement disparu de son esprit. Elle n'alla pas le trouver, c'est lui, l'évêque Didrik, qui se trouva debout à côté d'elle avec son chapeau et ses bottes et l'enfant dans les bras. Il lui demanda qui étaient ces imbéciles, là près d'elle, qui marchaient sur les mains la tête en bas, mais elle ne sut que lui répondre.

« Qui êtes-vous, messieurs ? demanda-t-il en anglais, mais ils ne comprenaient pas cette langue.

— Moi non plus je ne les comprends pas », dit-elle, en se dégageant de l'homme qui la maintenait, alors que le navire roulait fortement, et elle se dirigea vers son fils. « Le blond est un chercheur d'or, dit-elle, uniquement pour faire plaisir à l'évêque. Le brun qui a des engelures, je l'appelle Mains-Bleues. Mais celui qui a un bec-de-lièvre, je l'ai baptisé " le gardeur de poules " parce qu'il sait faire chanter les jeunes coqs et faire pondre les poules. Mais maintenant, il est temps que je voie mon fils. »

C'est peu de dire que les trois artistes furent choqués de voir cette fille qui n'était plus guère âgée qu'une communiante s'en aller, un enfant dans les bras, avec un vieillard, un vieil Américain dont le chapeau était entouré d'un papier imperméabilisé. Ils pensèrent que cette péronnelle leur avait joué un bien sale tour. Mais au cours de la journée ils découvrirent la vérité sur ces gens de la bouche des officiers du bateau; la liste des passagers indiquait que l'homme au chapeau imperméabilisé était un évêque et la fille une veuve. Avec ces renseignements, leur gaieté leur revint. Ils pardonnèrent à la veuve et partirent à sa recherche.

Et alors le petit garçon, lui, trouva en eux des compagnons qui ne se privaient pas de s'amuser; ils devinrent ses camarades de jeu, exactement comme ils l'avaient été pour la mère : Mains-Bleues avec ses sauts périlleux et sa musique, le gardeur de poules avec une bande de poules, auxquelles il avait maintenant ajouté des canards et même des cochons et finalement un chien qui hurlait. Les gens se rassemblaient de tous côtés pour écouter, et le divertissement était goûté par l'auditoire avec un grand enthousiasme. Mais la plus heureuse de tous c'était la fille de Steinahlidar, de pouvoir s'asseoir à côté, tout près, d'un jeune homme avec lequel elle n'avait aucune communication verbale, mais qui aurait pu être le père de ce petit garçon, et de sentir combien il l'enveloppait d'une chaleur bien supérieure à tous les jeux et à tous les tours.

Un problème qu'on réussit parfois à résoudre totalement à l'aide de longues explications orales ou écrites, avec des arguments et des lettres, mais qui, plus souvent encore, apparaît plus insoluble à mesure qu'on cherche, peut être résolu en une heure par le silence. C'est pourquoi les sages croient que la parole est une des erreurs de l'humanité et considèrent que le gazouillis des oiseaux, avec quelques battements d'ailes appropriés, en disent beaucoup plus que tous les poèmes, quelque bien tournés qu'ils soient. Ils vont même jusqu'à penser qu'un poisson est plus sage que douze tomes de philosophie. L'heureuse confiance que deux jeunes gens peuvent lire mutuellement dans leurs yeux devient incompréhensible dans une explication verbale : un aveu silencieux peut se transformer en un démenti si le charme magique est rompu par les mots :

Oh! mon amour, oh! mon amour!
Oh! ma bien chère Clémentine!...

Lorsque *Clémentine* eut commencé à retentir à nouveau et que chacun se fut retrouvé sur le plancher pour danser, qui se soulevait souvent comme une colline, quand le bateau avait du roulis, la fille de Steinahlidar et son chercheur d'or s'étaient aussi retrouvés dans ce silence muet si expressif, que les livres ne peuvent jamais décrire. En une seule journée, ils avaient déversé l'un sur l'autre, dans la langue des poissons, cette lumière de vérité qu'une année entière de lettres quotidiennes, remplies de serments de fidélité éternelle, ne peut pas créer, même si elles sont accompagnées de pages de philosophie, de poèmes et même de chansons. Ils n'avaient pas pu s'arracher l'un à l'autre de toute la journée, alors que la plupart des passagers étaient allés s'étendre sur leurs couchettes et commençaient à vomir. Mais la fille sentait vaguement que le chercheur d'or ne voulait pas disparaître un seul instant de la vue de ses camarades et elle remarqua qu'eux-mêmes prenaient soin tout autant de ne pas le quitter d'une semelle, mais s'attachaient à lui adroitement, comme si chacun d'eux et tous ensemble, par convention préalable, avaient leur part dans le morceau d'or que l'un d'entre eux avait mis au jour : « Comme c'est merveilleux, se disait-elle, et quelle noblesse cela dénote chez ces jeunes hommes, de se vouer mutuellement une amitié qui ne peut jamais être assombrie par l'égoïsme, l'envie ou la jalousie. »

C'était aussi une preuve de l'élévation d'esprit du chercheur d'or qu'il traitât ses camarades exactement comme ses égaux, le gardeur de poules comme Mains-Bleues. L'humilité qu'on montre en estimant les plus modestes au même degré que les plus élevés et en étant un véritable frère pour celui à qui la nature a infligé un cruel handicap, c'était quelque chose que les Islandais avaient appris au théâtre, c'est-à-dire qu'en principe le Seigneur a racheté toutes les âmes des hommes au même prix et très cher. Elle était prête à reconnaître cet idéal en pratique, bien qu'elle eût honte d'être obligée d'admettre en elle-même qu'elle ne pouvait pas trouver le même rythme, quand elle dansait avec ses camarades, mais qu'elle leur marchait sur les pieds et eux sur les siens, jusqu'au moment où elle atterrissait à nouveau dans les bras de son Pan.

Certaines autorités pensent que l'attachement entre un garçon et une fille est, dans une certaine mesure, moins solide, quand le facteur temps ne reçoit pas une attention suffisante. D'autres pensent qu'il faut inclure dans cette théorie de la nécessité d'une période de fiançailles, des associations subconscientes avec la fermentation de certaines boissons, comme le lait de jument, ou ce liquide particulier qu'on appelle dans les Eddas l'hydromel de l'inspiration poétique : ou même le besoin d'enterrer certaines friandises dans des tas de fumier pendant trois ans. Mais une chose est tout à fait certaine, c'est que tandis que les patriarches et les barbes grises avaient besoin de longues négociations pour conclure les fiançailles d'un garçon et d'une fille, la nature ne demande souvent qu'une minute, si on la laisse faire.

Dans la soirée, l'évêque Didrik poussa une pointe jusqu'au groupe des jeunes gens qui s'efforçaient de danser sur la mer houleuse sur les bribes d'air d'un harmonica dont jouait un homme ivre. Le mal de mer leur était si étranger qu'ils prenaient du plaisir quand les hautes vagues les jetaient pêle-mêle par terre, selon les lois de la physique. L'évêque mit sa main sur l'épaule de la fille de Hlidar qui venait d'être projetée dans les bras d'un homme, dans un coin. Elle se releva toute confuse et rejeta en arrière une boucle de cheveux qui pendait sur ses joues en feu, les pupilles de ses yeux étaient dilatées et brillantes.

« Je viens du chevet de votre mère, dit-il. Elle va mal, j'en ai bien peur. Votre frère et le petit sont couchés à ma place et maintenant je retourne m'occuper de l'enfant. Si j'étais une jeune fille, je ne traînerais pas toute la soirée avec des vagabonds de Galicie. »

La fille se fit toute petite devant cette remontrance et tout son visage prit un air terrifié de somnambule. Elle se dégagea des bras du chercheur d'or avec la formule dont ils étaient convenus : « Un instant », dit-elle, et elle s'enfuit en courant.

Il était maintenant très tard et il n'y avait plus personne dehors, sauf ceux que leur activité glandulaire incontrôlable forçait à danser au milieu d'une tempête hurlante, en pleine nuit, sur un plancher qui s'inclinait à quinze degrés. Des cabines et des salles on entendait les gens qui avaient des haut-le-cœur ou qui vomissaient et qui gémissaient en proie au mal de mer. Mais la fille traversa gaiement les ponts qui se soulevaient et ne se sentait nullement incommodée. Elle essaya de soigner sa mère et de lui donner de l'eau et des médicaments, comme l'avait prescrit le médecin. Elle essaya de parler du temps qu'il faisait à cette femme épuisée. Elle lui dit que des jeunes qui ne pouvaient pas se comprendre se réjouissaient du roulis et du tangage, et elle essayait d'égayer cette femme totalement indifférente en lui annonçant qu'elle avait rencontré des messieurs étrangers qui étaient très gentils avec elle.

Bien que cette femme ne réagît pas apparemment avec exubérance, elle n'était pas morte, elle entrouvrit même un œil et sourit du coin des lèvres à sa fille, dans cette lumière rouge dont nous avons parlé plus haut, comme pour dire que le bonheur de la jeunesse est une belle chose et que les gens devraient en jouir pendant qu'ils le peuvent. « Je te comprends, ma fille, semblait-elle dire dans ce demi-sourire, et je ne te ferai pas de reproches, tant que je pourrai te voir d'un œil, par la grâce de Dieu. » Et elle entra dans le coma. La fille commença à essayer de sortir de ses vêtements en plein roulis. Le bateau craquait en plongeant dans les creux ou grimpait sur une montagne d'eau si raide que les hélices se dressaient en fouettant l'eau au-dessus de la surface. Les machines gémissaient et poussaient des cris aigus sans arrêt.

« Un instant! » Les mots sonnaient encore dans ses oreilles tandis qu'elle était là debout, à moitié nue et muette, et que le navire plongeait sous elle, se retenant fermement pour ne pas tomber. Le bruit de la porte qu'on ouvrait fut noyé dans le fracas général. C'était son chercheur d'or, qui voulait compenser la brièveté de leur au revoir, quelques instants auparavant, et lui dire bonne nuit et la prendre dans ses bras. Et alors elle se rappela Bjorn de Leirur qui avait toujours l'habitude d'éteindre la lumière dans ces moments-là. Comme si rien n'était plus naturel, elle éteignit la lampe sans écarter son étreinte et entrevit ses boucles blondes ondulées, au moment même où la lumière s'éteignait. Tandis que les femmes continuaient à exhaler leurs derniers souffles, elle respirait ce jeune être qui, par sa simple présence, régnait sur tout son sang. Le moment était venu que certaines autorités considèrent comme le plus important : si important même qu'il n'y a plus rien à attendre quand il est passé. Mais, néanmoins, là, il n'y avait eu ni propositions, ni promesses, ni aveux, ni compliments, ni poésie, encore moins de discours moraux ou philosophiques. En ce moment, qui pourrait bien contenir la véritable essence de toute une vie, pas d'autres paroles ne furent prononcées que la formule magique : « Un instant ! »

Le temps se diluait dans la chaleur de cette nuit d'oubli sur la houle de l'Océan, qui précipitait le navire d'une vague sur l'autre, au rythme lent des respirations des femmes souffrantes et aux accents de cette *Clémentine* perdue et partie pour toujours.

Les sensations et les rêves de la nuit sombre se confondaient en un étrange livre d'images ou refluaient dans l'oubli, accompagnées par les hélices qui protestaient en s'élevant dans l'air vide, sur la crête des vagues, et dehors par les harmonicas.

Elle s'était endormie et ne se rendit compte de rien jusqu'au moment où elle s'éveilla et s'aperçut de la présence de l'homme. Les mains qui l'étreignaient comme une urne étaient maintenant froides et cela la rafraîchit. Et le feu de cette nuit muette continuait à brûler d'un sommeil à un autre sommeil, du souvenir lointain de la barbe aromatique de Bjorn de Leirur jusqu'au caquetage des poules.

Comme il a été dit plus haut, l'évêque Didrik avait pensé que l'état de la femme de Hlidar allait en empirant, lorsqu'il était venu la voir le soir précédent. L'évêque avait trouvé la fille mêlée à une foule de mauvais sujets et l'avait admonestée : elle était alors descendue dans l'entrepont. Lui était allé au dortoir, où le frère et l'enfant étaient couchés, paralysés par le mal de mer. L'évêque ne pouvait pas dormir, tellement il se faisait de souci au sujet des femmes de cette famille qu'on l'avait envoyé chercher chez elle pour la ramener saine et sauve à Dieu, en terre sainte. A plusieurs reprises, cette nuit-là, il avait été sur le point d'aller voir encore une fois comment la femme supportait cette tempête, mais il hésitait à quitter le chevet du petit garçon malade. Cependant il y avait sur le bateau un vieux sage mormon venu d'Angleterre, qui s'éveillait toujours à la pointe du jour et se mettait à se chanter un beau cantique mormon pour le pauvre voyageur attristé. Et de bonne heure, ce matin-là, quand l'évêque Didrik entendit le vieux Mormon qui commençait à chanter, il laissa le petit garçon à sa garde et alla rendre visite aux malades et aux malheureux, selon l'Evangile.

La mer était encore houleuse et le ciel de plomb, mais la tempête se calmait et le jour commençait à poindre. A tâtons, il chercha son chemin le long des corridors et des escaliers des cabines. Il n'y avait pas âme qui vive. Des lumières douteuses vacillaient çà et là. Il ouvrit la porte de l'infirmerie et vit que la lumière à l'intérieur était éteinte et que les malades étaient couchés dans l'obscurité la plus complète. Il sortit quelques allumettes, en craqua une et alluma. Il jeta un coup d'œil dans la direction de la banquette où la fille avait son lit et fut stupéfait de la voir couchée à côté d'un homme d'aspect vieillot, pas beau du tout, chauve, avec un bec-de-lièvre, la bouche grande ouverte et ronflant. A côté de lui, cette jeune fille dormait paisiblement dans tout l'épanouissement de sa beauté. Ce spectacle étonna tant l'évêque qu'il en oublia un instant sa mission et s'approchant de la banquette, il fit che-che-che aux dormeurs, une espèce de bruit que l'on fait quand on pousse les moutons vers leurs pâturages, la nuit. La fille fut la première à remuer et elle ouvrit les yeux. Elle vit l'évêque debout à côté de son lit et, couché à côté d'elle, une créature qui, dans l'état de demi-sommeil où elle se trouvait, lui parut être un monstre. Elle poussa un hurlement et se blottit contre le mur, couvrant de ses mains sa poitrine nue. A ce moment, son compagnon de lit s'éveilla aussi. Il se frotta les yeux pour se réveiller et se mit à ricaner, de sorte que la fente profonde qui séparait sa lèvre s'ouvrit encore plus largement, mais dans ses yeux apparut ce regard bestial et typique de ceux que la nature a défigurés de la sorte. Il marmonna quelques mots inintelligibles d'une voix nasillarde, en saisissant les premiers vêtements qu'il put trouver pour couvrir sa nudité. C'était un homme maigre, nerveux, osseux, à la poitrine creuse. Il enfila ses souliers fatigués, fourra le reste de ses vêtements sous son bras et partit sans un mot d'adieu. La fille restait là accroupie, tassée, comme si elle avait été pétrifiée, les mains croisées sur la poitrine, les doigts écartés, regardant fixement cet homme qui s'éloignait, angoissée.

« Tirez la couverture sur vous pour ne pas attraper froid, petite fille, dit l'évêque. Je vais voir votre mère, qui a l'air de ne plus aller du tout. J'espère qu'on ne l'a pas laissée sans soins toute la nuit? »

La femme de Hlidar avait été ballottée d'un côté et d'autre par le mouvement du navire — n'étant plus assez forte pour se raidir et résister comme font instinctivement les gens, même endormis, pour se protéger, quand la mer est agitée. Elle était maintenant couchée sur le ventre, la figure pressée contre les barreaux de la tête du lit. L'évêque la dégagea et la remit sur le dos. Elle était froide et lourde et n'avait plus aucune réaction contre ce qu'on pouvait faire d'elle. Un de ses yeux était ouvert et l'autre à demi fermé. L'évêque mit ses lunettes et posa son oreille contre son cœur. Mais quand il eut écouté attentivement pendant quelques instants, il retira solennellement ses lunettes et les remit soigneusement dans leur étui.

« Votre mère est partie avant nous pour la Terre promise, petite fille, dit l'évêque. Votre père et moi-même nous la baptiserons en temps voulu et nous la ferons entrer dans la cité sainte pour l'éternité. »

A ce nouveau coup inattendu, la fille cessa de soupirer sans nécessité sur sa chute évidente; ses traits s'affaissèrent et prirent une expression de relâchement et d'hébétude, comme si le mécanisme de sa vie consciente s'était soudain arrêté. Puis elle s'accroupit, le menton sur les genoux en se tournant vers le mur et son jeune corps potelé devint d'un seul coup sans âme et sans sexe, pareil à celui d'un enfant poussé trop vite. Par décence, l'évêque posa sur elle une couverture avant d'aller trouver les officiers du bateau.

Toute cette journée-là, et la suivante, la fille ne leva pas la tête de son oreiller, ne prit aucune nourriture et ne parla à personne, mais resta blottie contre le mur. A minuit, la nuit suivante, son frère vint lui annoncer que leur mère allait bientôt être ensevelie. Elle ne répondit rien, tira seulement la couverture pardessus sa tête et s'enfonça encore plus avant dans le lit.

Le vent avait cessé brusquement de souffler et la mer était maintenant comparativement calme. Les étoiles regardaient en bas vers la terre. Sur le coup de minuit, le navire fut mis à la cape pendant trois minutes et on jeta à la mer le corps de cette femme, qui avait quitté sa maison et son pays pour gagner le paradis et y rencontrer le meilleur homme qu'elle eût connu et qui était mort pour elle depuis longtemps maintenant. Etaient présents à ces funérailles : le capitaine et son second et six robustes matelots en grande tenue. Il y avait aussi le fils de la morte qui semblait un peu gauche avec le pantalon trop court et les bottes de montagnard que l'évêque lui avait achetés en Ecosse. Le médecin se tenait un peu à l'écart, fumant une cigarette, comme cela devenait la mode alors. L'évêque Didrik était là dans le froid de la nuit, avec le petit-fils de la morte dans ses bras. Il y avait parmi l'assistance le vieux Mormon qui savait chanter une des plus belles hymnes qui aient jamais été composées sur le voyageur solitaire. Cette hymne, cependant, il ne fut pas autorisé à la chanter à cette occasion, sauf en silence, car la loi dit que c'est au capitaine du bateau de lire le service funèbre, s'il n'y a pas d'ecclésiastique de la secte que les Mormons appellent les Gentils. Mais l'évêque Didrik cependant s'arrangea pour dire quelques prières sur les restes mortels de la femme, dans une langue que personne ne comprenait, sauf Dieu, mais pas pendant plus de trente à quarante secondes, car ce n'était pas le moment de perdre son temps.

Le corps n'avait pas été placé dans un cercueil, mais était étendu sur une civière et enveloppé d'une épaisse toile à voile et vêtu d'une chemise de nuit blanche de la compagnie. Enfin le drapeau rouge et blanc du roi de Danemark l'enveloppait en signe de respect; car sur le registre du navire, quant aux nationalités, les Islandais n'étaient pas reconnus comme Finnois, aussi incroyable que cela pût être, mais comme Danois.

« Dans cette belle toile dort ta grand-mère, mon garçon », dit l'évêque Didrik.

Le capitaine, un homme court et puissant, aux cheveux gris et à la face rougeaude, tourna les pages de son livre, et s'avança sous la lumière de la lampe, à la tête de la civière, et récita en anglais les paroles rituelles pour une sépulture en mer. Puis il fit signe au Mormon. L'évêque Didrik s'avança et tendit l'enfant au vieil homme, croisa les mains sur sa poitrine par-dessus son chapeau soigneusement enveloppé et dit :

« La sœur à qui nous disons adieu, enveloppée dans ce suaire rouge et blanc qui ne sont pas ses couleurs, mais celles du roi de Danemark, est maintenant la bienvenue au Royaume de Dieu, dans un autre vêtement, le seul vêtement qui lui restait quand elle a quitté l'Islande. Et ce vêtement porte un emblème qui est au-dessus des Islandais et des rois danois : il porte l'image de la ruche, du lis blanc Sego et de la mouette, c'est l'emblème de la terre que le prophète a donné avec le Livre d'Or et qui s'élèvera dans le ciel le jour où la terre sera devenue un désert. »

Après ces mots, Didrik reprit l'enfant dans ses bras. Les marins déroulèrent à nouveau le drapeau danois et attachèrent la civière avec des cordes. Puis ils l'élevèrent au-dessus du bastingage et le descendirent avec précaution le long du flanc du navire. L'évêque Didrik éleva l'enfant au-dessus du bastingage et lui montra sa grand-mère qui descendait. L'enfant regardait avec de grands yeux intelligents, dans le froid de la nuit, et restait silencieux; mais quand la civière glissa dans la mer et que les liens furent relâchés, tout ce qu'il dit avec des larmes dans la voix (car ils avaient été les plus heureux des êtres au monde quand ils vivaient ensemble) ce fut : « Petit Steinar veut aller avec grand-mère. »

A l'aube, le jour suivant, l'évêque Didrik ouvrit la porte de l'infirmerie et s'approcha de la banquette où était couchée la fille et lui dit bonjour. Elle leva les yeux sur lui, comme un

animal couché dans son terrier, sans lui rendre son salut.
« Vous êtes réveillée, mon agneau », dit l'évêque.

La fille resta longtemps silencieuse puis elle répondit : « Je ne me reconnais plus, je ne sais plus qui je suis. Suis-je un être humain ?

— Je le pense bien, dit l'évêque.

— S'éveiller et avoir tout perdu, savoir qu'on n'a plus rien, est-ce que ça s'appelle être un humain ? dit la fille. Oh ! Où est notre beau cheval que nous possédions tous ensemble ?

— On ne peut dire le contraire : les esprits qui vous entourent ne sont pas très séduisants. J'ai veillé ici toute la nuit. J'ai passé mon temps à chasser les démons. Il en est venu un, puis un autre, puis un troisième. A leurs yeux vous êtes la dernière des catins.

— Alors, est-ce que c'est ça que mon père m'a promis, dit la fille, qui était maintenant accablée de chagrin. Je vous en supplie, au nom de je ne sais qui, sauvez-moi. Ne me laissez plus m'aveugler. Enfermez-moi. A clef.

— J'ai une idée, mon agneau, dit-il. Et en fait c'est la même solution que celle que j'ai adoptée sur la rivière l'automne dernier, lorsque Satan se tenait sur l'autre rive, attendant de s'emparer de l'enfant. Je me le suis attaché devant Dieu. Je ne puis songer à une autre solution que de faire la même chose avec vous.

— Vous pouvez faire ce que vous voudrez de moi, Didrik, dit la fille. Si seulement vous voulez me protéger et ne jamais m'abandonner.

— Je n'ai qu'à vous attacher à moi par un serment solennel, mon agneau, et faire de vous mon épouse céleste. Autrement l'ombre de votre dégradation retomberait justement sur moi, non pas seulement aux yeux du Seigneur, mais aussi aux yeux de votre père, qui mérite bien mieux de ma part que de lui rendre une malheureuse tirée d'un tas d'ordures, au lieu de la petite fille qu'il est parti racheter à travers le monde.

— Cher Didrik », dit la fille. Elle se souleva avec des larmes dans les yeux et lui tendit les bras. « Si vous voulez ma misérable vie, alors rachetez-moi pour que je sente à nouveau le souffle des jours où j'étais petite fille, à la maison. »

28. *Une bonne soupe*

Le gouvernement fédéral s'était depuis longtemps montré disposé à incorporer dans sa juridiction le « Territoire », comme l'appelaient les habitants de l'Utah, quand ils ne parlaient pas encore le langage du Livre d'Or. Les Saints du Dernier Jour n'étaient pas très enthousiastes pour ce projet d'association. Le gouvernement fut obligé d'envoyer de temps à autre des forces de police, qu'on appelait les fédéraux, pour intervenir, quand un conflit s'élevait entre la révélation divine et les opinions du Président des Etats-Unis. La plus grosse pierre d'achoppement pour les étrangers était la doctrine qu'une femme ne devait être considérée au ciel et sur terre qu'en raison de la personnalité de son mari, et que par conséquent c'était le devoir de tout honnête homme, de tout homme de bien, de donner à autant de femmes que possible une part de sa réputation et d'élever ainsi leur condition. C'est toujours une décision grave pour une Eglise de renoncer à une doctrine qui lui a été révélée par Dieu lui-même, et cela est vrai pour autant des principes moraux fondés sur l'abnégation individuelle et l'enthousiasme social de l'assemblée des fidèles, comme cela fut le cas pour la sainte polygamie chez les Mormons.

Vers cette époque la route principale qui conduisait en Utah avait été améliorée et les immigrants commençaient à affluer des Etats de l'Est. La vague d'émigration était justifiée par cette expression « le bon temps » qui commençait à se répandre en Amérique et qu'on n'avait jamais entendue auparavant dans le monde. La majorité des nouveaux venus, cependant, n'étaient certainement pas des Saints du Dernier Jour, mais des Gentils, comme les Mormons, imitant en cela les Juifs, appelaient ceux qui ne reconnaissaient pas le vrai Dieu. Ils disaient que ces hommes-là appartenaient à la Grande Hérésie, encore connue sous le nom de Grande Apostasie, dans laquelle les chrétiens ont été pris au piège, depuis le IIIe siècle jusqu'à ce que le prophète ait trouvé le Livre sur la colline de Cumorah. Les Gentils ne s'étaient pas plus tôt installés qu'ils s'insurgèrent contre les pionniers du prophète, traitèrent ses révélations de balivernes et prêchèrent la sainte monogamie contre la sainte polygamie.

Le gouvernement avait des espions partout en Utah pour savoir s'il n'y avait pas quelque part quelque misérable qui couchait avec deux ou trois femmes. Si on en trouvait un, il était traîné devant le tribunal et condamné à une indemnité, qu'il devait verser à l'Etat, ou alors il était expédié plus loin, dans l'Est, et mis sous les verrous. Les efforts particuliers furent faits pour punir les hommes les plus en vue dans chaque communauté, afin d'intimider le menu fretin. Et le moment arriva où l'on examina d'un peu plus près la situation à la Fourche d'Espagne — pour voir qui avait obéi aux ordres de Dieu plutôt qu'aux lois fédérales, et si c'était le cas, savoir si c'était assez important pour justifier la dépense entraînée par le châtiment.

C'était maintenant le tour de l'évêque Didrik qui avait commis le crime d'élever Mme Colornay, la femme qui vivait dans les fossés avec son enfant, aussi haut aux yeux du Seigneur que la sainte mais stérile Anna de Fer et qui avait même aggravé la situation en contractant mariage devant Dieu pour toute l'éternité avec la pauvre vieille Maria Jonsdottir d'Ompuhjallur. Les habitants de la Fourche d'Espagne dirent aux fédéraux que le type qu'ils cherchaient était ou au pôle nord ou en Finlande, en train d'enseigner aux gens à embrasser la Bible.

Il était inévitable que le récit s'écartât un instant de Stone P. Stanford, maître briqueteur à la Fourche d'Espagne et de la maison qu'il était en train de construire, pendant que des événements se passaient dans d'autres parties du monde. Pour montrer qu'un briqueteur aussi excellent n'est pas totalement oublié dans ce livre, ni dans d'autres, nous allons reprendre le fil de notre récit au moment où nous décrivions sa maison. Stanford bâtit presque toute la maison pendant l'été, faisant cuire les briques nécessaires lui-même, dans le chantier de Didrik. Il construisit d'abord le bâtiment principal, puis il eut des idées de grandeur et ajouta une aile, qu'il plaça à angle droit avec l'autre bâtiment, comme si ces bâtiments devaient se séparer et aller chacun de son côté.

On voyait fréquemment ce genre de maison à la Fourche d'Espagne, qui recherchait un style plus varié et d'aspect plus riche que la condition de pionnier ne le permettait. Plusieurs de ses dignes compatriotes disaient que ce n'était pas la peine d'avoir quitté l'Islande pour la Terre de la Sagesse suprême, si eux et leurs familles devaient se contenter de maisons plus petites que la résidence ordinaire d'un shérif en Islande. Personne ne savait à quoi était destinée cette petite maison qui sortait du gros bâtiment. Mais dans les petites histoires instructives sur l'Angleterre, qui paraissaient au bas des pages des journaux des deux côtés de l'Atlantique, on parlait toujours de gens habitant de belles maisons qui « descendaient pour prendre leur petit déjeuner », et ce n'était pas une des moindres raisons pour lesquelles les bonnes gens de la Fourche d'Espagne avaient leur chambre à coucher au premier. Stone P. Stanford ne voulait pas viser plus bas que les autres habitants du Royaume de Dieu sur terre. Il construisait trois pièces au rez-de-chaussée et, dans la cuisine, il se fit un petit coin pour lui, le vieux de Hlidar, où il espérait qu'on lui permettrait de se retirer en paix, dans le calme, quand il serait plus vieux, en train d'éplucher un gigot de mouton salé avec son couteau de poche, tandis que les jeunes, visiteurs et locataires, chanteraient dans le salon.

Il bâtit une chambre à coucher, pour lui-même et sa femme, aussi grande que la chambre à coucher principale de la demeure d'un éleveur de moutons gallois, qui habitait la Fourche d'Espagne à l'époque, et qui possédait vingt-quatre mille moutons sur la montagne — à peu près autant que tous les fermiers réunis de dix paroisses d'Islande. Mais lui-même n'y couchait jamais. Dans la mansarde de l'annexe, dont le mur à pignons faisait face à l'est, en direction de la Sierra Benida, soudain, prit forme une pièce dont il eut quelque difficulté à expliquer l'usage futur, quand on le lui demanda.

« Quand ma fille s'éveillera le premier matin, dans Sion, la cité de Dieu, dit-il, le soleil se lèvera sur la Sierra Benida et brillera sur les Saints; le soleil de la Sagesse Suprême; le soleil de la Ruche, du Lis blanc Sego et de la Mouette, et alors elle comprendra son père, même si elle ne le comprenait pas quand autrefois il fabriquait son coffret. Mon fils, qui habitera à l'autre bout, comprendra aussi ce matin-là qu'Egill Skalla-Grimsson et les rois scandinaves habitent ici à la Fourche d'Espagne, mais qu'ils ont maintenant la lumière de l'orthodoxie dans les yeux et sont devenus des chefs dans le district, membres du Conseil des soixante-dix et Grands Prêtres.

Mais il y avait un problème qu'il n'avait pas réussi à résoudre, c'était quelles sortes de rideaux il allait mettre aux fenêtres. Maintes fois, Stanford avait demandé quels rideaux convenaient aux magasins « Le Seigneur ton Dieu » qui n'étaient pas contaminés par les marchands, et où vous regardait un œil terrible dont les rayons irradiaient comme les piquants d'un oursin. Il leur avait fait dérouler pièce après pièce, mais ne trouvait jamais quelque chose qui approchât de la couleur et du motif floral qu'il désirait pour l'étoffe qui allait se trouver entre sa fille et la montagne sainte. Il exposa le problème (blanc ou en couleur ?) à un vieux et honorable « ancien » de la capitale, quand il dut y aller pour les affaires du district. Les gens, à Salt Lake City, n'étaient que trop désireux de lui vendre des articles de ménage, mais des rideaux pour la fenêtre de sa fille, cela les dépassait. Cet « Ancien », à la parole lente, qui personnifiait toutes les épreuves du désert, rappela au briqueteur qu'il y avait deux choses bien plus urgentes pour lui que des rideaux pour sa fille, s'il voulait continuer son chemin dans le sentier où il s'était engagé; la première était de jeter les yeux sur les dignes femmes qui s'en allaient à la dérive, impuissantes comme des épaves sur le lac salé du désert, sans même pouvoir sombrer, et de se demander si le moment n'était pas venu de contracter un mariage divin avec une ou deux de ses sœurs et ainsi de contribuer à renforcer la sainte communauté contre les Gentils.

« Lorsque Brigham Young était couché chez lui sur son lit de mort, le drapeau fédéral flottait sur sa maison aux vingt-sept pignons et tous les fédéraux étaient dehors, en armes, dit le vieux sage, comme pour rendre toute discussion inutile. Et l'autre chose, cher frère, est celle-ci : est-ce qu'il n'est pas bientôt temps de vous soumettre au devoir de tout bon Mormon et de vous rendre dans les pays habités par les Gentils pour leur enseigner à embrasser l'Evangile ? »

Stone P. Stanford revint chez lui doublement fortifié par la confiance que lui témoignaient ces avertissements nécessaires. La prudence et la sollicitude que contenaient ces avertissements se situaient sur un plan tellement élevé que plus il y pensait, plus il comprenait clairement qu'il avait été en fait réprimandé. La seule punition vraie et juste est celle dont l'âme ne se rend pas compte au moment où elle lui est infligée, mais où il s'aperçoit le lendemain qu'il a été fouetté la veille. Vers le soir il se tenait à la fenêtre qui donnait sur le panorama de la Sierra Benida, la montagne bénie, la montagne dont la nudité est celle d'un homme qui n'a pas seulement ôté ses vêtements, mais qui n'a plus de peau, ni de chair, ni de nerfs, ni de sang. Peut-être était-ce la volonté de Dieu et du prophète qu'entre cette petite fille et cette montagne, la montagne bénie, la montagne nue, ce squelette de montagne, il n'y eût pas de rideau.

Jamais la pensée du briqueteur, quand il eut médité les paroles de l' « Ancien », n'avait été aussi éloignée de l'idée d'habiter la maison qu'il avait construite. Il plaça la table de la salle à manger qu'il venait d'acheter au milieu de la pièce, avec les chaises tout autour, comme s'il allait donner un dîner — puis il accrocha les hôtes au mur : portraits de Joseph le prophète, de son frère Hyram et de Bri gham Young. Il continua à s'occuper dans l'obscurité, polissant les objets en bois dans la maison à la lumière d'une lampe qu'il avait allumée. Mais quand il sentit qu'il avait sommeil, il ne s'étendit pas sur le grand lit conjugal, mais sortit et entra dans l'atelier derrière la maison, comme d'habitude. Le sol, dans cet appentis, était le sable du désert. Son lit était un cadre qu'il avait lui-même agencé avec deux étais ou plutôt deux tabourets, l'un pour la tête, l'autre pour les pieds. C'est là qu'il dormait généralement avec une couverture sur lui. Une vrillette[1] le réveilla et se mit à lui frotter le cou, quand il alluma la chandelle, et il entendit le bruissement d'une araignée de la taille d'une farlouse qui avait établi ses quartiers d'hiver dans un coin. Une saine brise soufflait par la fenêtre ouverte et au ciel brillait une étoile. Il vida soigneusement le sable de ses chaussures avant de se coucher.

Un soir (c'était un de ces soirs qui sont presque exactement comme les autres soirs, où il n'y avait pas même une réunion de l'Association pour le Perfectionnement Mutuel des Jeunes Femmes) le briqueteur se préparait à manger son pain et à aller se coucher, quand il reçut un message lui demandant s'il voulait bien se rendre chez l'évêque pour manger la soupe. Il se lava soigneusement le visage comme c'était la coutume à Steinahlidar, quand les gens vont en visite, et se passa les mains sur son crâne chauve parce qu'il avait l'impression que ses cheveux se dressaient sur sa tête, comme quand ils poussaient dru.

Quand il atteignit la maison de l'évêque, toutes les fenêtres étaient illuminées. L'évêque Didrik était de retour. De la maison s'exhalait une attirante odeur de cuisine : une odeur de chou et de toutes sortes de légumes, toutes les joies de l'hospitalité contenues dans la soupe américaine. Didrik avait retiré sa veste et était assis dans son fauteuil, sous la lampe. Un garçon de sept ans et une fille de huit ans étaient agenouillés devant lui, regardant leur père avec étonnement et admiration. Le garçon avait mis le chapeau de son père, ce chapeau merveilleux enveloppé

---

1. Villette, ou l'horloge de la mort. (N.d.T.)

dans un papier imperméabilisé, qui n'avait été ni froissé ni tache. La petite fille désigna du doigt les boutons de la chemise et dit : « Oh! quels jolis boutons vous avez sur votre chemise, papa. » Mais le plus jeune fils de Mme Colornay qui était né six mois après le départ de Didrik avait grimpé sur son père jusqu'à ce qu'il eût retiré ses lunettes. Stanford avait à peine eu le temps de saluer l'évêque que Mme Colornay sortit en coup de vent de la cuisine et vint vers lui toute rayonnante et souriante, en serrant dans ses bras une jeune fille aux couleurs fraîches, venue d'un autre monde, et qui regardait fixement, droit devant elle, avec de grands yeux interrogateurs.

« Que le Dieu des armées soit loué de vous avoir donné un tel joyau comme fille, la quatrième femme de notre Didrik! Et maintenant embrassez-moi et embrassez-la et nous tous, et complimentez-nous, dit Mme Colornay. Est-ce que vous ne croyez pas que c'est une bénédiction d'introduire dans cette odeur de gélatine et de vieilles femmes une rose parfumée si claire, si propre, si pure de cœur et, qui plus est, juste au moment où je ne peux plus avoir d'enfants. Maintenant la vie recommence et aussi les jours ensoleillés dans la maison de l'évêque, comme l'année après que notre Didrik m'eut sortie du fossé avec mes petits, qui sont maintenant grands et qui sont partis pour la guerre. Rien ne pourra jamais plus jeter une ombre sur cette maison, si ce n'est ces sales fédéraux (Dieu protège nos enfants!) qui rôdent autour de la maison à toute heure : l'un d'eux m'a presque prise au piège, dans un coin contre le tonneau d'eau de pluie, hier soir; un gros tas comme moi, avec mes varices jusqu'en haut des cuisses, et maintenant sans sexe, Dieu merci. »

Il embrassa sa fille, comme c'était la coutume à Steinahlidar, mais avec une certaine hésitation. Puis il embrassa son fils qui surgit d'un coin obscur. Mais ni le garçon ni la fille ne purent prononcer un mot, quand ils le virent là pour l'éternité, jusqu'au moment où il demanda à sa fille comment allait leur mère.

« Notre mère est morte, elle aussi », dit la fille.

Puis ils racontèrent à leur père comment leur mère était morte en mer et avait été ensevelie.

« Que le Seigneur soit loué et la protège! » dit Stone P. Stanford.

Il eut un léger ricanement et ajouta : « Ma parole, ça n'aurait pas tellement d'importance que je ne sache pas quoi dire, si je savais seulement où porter mes regards.

— Regardez par ici, mon cher Steinar, et contemplez votre propre portrait », dit Maria Jonsdottir d'Ompuhjallur.

Elle était assise avec le petit monsieur en blouse de Steinahlidar sur ses genoux. Dans l'heure même où il était arrivé dans la maison, elle était devenue en fait sa grand-mère, la même grand-mère que celle qu'il pleurait depuis qu'elle avait disparu et qu'il s'attendait à moitié à retrouver quand il arriverait à la maison, car, d'une façon ou d'une autre, l'enfant pensait que, quand on l'avait descendue dans l'Atlantique, elle avait simplement pris un raccourci pour gagner l'endroit où ils allaient tous.

« Baissez-vous, mon cher Stanford, et embrassez-le, là, sur mes genoux, continua la vieille femme. C'est le fils de votre fille chérie, notre quatrième sœur, à nous et à Didrik. Je savais bien que tant que je vivrais Dieu me donnerait la joie de tenir un petit garçon dans ces mains déformées, comme une sainte femme me l'a prédit dans les îles Westmann, quand j'étais jeune. »

Stone P. Stanford fit le tour de l'assistance et embrassa encore tout le monde et souhaita à chacun du bonheur, aussi sincèrement et aussi convenablement qu'il le pouvait. Puis il demanda des nouvelles de Steinahlidar à sa fille.

« Oh! tout va bien, je crois, dit la fille en reniflant. Sauf que le printemps a été terriblement froid cette année, rien que de la pluie et encore de la pluie, jusqu'à noyer les prés et les moutons dans les mares... »

Son frère l'interrompit : « Steina et moi-même nous disions qu'il n'y avait probablement jamais eu un printemps comme celui-là à Steinahlidar depuis l'année où la jument a mis bas Krapi...

— Et il est tombé encore plus de pierres de la montagne qu'avant, pourrait-on dire, ajouta la fille.

— Je suppose que vous voulez dire que les derniers hivers ont été durs pour le foin, dit le briqueteur. Il pouvait aussi neiger parfois au printemps à Steinahlidar, les moutons alors cherchaient leur nourriture à l'aveuglette, à travers les minces couches de glace, c'est parfaitement vrai. Ce que j'allais dire, c'est ceci : les pierres qui descendent de la montagne sur les prés, on connaît tout ça, mais oui! Mais à cette époque il y avait une consolation dans le fait que nous avions un bon cheval à Hlidar en Steinahlidar, celui dont vous parliez. Hélas, oui. »

Etonnés, ils s'écoutaient parler entre eux : trois êtres qui n'en formaient qu'un à l'origine et un seul cœur. Alors c'est ainsi qu'on se retrouvait au ciel! En hâte ils retombèrent dans le silence.

« J'espère que tout a bien marché pendant votre voyage, mon vieil ami? dit Stone P. Stanford.

— On ne m'a pas beaucoup battu en Islande les dernières années où j'y étais. Mais est-ce là un pas en avant ou un pas en arrière? dit l'évêque. Ça vous rend fou de lutter avec de la laine qui n'est même pas ensachée.

— Oh! c'est sûrement bon signe quand les gens cessent de battre ceux qui ne pensent pas comme eux, dit Stanford. Vous vous rappelez où et quand nous avons fait connaissance, Didrik ? Si je vous dis que je vis de l'autre côté de la terre, ce que j'ai un peu pensé parfois en tout cas, ce n'est pas là une raison suffisante pour commencer à me battre, avant d'avoir bien réfléchi de quel côté du monde vous vivez vous-même. En tout cas, nous vivons tous à cent mille millions de milles dans le cosmos. »

Puis le briqueteur baissa la voix et c'est presque dans un murmure qu'il demanda au grand évêque et grand voyageur : « Puis-je vous demander de me donner un petit renseignement : est-ce qu'il y avait des étoiles au ciel quand on l'a ensevelie?

— La tempête s'était calmée, le temps commençait à s'éclaircir et les étoiles brillaient au ciel, dit l'évêque.

— Bien, bien, dit Stone P. Stanford. C'est tout ce que je voulais vous demander. »

Anna de fer apporta la soupe dans un grand pot qu'elle posa au milieu de la table. Elle leur demanda de venir tous manger, et cette famille largement accrue, s'assit à table. Anna de fer ne s'assit pas tout de suite, mais commença à servir la soupe dans les bols. Ce n'est pas l'habitude chez les Mormons que ce soit toujours le chef de famille qui dise le bénédicité; parfois c'est une des sœurs et cela est dû au fait que le chef de famille est souvent absent, pendant de longues périodes, pour accomplir un travail utile dans des pays lointains. Anna de fer ne s'assit pas avant d'avoir dit le bénédicité. Elle était plutôt avare de ses paroles, comme le sont souvent les gens maigres.

« Nous te remercions, mon Dieu, dit-elle, parce que notre frère a encore accompli un prodige de foi, dont on se souviendra longtemps parmi les saints, et a planté une nouvelle fleur dans son éclat charmant, qui vivra et se multipliera pendant des générations dans ce désert. Amen. »

29. *La polygamie ou la mort!*

On raconte que vers cette époque, deux cents femmes non mormones se rassemblèrent et tinrent conseil à Salt Lake City, sous le titre d'*Union des femmes chrétiennes*. Les Saints considéraient ces femmes comme les descendantes de la Grande Apostasie. Ces femmes, qui en fait n'avaient jamais eu de révélations personnelles, envoyèrent des pétitions énergiques au Congrès des Etats-Unis de l'Amérique du Nord pour exiger qu'on prît des mesures décisives contre cette Eglise qui se proclamait mandatée par Dieu et elles demandaient au Gouvernement Fédéral de priver sans délai les polygames de leurs droits civiques, et d'abolir la loi et l'ordre que les Saints avaient établis chez eux. Elles disaient en outre dans ce document que la doctrine selon laquelle un grand nombre de femmes doivent partager le même homme était impie, puisque Dieu n'a créé qu'une Eve pour Adam, et non plusieurs. A cette réunion qui se tint dans une des églises de la Grande Apostasie, de nombreux discours fanatiques et pathétiques furent prononcés par des femmes qui n'avaient chacune qu'un mari, demandant la libération des femmes qui devaient partager le leur. Dans un flot d'éloquence elles exigeaient que leurs maris et les autres monogames missent les polygames en prison. Quelques-unes suggérèrent d'employer une forme de torture particulière aux Anglo-Saxons qu'on appelle « emplumer », c'est-à-dire enduire de goudron et garnir de plumes les maris qui avaient aimé plus d'une femme et faire la même chose à leurs épouses.

Ce n'est pas ici qu'on peut faire un rapport détaillé sur toutes les mesures et tous les moyens employés par les autorités gouvernementales pour contraindre les Mormons de l'Utah. Mais pour montrer qu'on n'apportait plus de ménagements dans la bataille contre les Saints, on doit dire ici que lorsque Stone P. Stanford vint pour voir l'évêque Didrik, le lendemain de son retour, afin d'obtenir d'autres renseignements sur les aventures importantes qu'une plus haute Providence avait imposées à leurs deux existences, l'évêque n'était plus là. Les fédéraux étaient arrivés au point du jour, avaient arrêté l'évêque et l'avaient emmené dans une grande voiture militaire. La maisonnée épanouie qui, le soir auparavant, était réunie autour d'une bonne et saine soupe pour fêter cette réunion et les nouvelles concernant leur salut, et où le bonheur était l'hôte d'honneur, avait été écrasée par l'injustice au nom de la justice et par l'impiété au nom de la piété.

Bien qu'on décrive toujours les Mormons comme des gens inoffensifs, ils n'avaient pas l'habitude de se coucher sous les coups très longtemps. Peu après que les deux cents filles de la Grande Apostasie eurent publié leur manifeste, les Saints embouchèrent la trompette de guerre. Ils tinrent des réunions publiques de femmes dans chaque district de l'Utah pour émettre des vœux et voter des résolutions. Puis les assemblées locales furent appelées à se réunir en une assemblée générale à Salt Lake City pour y affirmer leur unité et leur solidarité, et pour expliquer la place et la valeur de la polygamie dans l'entreprise du Salut. Les femmes de la Fourche d'Espagne se réunirent aussi et se préparèrent à aller à Salt Lake City pour faire entendre leurs voix dans le chœur national. D'abord elles chantèrent quelques hymnes des Saints du Dernier Jour, puis essayèrent de décrire leur bonheur, chacune à sa manière. Elles remercièrent le Dieu des armées de leur avoir révélé qu'elles étaient capables de voir et de comprendre que le salut de la femme consiste à avoir un bon et honnête mari dont les actions vertueuses parlent pour elles-mêmes et qu'il ne peut y avoir jamais trop de femmes pour partager un tel homme.

Elles disaient que l'harmonie spirituelle associée à un partage tangible de la présence divine donnait au foyer des Mormons une grâce qu'on trouvait rarement ailleurs dans la vie conjugale. Pour chaque journée que nous donne le Seigneur, disaient-elles, nous remercions le Dieu des armées et son ami le Prophète, lui qui institua ici sur terre une vie enchanteresse, sans envie ni jalousie. Qui a jamais entendu dire que d'honnêtes femmes ici soient jetées au ruisseau, comme c'est l'habitude chez les Joséphites et les Luthériens, dont les hommes ne reculent devant rien pour éviter un mariage honorable, ou bien qui sont infidèles à leurs femmes, quand éventuellement ils se marient et ensuite les abandonnent. Nous ne renoncerons pas à cette vie enchanteresse aussi longtemps que nous vivrons, quelle que soit l'oppression exercée par le gouvernement, par ses troupes et par la police, par ses orateurs au Congrès et au Sénat, par les scribouillards dans les journaux et par les écrivains, les professeurs et les évêques misérables et même par l'Antéchrist lui-même, le pape. Aucun pouvoir sur terre ne réussira à nous empêcher d'accomplir les décrets sacrés de Dieu en ce qui concerne la polygamie, autant que pour toutes les autres choses que Dieu nous a révélées. Aussi longtemps que nous vivrons nous voulons la polygamie, nous, femmes des Saints du Dernier Jour : la polygamie ou la mort.

Quand la réunion du district fut terminée, toutes les femmes prirent place dans les charrettes qui les attendaient sur la route pour les conduire à l'assemblée générale de Salt Lake City. De grands chariots de ferme normalement employés pour le foin et le maïs, quelques-uns avec des attelages de quatre chevaux, avaient été garnis de sièges couverts de grosse toile pour transporter toute cette cargaison fleurie. Ces dignes femmes rayonnaient d'idéalisme et de conviction orthodoxe et avaient cette expression de joyeuse innocence qu'on ne voit que sur les visages des nonnes. Certaines riaient et gloussaient par excès puéril de bonne conscience, laquelle est aux limites de l'inconscience, d'autres chantaient des hymnes de louanges avec des voix chevrotantes pour donner un exutoire à cette bonne conscience. Un groupe de jeunes hommes les accompagnait en jouant du cor. Les maris se tenaient sur la route avec les enfants pour leur dire au revoir. Il y eut quantité d'embrassades mutuelles. Un vieillard s'approcha d'un des chariots, rabattit ses cheveux sur son front et s'adressa à une jeune fille qui avait pris place sur un siège entre deux femmes âgées et qui regardait fixement le ciel; certes elle ne chantait pas, car elle ne connaissait pas les paroles, mais on pouvait juger à son air radieux qu'elle était plus heureuse que les mots ne pouvaient l'exprimer.

« J'espère, ma chérie, dit-il avec un petit rire, que tu n'es pas déçue par le pays et le royaume que je t'ai achetés à toi et à ton frère. Je peux te dire que si j'avais connu une cité de Dieu plus vraie quelque part ailleurs, je vous l'aurais achetée. »

La quatrième femme de l'évêque regarda son père avec l'éloignement qui doit un jour séparer deux cœurs. Elle répondit du chariot :

« Qu'est-ce que j'aurais pu souhaiter de mieux pour moi-même que d'avoir la permission de me joindre à ces femmes? J'espère que jamais ne viendra le jour où j'abandonnerai Didrik, car il m'a sauvée de cet être terrible et bestial dont je ne prononcerai jamais le nom.

— Ne parlez plus de cet être; heureuse qui en est libérée, dit Mme Colornay, qui était assise de l'autre côté de la quatrième femme.

— Aux îles Westmann il n'y avait qu'une bête terrible, la bête qui avait autant de mâchoires affamées qu'elle avait reçu de coups de couteau », dit la vieille Maria de Ompuhjallur, qui était assise de ce côté-ci de la quatrième femme, avec le jeune Steinar sur ses genoux. Et la vieille femme aveugle ajouta : « Mais d'autre part les gens avec lesquels j'ai grandi aux îles Westmann portaient le ciel dans leur cœur; même si pour faire la chasse aux oiseaux il fallait descendre une corde de soixante brasses le long d'une falaise, ils étaient chez eux dans Sion, la cité de Dieu! »

En route! et, ce fut le premier claquement de fouet. Le chariot de tête était parti et bientôt toute la caravane fut en route avec son chargement de femmes et sa musique. Les hommes prirent les enfants par la main et coururent le long de la route un bon moment, agitant leurs chapeaux en signe d'adieu, les uns plaisantant, les autres priant pour l'intervention de Dieu. Mais bientôt ils durent revenir sur leurs pas. Dans les charrettes, les femmes agitaient leurs mouchoirs, en riant et en chantant, accompagnées par la musique de la fanfare; et la poussière tourbillonnait sur la route. Peu à peu les hommes cessèrent de courir derrière et d'agiter leurs mouchoirs et quand les faubourgs de la ville eurent été atteints, ils étaient tous repartis chez eux, sauf un. Il se trouva tout à coup seul au milieu de la poussière, avec son chapeau qu'il tenait levé. La cargaison de femmes avait disparu dans le lointain, à mi-chemin de Springville, et les échos des chants et de la musique s'étaient presque totalement éteints. Il essuya la poussière de ses yeux après sa vaine poursuite. Mais ce n'est que lorsqu'il eut remis son chapeau qu'il remarqua qu'il était là, devant la maison la plus éloignée, à l'autre bout de la rue, la maison délabrée où avait vécu autrefois la machine à coudre.

La maison s'était beaucoup détériorée depuis la première fois où il était venu, il y avait bien longtemps, et même à cette époque elle n'était pas en très bon état. Maintenant il y avait de si larges fissures dans les murs que les lézards y avaient élu domicile; ailleurs des morceaux de terre s'étaient accumulés dans les crevasses et du chiendent y poussait.

Il ne restait pas beaucoup de vie sur les cordes à linge, en comparaison de ce qu'il y avait auparavant, juste quelques haillons d'enfant tout déchirés.

Il s'aperçut qu'il n'était pas le seul à contempler stupidement des chariots à musique : sur le seuil de la porte se tenait une jeune femme brune qui avait tout hérité de sa mère, sauf le rire et qui possédait la plupart des vertus féminines, sauf de savoir dire bonjour. Elle regardait du côté de la route en pleurant avec son enfant d'un an dans les bras. Le gosse essayait de consoler sa mère en lui tordant le nez qu'elle avait plein de larmes et en cherchant à lui enfoncer ses petits doigts sans force dans les yeux

Stone P. Stanford avait heureusement remis son chapeau, de sorte qu'il put le retirer pour saluer la jeune femme.

« Quel remue-ménage avec ces chariots aujourd'hui, n'est-ce pas ? dit-il en s'approchant d'elle. Que Dieu vous donne une belle journée, à vous et votre fils. »

On n'avait rien fait autour de la maison pendant l'année et peut-être même rien durant les vingt dernières années. Il était étonnant de voir comme les armoises et les tamaris foisonnaient avec ardeur dans ce coin, autour de la maison; en fait toutes sortes de mauvaises herbes qui foisonnent dans les lieux sauvages. En certains endroits les briques s'étaient écroulées des murs et formaient des éboulis. Les fenêtres qui donnaient sur la route avaient été aveuglées avec des planches. Longtemps auparavant le briqueteur avait à moitié promis à la femme de s'occuper de sa maison. Rarement une demi-promesse fut aussi totalement oubliée. Les briques qu'il avait apportées dans une voiture d'enfant, quand il lui avait rendu visite (d'heureuse mémoire) étaient toujours sur le seuil, comme il les avait empilées, sauf que, maintenant, elles étaient enfouies sous les mauvaises herbes. Il tendit la main à la jeune femme et celle-ci s'essuya d'abord la figure avec la paume de la main, puis elle lui tendit une main mouillée de pleurs. Alors il caressa le front du petit garçon et émit un petit rire.

« Il y a quelqu'un, du moins, dans Sion, la cité de Dieu, qui ne se réjouit pas aujourd'hui, quoi qu'on ait pu penser, dit-il. Qu'est-ce qu'on peut faire à ça ?

— Nous sommes des Joséphites et nous n'avons pas la permission d'y aller, dit la jeune femme et elle se remit à pleurer.

— Mon Dieu, si vous étiez venue me trouver, je vous aurais rapidement trouvé une place à côté de ma fille, en reconnaissance de tout le café que vous m'avez offert, dit-il. Et même si on ne peut pas compter sur moi et que je promette plus que je ne peux tenir, vous auriez pu simplement le dire à l'homme qui est un ami plus âgé et plus sûr pour vous que ce vieil homme de Steinahlidar.

— Vous voulez parler du vieux Ronki, dit cette jeune femme à l'aspect plutôt rude. Sûrement vous ne pensez pas qu'il puisse disposer d'assez de place pour y asseoir le derrière d'une femme? Tout ce qu'il peut faire c'est de clouer des planches sur nos fenêtres quand les gosses ont cassé les vitres à coups de cailloux. Voyez-vous, il avait l'habitude de ce genre de menuiserie dans son église luthérienne.

— Il n'y a pas à le nier, dit le briqueteur. Il y a trop de carreaux cassés. Quand je vois cette destruction gratuite, cela me fait aussi mal que si je l'avais fait moi-même. »

Comme nous l'avons dit plus haut, la machine à coudre n'était plus au milieu de la pièce. Borgi, la couturière, la face bouffie de larmes, était assise à une fenêtre donnant sur le derrière de la maison en train de raccommoder avec une aiguille et du fil. Les portes qui avaient été tenues soigneusement closes dans cette maison étaient maintenant non seulement sorties de leurs gonds, mais avaient disparu entièrement. Et qu'était devenu ce placard plein de robes à la dernière mode de la Nouvelle-Angleterre, qui étaient si décolletées qu'on pouvait penser que leurs propriétaires allaitaient encore ?

La femme regarda le visiteur avec ses yeux expressifs, enfouis dans une ombre profonde et gonflés de larmes.

« Il y a bien longtemps que je suis venu », dit-il.

Il ramena ses invisibles cheveux sur son front comme d'habitude et trouva un endroit sur le plancher dans un coin pour poser son chapeau avant de tendre la main à la femme.

« Bien le bonjour, ma chère madame Thorbjorg. Il n'est pas étonnant que vous ne puissiez reconnaître ce vieil ami qui ne sait plus lui-même son nom, et encore moins d'où il vient. Mais il fut un temps où vous m'apportiez d'excellent café et m'en apportiez beaucoup. Mille fois merci pour tout cela.

— Du café, répéta-t-elle avec étonnement, comme si elle n'avait jamais entendu quelque chose d'aussi absurde.

— Mais Celui qui n'a pas laissé sans récompense un verre d'eau rafraîchissant se le rappelle encore mieux, dit-il.

— Oui, c'est vrai, dit la femme. Et moi je vous remercie

pour les briques que vous avez apportées dans une voiture d'enfant. »

Bien qu'elle vînt juste de pleurer et que ses glandes lacrymales eussent à peine cessé de fonctionner, son sens de l'humour était si grand que le souvenir de ce cadeau la jeta dans un fou rire. Elle rit si fort qu'on pouvait voir l'intérieur de sa gorge.

« C'est vraiment un bienfait de Dieu que de pouvoir sourire, ma chère dame », dit-il.

Elle s'arrêta de rire et sécha ce qui restait de ses larmes.

« Asseyez-vous sur ma chaise, dit la femme en se levant. Je vais m'asseoir sur ce tabouret. Non vraiment, je n'ai pas le cœur à rire. Mais le spectacle le plus répugnant, c'était de voir ces femmes assises là, dans ces charrettes, l'air si hautain, des femmes qui, à ma connaissance, n'ont jamais entendu prononcer même le nom du Prophète, pas plus que moi. Ça, c'était le bouquet.

— Il en a toujours été ainsi, dit-il. Les premiers seront les derniers et les derniers seront les premiers. Il n'y a pas longtemps que ma fille a entendu prononcer le nom du Prophète, si elle l'a jamais entendu prononcer. Peut-être y a-t-il une raison à toute chose, même à ce fait que ni vous ni votre fille n'ayez été invitées personnellement à prendre place dans une charrette. Si je me souviens bien, vous m'avez dit un jour que lorsque quelqu'un avait essayé de vous enseigner l'Evangile, vous vous étiez mise à rire au point de vous trouver mal.

— Comme si on ne dépendait pas toujours du Prophète, qu'on croie ou qu'on ne croie pas, dit la femme. Pourquoi sommes-nous là, abandonnés comme ça ? Le Prophète a éloigné tout le monde de moi. La maison tombe en morceaux et pourquoi ? Le Prophète l'a mise en ruine. La seule chose que le Prophète m'ait laissée, c'est le vieux Ronki, c'est comme ça que j'ai eu les restes de votre soupe de bœuf de l'Evêché, l'autre jour.

— C'est bien malheureux, cette histoire de machine à coudre, dit-il, ça m'a fait un choc de l'apprendre.

— Evidemment, il m'a fallu faire face à mes dettes, dit la femme. De toute façon je n'en avais plus guère besoin, parce que depuis que ma fille a eu un enfant d'un Luthérien, pas un seul Saint n'a voulu que je fasse de sous-vêtements pour sa femme (c'est pas qu'on engraisse beaucoup à faire des sous-vêtements) et encore moins de vêtements visibles dont on pourrait peut-être parler à l'Association pour le Progrès Mutuel — car quelqu'un aurait pu dire : " Et ça, est-ce que ça ne vient pas de chez Borgi ? "

— Je vais essayer d'obtenir du pasteur Runolf qu'il ôte sa redingote d'ecclésiastique pour pouvoir gagner sa vie et devenir au moins président d'une paroisse, quand ce ne serait que ça, dit Stone P. Stanford. Je peux voir d'après la façon dont il s'occupe des moutons de l'évêque Didrik qu'il pourrait faire un remarquable chef de famille, s'il voulait seulement épouser légalement une ou deux femmes.

— Et vous ? dit la femme.

— A propos, ne pensez-vous pas que je devrais enlever mon paletot et examiner un peu les fissures les plus importantes dans vos murs. Pour vous dire la vérité, je reconnais, bien que j'en aie honte, que je n'ai pas tenu ma promesse à propos de quelque chose sans grande importance que je vous avais offert d'exécuter pour vous, il y a bien longtemps. Mais il ne fait pas encore jour, comme disent les fantômes, hi, hi, hi! dit le briqueteur. Excusez-moi, mais est-ce que mes yeux ne me trompent pas ? Les portes de la maison sont parties ?

— On s'en est servi pour faire du feu, quand il faisait froid l'autre hiver, il y a deux ans, juste après que ma fille a eu son bébé, dit la femme. Nous n'avions plus besoin de nous fermer la porte l'une à l'autre de toute façon. Notre Luthérien était parti. »

Le briqueteur fit un rapide tour d'inspection de la maison, à l'intérieur comme à l'extérieur et plus il se rendait compte de l'état des lieux, plus il était consterné. On pouvait à peine mettre le pied dans certaines pièces envahies par les fourmis et les blattes. Les ronces et les mauvaises herbes autour de la maison grouillaient d'animaux plus petits, la plupart inoffensifs, bien qu'à un certain endroit on pouvait voir la lueur des yeux d'une vipère. « Eh bien, mesdames, je ne vais pas vous retenir plus longtemps cette fois-ci et merci de m'avoir montré la maison, qu'on peut certainement arranger, tant qu'à faire, comme la plupart des autres œuvres humaines, dit-il. Mais il n'est pas toujours facile de savoir par où l'on doit commencer, quand on se trouve en face d'un mur écroulé.

— J'ai honte de ne plus avoir de café maintenant à offrir à un visiteur, dit la femme.

— N'y pensez plus, chère madame, je vis toujours du café que j'ai reçu de vous dans le passé, sans parler du café que vous m'avez envoyé une fois par votre fille », dit le briqueteur et il l'embrassa.

« Pensez à moi toutes les deux et si je ne rencontre pas votre fille dans le verger, donnez-lui mes plus vifs compliments; c'est une très belle fille, même si elle ne pleurniche pas tout le temps, comme sa mère, hi! hi! hi! et son petit garçon est magnifique. Pour vous dire la vérité, il me rappelle tout à fait mon petit-fils, qu'on m'a présenté brusquement l'autre jour, à l'improviste pour ainsi dire ou, pour être plus exact, avec l'aide du Dieu miséricordieux, on ne me l'a pas présenté du tout; en réalité je n'ose pas le regarder, de peur de l'enlever à un père bien meilleur que moi. Et maintenant où ai-je posé mon chapeau? car j'espère que je ne suis pas venu en visite sans chapeau. Et autant que je puisse me rappeler, j'ai salué quelqu'un sur la route, il y a quelques instants. »

La femme ne répondit pas, mais le regarda du fond de son âme, dans un silence humain profond, énorme, rempli de larmes, que rien ne pouvait rompre, qu'un éclat de rire. Il trouva enfin son chapeau là où il l'avait posé.

Ce n'est que lorsqu'il fut hors de la pièce, dans le vestibule, et qu'il eut ouvert la porte d'entrée, avec un crissement et un grincement, naturellement, qu'il se souvint de quelque chose qu'il avait presque oublié. Il rouvrit la porte, rentra dans la pièce et dit incidemment à la femme qui s'était rassise à la fenêtre de derrière pour raccommoder : « Ce n'est pas aussi facile que ça de se débarrasser du vieux bonhomme de Steinahlidar, une fois que vous l'avez sorti de l'eau, ce qui est le cas maintenant. Mais quand je vois la mauvaise qualité de la brique avec laquelle elle est construite et toutes vos fenêtres brisées par ces jeunes vauriens, vos portes depuis longtemps converties en bois pour allumer le feu et cette machine à coudre que le pasteur Runolf m'affirmait sans cesse être un gage de la victoire du Tout-Puissant ici, à la Fourche d'Espagne...

— Est-ce qu'il serait impertinent de vous demander de quoi vous parlez ? dit la femme.

— Eh bien, dit-il, je me demandais si je ne pourrais pas vous inviter toute les deux à venir dans ma nouvelle maison, pour y habiter. Il y a une très belle vue de la fenêtre de la mansarde sur la Sierra Benida, que je considère comme la montagne idéale. Je serai bientôt vieux et je m'apprête à partir. Et puis il n'est pas mauvais d'avoir autour de soi des gens sûrs, surtout des femmes, fidèles à quelqu'un. Je vous offre en échange à toutes les deux le sceau du mariage que les femmes doivent posséder une fois qu'elles sont au ciel. »

Le lendemain matin Stone P. Stanford résolut d'essayer encore de trouver des rideaux convenables pour la fenêtre du premier, d'où l'on pouvait voir la Vérité sous la forme d'une montagne, cette vue pour laquelle aucune usine ne semblait pouvoir fabriquer des rideaux convenables. Maintenant écoutons ce qui lui est arrivé au cours de ses recherches.

Quand il eut fait un bout de chemin dans l'avenue principale, il vit que les propriétaires des deux côtés de l'avenue chassaient, en grande colère, des moutons de leurs jardins. Bientôt finalement, les brebis se rassemblèrent au milieu de l'avenue, bêlant, ne sachant où aller, et quelques-unes commencèrent à donner des coups de tête, comme si elles n'étaient pas d'accord sur ce qu'elles devaient faire, maintenant qu'elles n'avaient plus d'autres refuges que la route caillouteuse où croissait la liberté, mais pas l'herbe. Le briqueteur les compta par habitude invétérée. Il y en avait quinze — toutes avec de grosses queues, bien plus belles que les trognons de queues des moutons islandais.

« A qui sont ces moutons ? » demanda-t-il.

Quelqu'un du voisinage, fatigué de chasser les moutons de son jardin, lui répondit en lui demandant s'il ne voyait pas que c'étaient les moutons de l'évêque Didrik destinés à sa marmite. « Croiriez-vous que le pasteur Runolf vient de les libérer ce matin! »

Un autre se joignit à eux et dit : « Ronki est sûrement devenu fou. On l'a vu au petit matin s'en aller en chancelant avec sa malle sur le dos. Il déménageait. Il semble avoir emménagé dans la cagna où vivait le Luthérien. »

Un troisième homme survint qui dit : « Avez-vous entendu dire que les femmes Joséphites l'ont mis à la porte hier soir avec les restes de porridge qu'il leur apportait de chez l'évêque Didrik ? »

Il a été dit plus haut, dans ce livre, qu'il y avait à la Fourche d'Espagne la plus triste église luthérienne du monde; la jeune Joséphite avait dit une fois qu'il n'y avait de place à l'intérieur que pour une mule debout. Sur le sommet de cette boîte, qui s'élevait sur un petit monticule, on avait bâti une tour, qui n'était pas plus grosse qu'un moulin à café de bonne taille. Et au sommet de cette tour les Luthériens avaient mis une croix, symbole que les Saints du Dernier Jour appellent un témoignage d'hérésie émanant du Pape, héritage de la Grande Apostasie. A l'origine il y avait quatre fenêtres, dans cette église. Mais quand le pasteur Runolf eut perdu sa foi luthérienne et que l'assemblée des fidèles se fut séparée et éparpillée aux quatre vents, les fenêtres avaient toutes été brisées à coups de pierres par les gamins, comme c'est l'habitude dans le monde entier, quand ils voient une maison délabrée et abandonnée. Depuis des années maintenant on avait cloué des planches sur les fenêtres sans vitres, et il ne restait rien de la croix qu'une jambe brisée.

Stone P. Stanford passait devant cette église déserte, qui ressemblait à cette fameuse église du poème, celui sur la montagne dénudée, aussi déserte qu'au jour du Jugement Dernier. Mais alors il y avait quelque chose de nouveau : un homme avait adossé une échelle contre le mur de l'église et avait réussi à grimper jusqu'au sommet de la petite tour. Il était en train d'essayer de réparer la croix. Il était en bras de chemise. Sa redingote, qui avait été et était encore le vêtement le plus distingué de toute la Fourche d'Espagne, était pliée dans le sens de la longueur, la doublure en dehors et posée sur un des barreaux de l'échelle.

Stone P. Stanford s'arrêta sur la route, souleva son chapeau et lui cria : « Que Dieu vous offre une belle matinée, mon cher pasteur Runolf. » Mais le pasteur Runolf ne lui répondit pas et continua à réparer la croix.

30. *En conclusion*

A cette époque la direction de la mission des Mormons pour l'Islande avait été transférée du Danemark en Ecosse. C'est là que se trouvait le quartier général, comme on dit aujourd'hui, mais autrefois on l'aurait appelé le siège archiépiscopal. Au siège central il y avait une école où l'on entraînait les prêtres mormons à la technique de la prédication évangélique, sur le mode nouveau destiné aux gentils des autres pays. Stone P. Stanford fut envoyé de l'Utah à cette école, avant de se rendre en Islande pour succéder à l'évêque Didrik et autres saints qui y étaient déjà allés. On racontait que le briqueteur avait dit qu'il y avait appris la théologie avec la partie de la tête qui commence au-dessus du nez, tandis que jusque-là il l'avait absorbée par le nez, comme du tabac à priser dans une tabatière en corne.

Nous ne parlerons plus ici de question de théologie ou de sainte doctrine pour l'instant : le briqueteur lui-même a dit que rien dans l'enseignement de l'école archiépiscopale en Ecosse ne surpassait ce que prêchait le pasteur Runolf et que nous avons déjà exposé dans ce livre. L'histoire maintenant se poursuit et nous arrivons à un jour où les oiseaux chantaient dans les arbres, dans les frais gazons verts des pentes du château d'Edimbourg. Tout près, se trouve Princes Street, qui est une avenue large et ensoleillée, plus arrosée par les bienfaisantes averses que la plupart des rues urbaines dans le monde, à l'exception des rues de Sion, la cité de Dieu, déjà mentionnée plus haut, qui ont été tracées et bâties selon les plans de la Sagesse Suprême.

Ce jour-là le briqueteur de l'Utah déambulait dans Princes Street pour s'acheter une paire de chaussures avec des semelles épaisses, pour son voyage en Islande et peut-être même un bon chapeau. Tout à coup quelqu'un s'approcha de lui et lui frappa sur l'épaule, au milieu de la foule, dans la rue principale d'Edimbourg, où tous les hommes de qualité portent une jupe. Cet homme portait un pardessus en fourrure de grand prix et un haut bonnet fait de la même fourrure; ses moustaches étaient cirées et les pointes se dressaient en l'air comme des aiguilles à tricoter. Ce n'était certainement pas un balayeur de rues écossais ou un cireur de bottes qui l'avait arrêté. Mais ce qui surprenait encore plus le briqueteur de la Fourche d'Espagne, c'est qu'un tel personnage lui serrât la main et le saluât dans sa langue maternelle, avec toutes sortes de jurons familiers, comme il est d'usage entre amis : « Eh! mais c'est Untel, bon Dieu! qu'est-ce que vous faites ici... », etc.

Le briqueteur cilla d'abord plusieurs fois afin de mieux voir, puis avala soigneusement sa salive à plusieurs reprises, pour se délier la langue et finalement, quand il parla, ce fut avec un léger sanglot dans la voix, mais aussi avec un soupçon de rire qui lui venait quand il expliquait quelque chose qu'il considérait comme indiscutable.

« Mon nom, dit-il, est Stone P. Stanford. Je suis briqueteur et mormon, j'habite la Fourche d'Espagne, dans le territoire de l'Utah. Voilà.

— Briqueteur et Mormon de la Fourche d'Espagne, mais oui! Quel sacré timbré vous faites! Mais au diable tout ça, je suis tout de même content de vous revoir. Et maintenant, racontez-moi ça et dites-moi comment il se fait que je ne puisse pas mettre la main sur autant de femmes que vous ou Bjorn de Leirur. »

Le briqueteur lui dit : « Il n'y a plus rien à dire d'un vieux type comme moi que ce qui a déjà été dit, sauf que mes oreilles m'apprennent que les oiseaux ont commencé à chanter plus qu il n'est convenable un jour comme celui-ci, en Ecosse. Je crois qu'ils font plus que de dire leurs prières, hi! hi! hi!

— Ne faites pas trop attention à notre babil, dit l'homme à la pelisse de fourrure. Tout de même, je vous emmène à mon hôtel, là, en face, et je vous offre un verre de bière.

— Je ne peux pas dire que j'aime beaucoup la bière, mon cher shérif, dit le briqueteur. Mais d'ordinaire, j'accepte une tasse de café quand elle est offerte de bon cœur. Cela réveille vos esprits, au lieu de vous abrutir, si tant est que ces esprits existent, et alors je pourrai trouver le courage de vous demander comment il se fait que je rencontre le shérif ici, dans cette grande et célèbre avenue.

— Il n'existe rien de plus bas en enfer que d'être le shérif d'une population couverte de poux, dit le shérif. Peu importe. Bref, je suis las de ces hommes qui restent couchés sur le dos, à lire des sagas, en attendant le beau temps pour aller à la pêche. Et, finalement, quand ce temps arrive, une vague survient qui les noie. A l'hôtel, je signe : Gouverneur de l'Islande, pour m'amuser et, chaque fois que je rentre ou que je sors, je donne deux sous au portier, parce qu'il le croit. Au moins, être gouverneur pour deux sous aux yeux de domestiques, c'est mieux que d'être réellement juge ou shérif chez des gens qui ne peuvent même pas atteindre à un minimum de vertus à cause de leur pauvreté. J'ai trois missions en Grande-Bretagne : créer une société anglo-islandaise anonyme de chalutiers, lancer un emprunt pour l'électrification de l'Islande et, enfin, mettre une dernière main à mon livre de poèmes. »

Même à Sion, la cité de Dieu, le briqueteur n'avait jamais mis les pieds dans une maison installée comme l'hôtel dans lequel le shérif l'avait emmené. Il y avait des tapis sur les planchers aussi verts et veloutés que de grasses prairies. Au plafond étaient suspendus des lustres si magnifiques que si Egill Skalla-Grimsson les avait vus, il serait certainement tombé dans un accès de folie non moins furieuse que lorsque Einar Skalglam attacha le bouclier incrusté de pierres précieuses au-dessus de son lit. Il y avait aussi des portraits de reines portant des collerettes d'ecclésiastiques et d'autres personnes distinguées qui avaient été décapitées en Ecosse. Les chaises étaient hautes, avec de grands dossiers tout droits en bois sculpté, de sorte que quiconque s'y asseyait était forcé de croire qu'il était monté sur un bon cheval de selle. Benediktsson, gouverneur de l'Islande, continuait à parler.

Il était évident que le shérif s'était élevé des tourbières où réside la justice en Islande jusqu'à une splendeur aussi grande que celle de bandits d'autre fois qui sortaient des crassiers. Mais en fait il avait toujours été au-dessus du niveau général des shérifs.

Le briqueteur ne pouvait pas trouver une pause dans la conversation où il aurait pu glisser quelques mots touchant la vérité que les saints du dernier jour recevaient avec le Paradis. Quand il fut resté là, assis un long moment, souriant ou approuvant de la tête inconsciemment, ou ricanant légèrement intérieurement quand le shérif jurait, il commença à chercher une excuse pour prendre congé. On attendait ce soir-là le bateau-poste partant pour Reykjavik et il avait encore plusieurs courses à faire, y compris s'acheter une paire de souliers pour aller évangéliser.

« J'en connais un qui n'attendra pas longtemps pour se faire mormon et celui-là c'est Bjorn de Leirur, dit le shérif. Je ne me lassais jamais de le réprimander et de lui dire : " Sacré vieux pendard, vous vous envoyez toutes les filles que j'aurais dû avoir. Je vous réglerai votre compte un de ces jours ", que je lui disais, mais ce n'était pas toujours de sa faute. Par exemple j'ai tout fait pour sauver votre fille, mais il n'y avait rien à faire. Après que Dieu et les hommes eurent uni leurs efforts pour sauver sa réputation et donner un père acceptable à son enfant et que Bjorn de Leirur lui-même, sacrebleu, était prêt à le reconnaître, qu'est-ce qui en est résulté ? Votre fille s'est payé ma tête et a fait de moi la risée du gouvernement. Le gouverneur m'a même dit en face que j'étais un shérif tout juste bon pour enregistrer les immaculées conceptions. En fin de compte, j'ai raflé au vieux Bjorn tout ce qu'il possédait pour acheter un chalutier. Mais je n'ai pas osé lui parler d'électricité, parce qu'il ne sait pas ce que c'est : il aurait cru que c'était les restes d'une cargaison de biscuits d'un navire avarié que j'essayais de lui refiler. Mais donnez-lui le bonjour de ma part tout de même et dites-lui que la société anglo-islandaise est en route. »

Le poète-gouverneur accompagna son visiteur jusque dans le hall de l'hôtel et l'embrassa à la porte. Le portier s'inclina si profondément que les basques de sa livrée se dressèrent dans son dos, et il regarda avec une condescendance hautaine ce gouverneur qui prenait congé d'une façon si aimable d'un de ses plus humbles sujets. Mais quand le briqueteur eut atteint le trottoir, le gouverneur se souvint de quelque chose qu'il avait oublié de dire lors de leur entretien. Il courut derrière lui, tête nue, et lui cria en islandais : « Steinar de Hlidar, je ne me trompe pas en pensant que vous retournez chez vous ? Voulez-vous que je vous fasse cadeau d'une ferme ?

— Oh! ce n'est pas du tout nécessaire, Dieu merci », dit l'homme, qui était soudain devenu Steinar de Hlidar et qui se retourna en plein Edimbourg, en disant : « Et quel genre de ferme est-ce que ce serait, s'il vous plaît?

— C'est la ferme de Hlidar à Steinahlidar, que j'ai fait vendre aux enchères pour payer les impôts et les dettes du propriétaire et que je me suis adjugée à moi-même pour l'empêcher de rejoindre la collection de Bjorn de Leirur. Venez avec moi jusqu'à la loge du portier, je vous griffonnerai un mot que vous pouvez mettre dans votre poche, et la ferme sera à vous. »

Le poète-gouverneur, nouveau poste avancé de l'Islande en territoire britannique, n'était malheureusement pas le seul Islandais à ne montrer aucun désir d'entendre la vérité révélée dans le Livre d'Or et l'histoire de la Terre promise au-delà du désert qu'on vous donne par-dessus le marché, pour faire bonne mesure.

Pendant trois siècles, certains disent quatre, les Islandais s'étaient fait une règle de croire aux dogmes venus du Danemark; en fait, l'évêque Didrik avait déclaré que de même que les Danois tiraient tout leur esprit des Allemands, de même le cerveau de l'Islande — par erreur, il faut l'espérer — se trouvait dans la tête du roi de Danemark : eux aussi laissèrent les Mormons en paix quand ils apprirent que Christian Williamson en faisait autant dans son propre pays. Mais ceci nous ramène à la question à laquelle l'évêque Didrik n'avait pas répondu, quand il était revenu en Utah de son dernier, et son plus grand, voyage de missionnaire : était-ce un pas en avant ou un pas en arrière pour les Islandais de ne plus battre les Mormons?

Autrefois, dès qu'un Mormon débarquait à Reykjavik, la canaille et les ivrognes, qui en ce temps étaient la caractéristique de la ville, s'attroupaient autour de lui et le poursuivaient en le huant et en lui criant des obscénités, tandis que les jeunes lui lançaient des pierres ou des boules de neige mêlées de boue et de cailloux; au mieux ils lui criaient qu'il avait la tête enflée ou qu'il avait une jambe plus courte que l'autre.

Chaque fois qu'un Mormon voulait tenir une réunion pour informer les gens de questions vitales, comme le baptême par immersion et la nécessité de s'abstenir de jurer, en même temps que de les renseigner sur la largeur des rues dans la resplendissante cité de Sion, les trublions surgissaient, envahissaient l'estrade où le conférencier prêchait et se mettaient à le frapper. Les évêques luthériens et les professeurs de théologie s'occupaient à écrire des tracts à la louange de Luther et autres Allemands, contre les Mormons, parce qu'ils savaient que les Danois avaient foi dans les Allemands : de même certains Islandais ayant une tendance au désordre cérébral écrivaient des articles malveillants dans le journal *Thjodolfur* ou extrayaient des passages de la Bible contre les Mormons dans l'espoir que cela précipiterait ces terribles individus tout droit dans l'Enfer.

Mais maintenant les temps étaient changés. Quand Stanford le Mormon arriva à Reykjavik, il n'y avait plus un gamin ou un ivrogne dans la ville pour faire une distinction entre un Mormon et n'importe quel paysan de l'intérieur du pays. La plupart des timbrés avaient oublié les Mormons et avaient commencé à s'occuper d'électricité.

Dans les journaux de l'époque, on ne signala pas l'arrivée de ce Mormon, sauf une annonce que lui-même avait fait insérer dans le *Thjodolfur* qui déclarait que P. Stanford, briqueteur et Mormon, habitant la Fourche d'Espagne dans le territoire de l'Utah, tiendrait une réunion dans la salle de la Société de Tempérance, tel ou tel soir, à la fin de la saison de pêche, pour y exposer les révélations de Joseph Smith. Ce Stanford est le seul Mormon qui soit venu en Islande sans y recevoir de correction et sur lequel personne n'écrivit un article malveillant, ni les docteurs, ni les fous, à part ce petit opuscule sans valeur, compilation due à l'humble auteur qui tient la plume en ce moment.

Stanford le Mormon essaya d'engager la conversation avec les gens sur le port, où ils se rassemblaient parfois en grand nombre, surtout tard dans la soirée, pour contempler la baie, en fourrant leur nez jusque dans leurs tabatières en bois. Il accosta aussi un porteur d'eau avec quatre paires de chaussures et trois chapeaux en mauvais état et une vieille poissonnière ivre, qui portait un sac de sel sur son dos. Il demanda à ces gens si l'immersion ne leur ferait pas un peu de bien et s'ils ne désiraient pas qu'il leur prêtât un tract écrit par John Pritt. Les gens le regardèrent et ne secouèrent même pas la tête Ou alors voudraient-ils plutôt, demanda-t-il, ce splendide chef-d'œuvre sur la vérité par Didrik Jonston de Lair, des Iles de la Terre ? Aucun d'entre eux ne lui répondit, pas même d'aller se faire foutre.

Et quand le soir printanier arriva, où Stone P. Stanford devait tenir sa conférence sur la révélation dans la salle de la Société de Tempérance, les hirondelles de mer croisaient devant la porte et se mirent à chasser les vairons dans l'étang. Pas une âme dans la ville ne se détourna de son chemin pour venir entendre parler de l'aimable pays où la paix régnait et où habitait la Vérité. Et, cependant, deux vieilles femmes en jupes plissées qui leur venaient jusqu'aux chevilles et en blouses de travail, avec des châles noir de jais en laine autour de la tête, de sorte qu'on ne voyait que le bout de leur nez, se glissèrent à l'intérieur de la salle et s'assirent tout au fond; peut-être voulaient-elles entendre parler de la polygamie. Enfin une autre personne fit son apparition. Un homme corpulent à la barbe grise et d'aspect digne, évidemment presque aveugle, s'avança dans l'allée centrale, en tâtonnant avec sa canne, et ne s'arrêta que juste au pied de l'estrade. Il posa son chapeau à côté de lui sur le banc. Mais le bâton était devenu pour lui son sens le plus important et il ne l'abandonna pas, même quand il se fut assis.

« Il fait beau temps, hein ? » dit-il, quand il fut assis, en regardant droit devant lui dans la salle. Il prêta l'oreille, attendant une réponse pendant un moment, puis il ajouta : « J'espère qu'il y a un grand nombre d'honnêtes gens rassemblés ici ce soir. »

Mais comme aucune réponse ne venait de la salle, le conférencier lui-même se leva de son siège, dans un coin obscur où il attendait le public, et se fit connaître à ce chercheur de vérité, qui avait triomphé de sa cécité et de son infirmité pour connaître la Terre d'entre les Terres.

« Dieu me pardonne, mais n'est-ce pas Bjorn de Leirur ? Salut, soyez le bienvenu, mon cher vieil ami, dit l'homme de l'Utah. Je crois être dans le vrai en pensant que vous ne voyez plus très bien ? Mais ne vous laissez pas abattre, la seule vue qui importe c'est...

— Vous pouvez sauter ce chapitre en toute sérénité, mon garçon. Je suis déjà sauvé », interrompit l'aveugle, en tâtonnant avec son bâton jusqu'à ce qu'il eut trouvé le Mormon et alors il l'attira à lui et l'embrassa. « Bonjour à vous, soyez le bienvenu, mon très cher Steinar de Hlidar. Votre petite diablesse de fille m'a converti au mormonisme avec des arguments beaucoup plus convaincants qu'un type comme vous ne peut en fournir.

— Quelqu'un m'a laissé entendre quelque chose comme ça, dit le Mormon. Je n'ai pu me résoudre à demander des détails, car tout ce dont la Sagesse Suprême a toléré l'existence, cela et cela seulement est bien. Peut-être ai-je encore à vous baptiser solennellement pour vous faire gagner le séjour des Saints, si nous rencontrons un clair ruisseau. »

L'aveugle répondit : « Cela n'a aucune importance que vous baptisiez par immersion ce vieux cadavre ou que vous le laissiez à sec; à présent et pour toujours nous avons tous les deux la même patrie. Et si le shérif Benediktsson n'avait pas fait de moi un indigent avec son pouvoir de persuasion, je serais peut-être maintenant en Utah pour y mourir, au lieu d'être là assis à Reykjavik à tresser des entraves pour les marchands de chevaux pour gagner ma vie dans ma vieillesse. Ils se mettent à entraver les chevaux, maintenant, vous voyez. Nouveaux maîtres, nouveaux usages. »

Le Mormon répondit : « Peut-être, en ce cas, ferais-je bien, sans plus tarder, de vous transmettre les compliments que vous adresse la Société Anglo-Islandaise d'Edimbourg. J'ai rencontré notre brave shérif avec son manteau de fourrure tout neuf dans Princes Street. Il m'a emmené dans un vaste salon où il m'a offert une tasse de café et m'a donné une ferme, hi! hi! hi! Cela ressemble à la petite plaisanterie du vieux Christian Williamson quand il est venu du Danemark, il y a quelques années, pour donner aux Islandais la permission d'habiter leurs propres maisons. Mais quand les Islandais auront-ils assez progressé pour que leur société soit gouvernée par la Sagesse Suprême, selon le Livre d'Or ?

— Oui, mon ami, vous pouvez prononcer des paroles de piété, car le Tout-Puissant vous a donné un cheval de selle meilleur que tous mes chevaux, et j'étais pourtant l'homme le mieux monté d'Islande, dit Bjorn de Leirur, je n'oublierai jamais l'époque où le shérif Benediktsson, le plus persuasif et le plus brillant des shérifs du pays, sortait ses tentacules pour attraper votre cheval, sans parler du stupide maquignon de Leirur. En fin de compte, vous avez vendu l'animal pour ce qu'il valait. Mais Bjorn de Leirur ? Un shilling par entrave, c'est tout ce que ce vieux dresseur de chevaux reçoit, et même ainsi, ce rejeton est enraciné aussi solidement que vous au Paradis. La Sagesse Suprême sait ce qu'il vaut. »

On n'était plus à l'époque où les shérifs et les archidiacres faisaient connaître dans toute l'étendue de leurs juridictions que quiconque donnerait asile pour la nuit à un Mormon ou même lui offrirait seulement un verre d'eau serait roué vif. En ce temps-là, les saints fugitifs rampaient le long des sentiers de chèvre, tard dans la nuit, comme des hors-la-loi, ou se recroquevillaient pour dormir dans les parcs à moutons, hors de la ville, où les ruminants leur tenaient compagnie l'hiver et les champignons vénéneux l'été.

Or maintenant, quand notre Mormon cheminait à travers les basses terres du Sud et frappait aux portes, il se présentait toujours comme briqueteur et Mormon, venant du territoire de l'Utah, mais oui! et il attendait toujours pour voir si quelqu'un allait le frapper. Mais, au lieu de se quereller avec lui sur l'orthodoxie de la doctrine et puis le battre à cause du Livre d'Or du Prophète, tous les fermiers, de l'Est jusqu'aux plaines de Rangriver, lui disaient : « Ah! vous êtes mormon. Eh bien, bonjour! J'ai toujours eu envie de rencontrer un Mormon. Voulez-vous entrer ? »

Ou bien : « Vous dites : l'Utah ? Ah! oui, on dit que c'est un beau pays et un grand peuple aussi. J'avais un parent qui est allé avec sa fiancée et une voiture à bras. Et on dit que les femmes ne sont pas mal, si on n'en fait pas des ménagères avant qu'elles aient convenablement fini leur croissance. »

D'autres disaient : « Entrez vite, mon ami, j'ai tout ce qu'il faut comme eau-de-vie. Racontez-moi ça, combien avez-vous de femmes ? »

Le briqueteur répondait poliment à toutes ces questions, mais à la dernière il ricanait un peu et répondait par cette énigme : « J'ai épousé trois femmes, mon brave homme : l'une est morte, deux sont vivantes. La première, je lui ai juré solennellement ma foi alors qu'elle gisait au fond de l'Atlantique... Des deux autres, l'une est ma belle-mère, l'autre est ma bru. Le jour où je les ai épousées solennellement et pour l'éternité, je suis parti pour l'Islande pour vous enseigner l'Evangile. Maintenant, débrouillez-vous pour comprendre, mon cher frère : combien de femmes a un briqueteur qui est et sera toujours le plus misérable des briqueteurs jusqu'à la fin des temps. »

Les gens se creusaient la cervelle pour déchiffrer cette énigme, mais aucun ne pouvait résoudre le problème de savoir quelle était l'épouse véritable d'un homme qui, en même temps, a épousé sa belle-mère et sa belle-fille, et qui était la femme qui gisait au fond de l'Atlantique. Et pour cette raison il était partout le bienvenu.

Un dimanche d'été, il commença à trouver les environs familiers, comme s'il y était déjà venu auparavant. Il monta un sentier qui conduisait à une église, qui se dressait près d'une petite colline herbeuse. Des poneys somnolaient dans l'enclos, leurs queues attachées ensemble : des chiens aboyaient près du porche ou hurlaient en direction des îles Westmann, où on dit que les Saints habitent — en réalité, les îles Westmann flottaient par mirage dans l'azur, entre ciel et terre. On ne voyait personne à la ronde. Il en déduisit qu'on était en plein service : de l'intérieur de l'église des chants joyeux se faisaient entendre. Dans le champ de la ferme il y avait trois bornes pour attacher les chevaux, à moitié enterrées dans l'herbe — elles servaient autrefois, quand la ferme et l'église n'étaient pas toujours du même avis; mais maintenant elles étaient abandonnées depuis longtemps par Dieu et par les hommes, de même que par les poneys. Stanford le Mormon attendit que le service fût terminé et, quand l'assemblée des fidèles sortit pour se disperser, il s'avança jusqu'à la borne centrale et se mit à lire un extrait de l'œuvre de John Pritt. Il s'attendait un peu à ce qu'un riche fermier ou un autre notable vienne flanquer une bonne correction à ce grossier individu, qui prétendait prêcher les principes sociaux orthodoxes, d'après un document révélé par la Sagesse Suprême, sur la colline de Cumorah. Mais comme il était là sur la borne, lisant tout haut avec la voix de la vérité de John Pritt et que quelques personnes s'étaient arrêtées pour l'écouter, qui vit-il entrer dans le pré, sinon le pasteur lui-même, en robe. Il souleva son chapeau pour saluer le conférencier, s'approcha de lui et lui tendit la main en disant : « Est-ce que monsieur le Mormon ne préférerait pas entrer dans le temple pour faire entendre ses suggestions du haut de la chaire, plutôt que de rester perché sur cette pierre, qui n'est pas digne de lui ? L'organiste de l'église est prêt à jouer toutes les hymnes que vous désirez et auxquelles nous nous joindrons, et que nous accompagnerons en sourdine. »

Mais quand le Mormon eut commencé son prêche, celui-ci fut

accueilli avec l'espèce d'aimable indifférence qui était de mode parmi nos compatriotes des sagas, quand ils acceptèrent une foi inconnue vers l'an 1000, ou même ne l'acceptèrent pas, parce que cela les assommait de discuter, ou aux temps où ils s'asseyaient pour lacer leurs souliers, parce que cela les assommait de fuir, quand ils étaient vaincus dans une bataille. Les Islandais avaient maintenant perdu complètement l'étincelle de la conviction religieuse, qui avait jailli quelques années auparavant, quand ils attachaient les Mormons aux bornes. Progrès ? Décadence ? Telle était la question qu'avait posée le plus bel évêque qui eût voyagé à travers l'Islande dans les derniers siècles : ce n'est vraiment pas drôle de lutter avec un tas de laine pas même ensachée.

Et avant que le Mormon s'en fût rendu compte, il avait atteint Steinahlidar. Quand il arriva à Hlidar tard dans l'après-midi, pendant la fenaison, il fut frappé de stupeur en découvrant qu'il n'y avait plus de ferme à cet endroit. Et pourtant il avait l'impression que c'était hier qu'il s'était levé le matin de bonne heure et avait pris congé de ses enfants endormis, tandis que sa femme se tenait en pleurs sur le seuil de la porte, regardant l'homme le plus sage du monde disparaître derrière le versant de la montagne. Rien ne lui aurait semblé plus naturel que de tout retrouver comme il l'avait laissé et de pouvoir entrer près de ses enfants endormis et de les éveiller avec un baiser. Ce qui le surprenait le plus, maintenant, c'était que le pré de la ferme fût devenu un pâturage pour des moutons étrangers. Que la ferme eût disparu aurait été supportable, si le seuil sur lequel sa femme se tenait ne s'était pas enfoncé dans le sol. Qui étaient ces deux petits oiseaux silencieux qui s'envolaient du talus couvert de patiences et d'angéliques là où se dressait autrefois la ferme, et qui disparaissaient dans l'azur? S'il n'avait pas mis la main à la poche et trouvé la lettre de l'homme d'Edimbourg qui disait que c'était sa ferme, il ne l'aurait guère cru.

Mais ce fut seulement quand il jeta un coup d'œil aux murs de clôture que l'énormité de toute la situation le frappa. Etait-il étonnant qu'il fût tellement peiné de constater que les chefs-d'œuvre de son arrière-grand-père, le modèle et l'exemple de tant de districts, avaient disparu en un éclair, tandis qu'il s'était échappé un instant. Et toute la pierraille tombée de la montagne éparse sur le pré!

Alors il leva les yeux vers la montagne abrupte qui s'élevait au-dessus de la ferme, vers le fulmar, cet oiseau fidèle, qui glissait à coups d'ailes réguliers, puissants, éternels, là-haut le long des corniches envahies par les fougères et les lunaires, où il faisait son nid depuis vingt mille ans.

Il posa par terre son sac avec les tracts de John Pritt, enleva sa veste et ôta son chapeau. Puis il se mit à ramasser des pierres pour faire quelques réparations au mur. Il y avait là bien du travail pour un seul homme. Des murs comme ça, en fait, prennent toute la vie d'un homme, si l'on veut qu'ils tiennent debout solidement.

Un passant vit qu'un étranger avait commencé à s'occuper des murs de clôture de cette ferme abandonnée.

« Qui êtes-vous ? » demanda le voyageur.

L'autre répondit : « Je suis l'homme qui a racheté le Paradis après qu'il eut été perdu et qui l'a donné à ses enfants.

— Qu'est-ce qu'un homme comme celui-là peut faire ici ? demanda le passant.

— J'ai trouvé la vérité et la terre où elle habite », dit le bâtisseur de murs; et se reprenant : « Et assurément, c'est très important. Mais maintenant, ce qu'il y a de plus important, c'est de reconstruire ces murs. »

Là-dessus, Steinar de Hlidar continua comme si rien n'était arrivé, posant pierre contre pierre sur ces anciens murs, jusqu'à ce que le soleil se couchât sur Hlidar de Steinahlidar.

AVANT-PROPOS	7
1. *Le poney merveilleux*	9
2. *De grands hommes convoitent le poney*	15
3. *Le romantisme apparaît en Islande*	22
4. *Le poney et la destinée*	26
5. *La lave sacrée est profanée*	31
6. *Les fêtes du millénaire. Les Islandais obtiennent justice*	42
7. *Les dévots*	49
8. *Un mystère en acajou*	57
9. *Steinar s'en va avec son mystère*	63
10. *Les maquignons*	69
11. *De l'argent sur le rebord de la fenêtre*	76
12. *L'amoureux*	84
13. *Rois et empereurs*	91
14. *Les affaires*	102
15. *Un nouveau-né au printemps*	110
16. *Les autorités, le clergé et l'âme*	116
17. *Une source au Danemark*	128
18. *Une visite chez l'évêque*	137
19. *Sion cité de Dieu*	152

20. *Où l'on apprend à s'y connaître en briques*	163
21. *Du bon café*	171
22. *Les bonnes doctrines et les mauvaises*	181
23. *Livraison d'un paquet d'aiguilles*	189
24. *Steina va voir Bjorn de Leirur*	199
25. *Aventure de voyage*	209
26. *Clémentine*	224
27. *Un instant!*	234
28. *Une bonne soupe*	246
29. *La polygamie ou la mort!*	256
30. *En conclusion*	269

DU MÊME AUTEUR

Aux Éditions Gallimard

SALKA VALKA, PETITE FILLE D'ISLANDE
LE PARADIS RETROUVÉ

L'IMAGINAIRE

GALLIMARD

Axée sur les constructions de l'imagination, cette collection vous invite à découvrir les textes les plus originaux des littératures romanesques française et étrangères.

Dernières parutions

75. René Crevel : *Êtes-vous fous ?*
76. Mario Vargas Llosa : *La maison verte.*
77. Stig Dagerman : *L'enfant brûlé.*
78. Raymond Queneau : *Saint Glinglin.*
79. Hugo von Hofmannsthal : *Andréas et autres récits.*
80. Robert Walser : *L'Institut Benjamenta.*
81. William Golding : *La nef.*
82. Alfred Jarry : *Les jours et les nuits.*
83. Roger Caillois : *Ponce Pilate.*
84. Thomas Mofolo : *Chaka, une épopée bantoue.*
85. Jean Blanzat : *Le Faussaire.*
86. Jean Genet : *Querelle de Brest.*
87. Gertrude Stein : *Trois vies.*
88. Mircea Eliade : *Le vieil homme et l'officier.*
89. Raymond Guérin : *L'apprenti.*
90. Robert Desnos : *La liberté ou l'amour!* suivi de *Deuil pour deuil.*
91. Jacques Stephen Alexis : *Compère Général Soleil.*
92. G. K. Chesterton : *Le poète et les lunatiques.*
93. Emmanuel Berl : *Présence des morts.*

94. Hermann Broch : *Les somnambules*, I. ⎱ cf. Nouvelle
95. Hermann Broch : *Les sombambules*, II. ⎰ édition n° 229
96. William Goyen : *La maison d'haleine.*
97. Léon-Paul Fargue : *Haute solitude.*
98. Valery Larbaud : *A. O. Barnabooth, son journal intime.*
99. Jean Paulhan : *Le guerrier appliqué. Progrès en amour assez lents. Lalie.*
100. Marguerite Yourcenar : *Denier du Rêve.*
101. Alexandre Vialatte : *Battling le ténébreux.*
102. Henri Bosco : *Irénée.*
103. Luigi Pirandello : *Un, personne et cent mille.*
104. Pierre Jean Jouve : *La Scène capitale.*
105. Jorge Luis Borges : *L'auteur et autres textes.*
106. Paul Gadenne : *La plage de Scheveningen.*
107. Ivy Compton-Burnett : *Une famille et son chef.*
108. Victor Segalen : *Équipée.*
109. Joseph Conrad : *Le Nègre du « Narcisse ».*
110. Danilo Kiš : *Jardin, cendre.*
111. Jacques Audiberti : *Le retour du divin.*
112. Brice Parain : *Joseph.*
113. Iouri Tynianov : *Le lieutenant Kijé.*
114. Jacques Stephen Alexis : *L'espace d'un cillement.*
115. David Shahar : *Un été rue des Prophètes.*
116. Léon Bloy : *L'âme de Napoléon.*
117. Louis-René des Forêts : *La chambre des enfants.*
118. Jean Rhys : *Les tigres sont plus beaux à voir.*
119. C.-A. Cingria : *Bois sec Bois vert.*
120. Vladimir Nabokov : *Le Don.*
121. Leonardo Sciascia : *La mer couleur de vin.*
122. Paul Morand : *Venises.*
123. Saul Bellow : *Au jour le jour.*
124. Raymond Guérin : *Parmi tant d'autres feux...*
125. Julien Green : *L'autre sommeil.*
126. Taha Hussein : *Le livre des jours.*
127. Pierre Herbart : *Le rôdeur.*
128. Edith Wharton : *Ethan Frome.*
129. André Dhôtel : *Bernard le paresseux.*
130. Valentine Penrose : *La Comtesse sanglante.*

131. Bernard Pingaud : *La scène primitive.*
132. H. G. Wells : *Effrois et fantasmagories.*
133. Henri Calet : *Les grandes largeurs.*
134. Saul Bellow : *Mémoires de Mosby et autres nouvelles.*
135. Paul Claudel : *Conversations dans le Loir-et-Cher.*
136. William Maxwell : *La feuille repliée.*
137. Noël Devaulx : *L'auberge Parpillon.*
138. William Burroughs : *Le festin nu.*
139. Oskar Kokoschka : *Mirages du passé.*
140. Jean Cassou : *Les inconnus dans la cave.*
141. Jorge Amado : *Capitaines des Sables.*
142. Marc Bernard : *La mort de la bien-aimée.*
143. Raymond Abellio : *La fosse de Babel.*
144. Frederic Prokosch : *Les Asiatiques.*
145. Michel Déon : *Un déjeuner de soleil.*
146. Czeslaw Milosz : *Sur les bords de l'Issa.*
147. Pierre Guyotat : *Éden, Éden, Éden.*
148. Patrick White : *Une ceinture de feuilles.*
149. Malcolm de Chazal : *Sens-plastique.*
150. William Golding : *Chris Martin.*
151. André Pieyre de Mandiargues : *Marbre ou Les mystères d'Italie.*
152. V. S. Naipaul : *Une maison pour Monsieur Biswas.*
153. Rabindranath Tagore : *Souvenirs d'enfance.*
154. Henri Calet : *Peau d'Ours.*
155. Joseph Roth : *La fuite sans fin.*
156. Marcel Jouhandeau : *Chronique d'une passion.*
157. Truman Capote : *Les domaines hantés.*
158. Franz Kafka : *Préparatifs de noce à la campagne.*
159. Daniel Boulanger : *La rose et le reflet.*
160. T. F. Powys : *Le bon vin de M. Weston.*
161. Junichirô Tanizaki : *Le goût des orties.*
162. *En mouchant la chandelle (Nouvelles chinoises des Ming).*
163. Cesare Pavese : *La lune et les feux,* précédé de *La plage.*
164. Henri Michaux : *Un barbare en Asie.*
165. René Daumal : *La Grande Beuverie.*
166. Hector Bianciotti : *L'amour n'est pas aimé.*
167. Elizabeth Bowen : *La maison à Paris.*

168. Marguerite Duras : *L'Amante anglaise.*
169. David Shahar : *Un voyage à Ur de Chaldée.*
170. Mircea Eliade : *Noces au paradis.*
171. Armand Robin : *Le temps qu'il fait.*
172. Ernst von Salomon : *La Ville.*
173. Jacques Audiberti : *Le maître de Milan.*
174. Shelby Foote : *L'enfant de la fièvre.*
175. Vladimir Nabokov : *Pnine.*
176. Georges Perros : *Papiers collés.*
177. Osamu Dazai : *Soleil couchant.*
178. William Golding : *Le Dieu scorpion.*
179. Pierre Klossowski : *Le Baphomet.*
180. A. C. Swinburne : *Lesbia Brandon.*
181. Henri Thomas : *Le promontoire.*
182. Jean Rhys : *Rive gauche.*
183. Joseph Roth : *Hôtel Savoy.*
184. Herman Melville : *Billy Budd, marin,* suivi de *Daniel Orme.*
185. Paul Morand : *Ouvert la nuit.*
186. James Hogg : *Confession du pécheur justifié.*
187. Claude Debussy : *Monsieur Croche* et autres écrits.
188. Jorge Luis Borges et Margarita Guerrero : *Le livre des êtres imaginaires.*
189. Ronald Firbank : *La Princesse artificielle,* suivi de *Mon piaffeur noir.*
190. Manuel Puig : *Le plus beau tango du monde.*
191. Philippe Beaussant : *L'archéologue.*
192. Sylvia Plath : *La cloche de détresse.*
193. Violette Leduc : *L'asphyxie.*
194. Jacques Stephen Alexis : *Romancero aux étoiles.*
195. Joseph Conrad : *Au bout du rouleau.*
196. William Goyen : *Précieuse porte.*
197. Edmond Jabès : *Le Livre des Questions,* I.
198. Joë Bousquet : *Lettres à Poisson d'Or.*
199. Eugène Dabit : *Petit-Louis.*
200. Franz Kafka : *Lettres à Milena.*
201. Pier Paolo Pasolini : *Le rêve d'une chose.*
202. Daniel Boulanger : *L'autre rive.*
203. Maurice Blanchot : *Le Très-Haut.*

204. Paul Bowles : *Après toi le déluge.*
205. Pierre Drieu La Rochelle : *Histoires déplaisantes.*
206. Vincent Van Gogh : *Lettres à son frère Théo.*
207. Thomas Bernhard : *Perturbation.*
208. Boris Pasternak : *Sauf-conduit.*
209. Giuseppe Bonaviri : *Le tailleur de la grand-rue.*
210. Jean-Loup Trassard : *Paroles de laine.*
211. Thomas Mann : *Lotte à Weimar.*
212. Pascal Quignard : *Les tablettes de buis d'Apronenia Avitia.*
213. Guillermo Cabrera Infante : *Trois tristes tigres.*
214. Edmond Jabès : *Le Livre des Questions,* II.
215. Georges Perec : *La disparition.*
216. Michel Chaillou : *Le sentiment géographique*
217. Michel Leiris : *Le ruban au cou d'Olympia.*
218. Danilo Kiš : *Le cirque de famille.*
219. Princesse Marthe Bibesco : *Au bal avec Marcel Proust.*
220. Harry Mathews : *Conversions.*
221. Georges Perros : *Papiers collés,* II.
222. Daniel Boulanger : *Le chant du coq.*
223. David Shahar : *Le jour de la comtesse.*
224. Camilo José Cela : *La ruche.*
225. J. M. G. Le Clézio : *Le livre des fuites.*
226. Vassilis Vassilikos : *La plante.*
227. Philippe Sollers : *Drame.*
228. Guillaume Apollinaire : *Lettres à Lou.*
229. Hermann Broch : *Les somnambules,* I.
230. Raymond Roussel : *Locus Solus.*
231. John Dos Passos : *Milieu de siècle.*
232. Elio Vittorini : *Conversation en Sicile.*
233. Edouard Glissant : *Le quatrième siècle.*
234. Thomas de Quincey : *Les confessions d'un mangeur d'opium anglais* suivies de *Suspiria de profundis* et de *La malle-poste anglaise.*
235. Eugène Dabit : *Faubourgs de Paris.*

*Ouvrage reproduit
par procédé photomécanique.
Impression S.E.P.C.
à Saint-Amand (Cher), le 17 mai 1990.
Dépôt légal : mai 1990.
Numéro d'imprimeur : 1120.*
ISBN 2-07-071991-X./Imprimé en France.

49522